KB166300

해외여행의 추억

해외여행의 추억

초판 1쇄 인쇄 2020년 11월 20일
초판 1쇄 발행 2020년 11월 25일

지은이   신민우
펴낸곳   함께북스
펴낸이   조완욱
등록번호   제1-1115호
주소   412-230 경기도 고양시 덕양구 행주내동 735-9
전화   031-979-6566~7
팩스   031-979-6568
이메일   harmkke@hanmail.net

ISBN 978-89-7504-748-0 03810

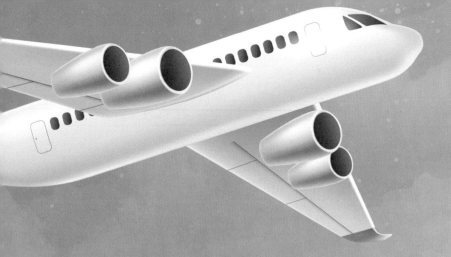

해외여행의 추억

신민우 지음

함께
BOOKS

나는 여행의 의미에 대해 생각한다. 여행이란 일상을 벗어나 조금
은 여유로운 마음으로 객관적으로 나를 되돌아보고 미래를 구상하고 여
행으로 얻게 된 새로운 에너지로 현재의 나를 더 멋지게 '리셋'하는 것이
라고.

'리셋'이 되는 순간 마법이 펼쳐진다. 가족의 소중함, 부부간의 사랑,
형제간의 우애, 친구간의 우정, 동료 간의 배려와 감사 등 그 동안 소홀했
던 마음을 여행을 통해 깨닫게 된다.

긍정적으로 변한다는 것, 세상이 아름다운 곳이라는 것을 깨닫는
것, 이것이 여행이 나에게 선사하는 마법과 같은 선물이 아닐까?

나는 여행 가이드다. 때문에 나의 가장 큰 '리셋' 도구는 여행고객들
과 함께한 시간, 그리고 그들과의 이야기들을 통해 나를 발견하는 것이다.

멀리 타국에서 가이드와 고객으로서 만남, 그 인연을 어떻게 하면

여행의 의미를 더 감동적이고 의미 있는 추억으로 간직하게 해 드릴 수 있을까?

여행가이드인 나로서는 이러한 생각이 항상 밀린 숙제처럼 뇌리를 떠나지 않는다.

투어 일정에 맞추어 여행지에 도착하고, 설명하고, 사고 없이 일정을 잘 마치는 것이 여행객들께 보여드릴 수 있는 최선의 모습일까?

나름대로 최선의 준비를 한다곤 하지만 생면부지의 고객들께 처음부터 가까이 다가가기란 항상 어색한 마음을 감추어야 하는 힘든 일이다. 하지만 하루 이틀 지나면서 서로를 바라보는 눈길에 정이 쌓이다보면 처음의 어색함의 공간이 차츰 옅어지고 있음을 느낄 수 있다. 나는 습관적으로 그 느낌을 즐기는 것을 큰 기쁨으로 생각하고 있다.

모든 고객들께 여행의 목적과 이유를 다 맞추어 줄 수는 없지만, 여행지에서 가이드로서 관광지에 대한 설명과 고객들의 질문에 답변을 해 드리면서 어느 정도 개개인의 바람과 여행의 의미를 발견하게 된다.

언젠가 한 고객이 했던 말이 지금도 내 마음속엔 남아있다.

"어떤 여행지, 어떤 일행, 어떤 가이드를 만남에 따라 여행의 의미가 이렇게 달라질 수 있다는 것을 이번 여행을 통해 깨달았습니다."

고객의 그 말은 나에게 또 하나의 숙제를 남겨 주었다. '리셋'의 도구가 하나 더 생겨난 것이다.

나는 오늘도 준비한다. 어떻게 하면, 고객들께 좀 더 의미 있고 멋진 여행의 추억을 남겨 드릴 수 있을까를. 더불어 가이드로서 의무감이 아닌 진솔한 마음으로 고객에게 다가서리라고 다짐한다.

이런 마음으로 투어 일정을 진행하다 보니 이심전심, 서로의 마음을 헤아리는 즐거운 여행이 된다. 그래서인지 마지막 날 공항에서는 부모와 자식, 우정을 나누었던 친구와의 이별처럼 나와 고객의 눈에는 석별의 아쉬움에 촉촉한 눈물방울이 맺혀있다.

나의 가이드 수첩 첫 장에는 언젠가 어느 책에서 읽고 메모해 두었던 글귀가 적혀있다.

'여행은 내가 돈을 내고 온 것이 아니라, 내가 믿고 있는 신이 이곳으로 나를 초대한 것이다. 여행을 통해 너 자신을 되돌아보는 시간을 가져라.'

신은 당신이 떠나는 모든 여행지에 멋진 인생, 멋진 일행, 멋진 생각과 행동, 멋진 추억의 소재들을 준비해 놓으셨다. 우리는 신께서 준비해 놓으신 그 선물들을 허리만 조금 굽혀서 그리고 조금만 걸으면서 주워 담아 오면 되는 것이다.

나는 우연히 여행 가이드가 되었지만 여행지에 담긴 의미, 함께한 일행들, 반복적인 관광지에 대한 설명을 통해 일상에서 보지 못하고 깨닫지 못했던 못한 나의 모습을 되돌아보게 된다. 그럼으로써 인생을 배우고, 서로 같은 인간으로서 공감하고, 좋은 마음의 울림을 함께 할 수 있어서 가이드란 직업에 애착을 느낀다. 가이드 일은 나에게 숙명인가보다.

이 글은 만 명 이상의 여행객들을 안내하면서 있었던 에피소드와 느낌을 글로 옮겨 보겠다는 생각에서 시작하였다. 글을 쓰면서 지난 날 그때 생각에 웃음이 절로 나오기도 하였지만 마음이 아파 눈물을 흘리기도 했다.

여행을 통해 인연이 되었던 모든 분들, 지금까지 많은 가르침을 주신 선배님과 동료, 후배들 그리고 인솔자분들에게 감사함을 전한다. 해외 생활로 인해 자주 뵙지 못하는 어머니께 진정 송구한 마음을 간직하고 있다.

오늘의 신민우가 있기까지 넓은 마음으로 지켜봐주신 김회강 사장님께 책 출간의 기쁨을 전한다.

삼 동서와 시어머니

　　대한민국에서 출발한 비행기 도착 시간에 맞추어 현지 공항에 도착하여 공항출입구에서 고객들을 기다린다. 드디어 내가 안내할 고객들이 카트를 밀며 내가 들고 있는 안내판을 보며 모여든다. 나는 가볍게 고객들과 눈인사를 하며 미소를 보낸다.

　　"이 곳까지 오시느라고 고생하셨지요. 수고하셨습니다."

　　대한민국에서 오시는 여행객들을 맞이하는 일은 항상 하는 일이지만 긴장되고 설레는 순간이기도 하다.

　　'어떤 사연을 간직하고 있는 고객들인지, 소중히 가슴 속에 간직될 수 있는 추억과 그리고 무사히 한국으로 돌아가서서 삶의 활력이 되는 즐거운 여행이 될 수 있도록 잘 이끌어드려야 될 텐데…'

　　공항에서 고객들의 명단을 확인한 후, 호텔로 가기 위해 버스로 이동하였다. 고객들이 모두 버스에 탑승한 것을 확인한 후에 간단히 인사를 한다. 여기저기서 "잘 부탁합니다.", "가이드님, 인상이 좋아서 즐거운 여행이 될 것 같아요." 등등의 말들이 나온다.

"까르르" "호호" 무엇이 그리 즐거운지 웃음이 그칠 줄 모르는 네 명의 여성일행의 모습이 눈에 띠었다. 특히 젊은 여성들과 대화를 하는 어머니의 모습이 무척 행복해 보였다.

나는 여성고객들의 이름을 확인했다. 젊은 여성들의 성이 모두 같았다. 어머니를 모시고 해외여행을 온 세 딸, 나는 당연히 그렇게 생각했다. 하지만 젊은 여성들의 말투에는 좀 혼란스러웠다. 세 젊은 여성들은 나이가 드신 분에게 꼭 "어머니"라는 호칭을 하며 대화를 하는 것을 보니, '시어머니를 모시고 여행을 온 며느리들인가? 하는 생각도 들었다.

고객들이 즐겁게 대화하는 모습을 웃으며 바라보고 있는 나에게 어머니가 말했다. "가이드님, 우리 딸들 예쁘죠?"

"예, 예쁜 따님들과의 여행, 참 보기 좋습니다."

다음 날, 아침 식사를 마치고 고객들과 호텔 로비에서 미팅시간을 가졌다. 일정을 시작하기 전에 어젯밤 늦게 도착하여 서로 인사를 나누지 못했기에 아침에 인사를 나누게 된 것이다. 여행객들이 차례로 일행을 소개했다. 어머니와 세 딸의 차례가 되었다. 큰딸이라고 생각했던 여성 고객이 대표로 일행의 소개를 한다.

"안녕하세요, 저희는 수원에서 온 시어머니와 삼 동서지간입니다." 인사를 하는 던 중, 갑자기 딸들이라고 생각했던 여성들이 며느리로 둔갑했다.

어머니가 나를 보며 웃으시며 말씀하셨다. "가이드님, 어제 놀려서 미안해요. 나는 항상 우리 며느리들을 딸처럼 생각한답니다."

옆에 있던 다른 일행들도 공항에서부터 '친정엄마인가? 시어머니인가?' 궁금했다고 한다. 행동을 보면 딸들 같았고, 말투를 보면 아닌 것 같았다며 여기저기서 한 마디씩을 한다. 나 역시 명단을 확인하고 세 젊은 여성의 성이 같아서 당연히 엄마와 딸들로 생각했었다.

옛말에 '시어머니 닮은 며느리가 집에 들어온다.'라는 말이 있듯, 시어머니와 삼 동서가 참 많이 닮았다.

이렇게 일정은 시작되었다. 세 며느리의 행동은 호칭만 "엄마"라고 부른다면 누구도 며느리라고 눈치를 채지 못할 것이다. 사진 찍고, 음료수 마시고, 여행을 즐기는 모습은 영락없는 엄마와 딸들의 모습이었다.

"나는 쟤들만 보면 너무 좋아요. 내가 아들 셋에 딸 하나를 두었어요. 모두 제 짝들을 만나 결혼을 했는데, 시집간 딸보다 며느리들이 더 잘해, 서로 우애도 돈독하고요."

그때 막내며느리가 달려와 같이 사진을 찍자고 한다. 막내며느리의 분주함이 철없는 막내딸 같다.

"너희들끼리 사진 찍어, 늙어서 사진은 무슨…"

말은 그렇게 하시면서도 못 이기는 척 며느리들에게 가시는 시어머니의 얼굴에는 행복감이 맴돌았다.

셀카봉을 바라보며 동그랗게 모여 손가락 하트를 취하고 있는 모습, 이 사진이야말로 두고두고 시어머니와 며느리들의 사랑을 확인할 수 있는 행복의 보물창고 역할을 해 주지 않겠는가.

"며느님들과의 해외여행, 정말 보기 좋고 부러워요. 고부사이가 좋은가 봐요. 나도 며느리와 한 번 오고 싶은데, 우리 며느리가 좋아할지 모르겠어요?"

옆에 있던 비슷한 연배의 어머니가 그 모습이 부러웠던 모양이다.

"그럼요! 댁의 며느님도 좋아할 거예요. 꼭 한번 며느리 손잡고 여행을 떠나보세요. 저도 처음엔 어색했는데, 이젠 딸보다 며느리들이 더 편해요."

"그런데, 식구들은 어떻게 하고 며느리들하고만 오셨어요?"

"네, 이번에 우리 남편이 그 동안 고생했다며 집 걱정하지 말고 마음 편히 여행을 다녀오라고 해서 며느리들과 함께 온 거예요. 집안에 일이 좀 있었거든요."

옆에 앉아 있던 며느리들이 한마디씩 한다.

"아버님, 어머님이 저희를 딸처럼 대해 주셔서 너무 좋아요."

"친정엄마 같아요."

어르신들의 대화를 듣고 있던 둘째 며느리가 과일도 예쁘게 깎아 내오고 어깨도 주물러 드린다.

버스를 타고 이동 중에 시어머니의 한마디가 버스 안을 웃음바다로 만들었다.

"우리 며느리들이 나에게 잘하는 이유가 있어요. 내가 숨겨놓은 돈도 조금 있고, 나름 아들들을 튼튼하게 키웠어요. 그리고 내가 악착같이 아픈 척 하지 않고 잘 따라 다니거든요."

며느리들이 시어머니를 바라보면서 한마디 한다.

"어머니, 그걸 어떻게 아셨어요. 호호호."

시어머니가 한 말씀 더 하신다.

"내가 아프고, 돈도 없고, 너희 남편들이 못났어 봐라. 이런 대우 받겠니."

버스 안의 고객들이 다 같이 손뼉을 치며 웃는다.

"큰 며느리는 보기만 해도 듬직하고, 둘째는 중간 역할 잘하고, 셋째는 아직 철이 없다는 소릴 듣지만 윗동서들한테 순종하고, 더 바랄 것이 없어요. 이렇게 예쁘고 착한 애기들이 내 며느리로 들어와서 우리 집안은 많이 행복하답니다."

뒷자리에서 이야기를 듣고 있던 고객이 한 마디 한다.

"며느리들이 착한 건, 모두 시어머니 닮아서 그래요."

나는 고객들의 말을 들으며 버스 창밖을 보며 생각했다.

'나는 고객의 여행가이드이고, 며느리들의 인생가이드는 시어머니가 아닐까.'

우리 집안의 대장

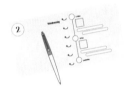

한 가족의 여행은 즐겁고 편안하다. 그 이유는 각자의 개성을 너무나 잘 알고 있는 식구들만 챙기면 되니 그렇다. 하지만 한 집안이 여행할 때는 다르다.

할아버지, 할머니, 엄마, 아빠, 아들, 딸, 큰 아빠, 큰 엄마, 삼촌, 숙모, 고모, 고모부, 외삼촌, 외숙모, 매형, 매제, 아주버님, 형님, 동서, 시누이, 올케, 새언니, 도련님, 아가씨, 형님, 조카 등등.

누가 누구를 부르는가에 따라 호칭 또한 다양하다. 여기에 사돈 쪽 집안까지 동행하면 그 복잡함은 상상을 초월한다.

다섯 가족이 해외여행을 왔다. 일행의 중심 역할을 하는 큰아들 가족 네 명을 포함하여 총 열여섯 명이다. 큰누나 가족 네 명, 작은누나 가족 세 명, 그리고 남동생 가족 네 명, 결혼하지 않은 여동생 한 명의 대가족이 해외여행에 총 출동했고 현지에서 가이드인 나의 투어 안내를 받게 되었다.

공항 미팅을 하는데 가족은 다 모였는데 큰아들 부부의 모습이 보이지 않았다. 내가 남동생에게 형님은 어디에 있느냐고 물어보니, 화장실을 들렀다가 곧 나올 것이라고 한다. 잠시 후 큰아들 부부가 도착하여 버스를 타고 호텔로 이동을 하며 '형제자매 모두가 함께 여행을 오기가 힘들었을 텐데 참 화목한 집안이구나.'하는 생각이 들었다. 한 편으론 부러웠다.

가이드라는 직업은 얼마나 빨리 고객들의 관계와 분위기를 파악하는 것이 중요한 일이다. 그래서 고객들을 공항에서 만나 호텔로 이동하는 동안이 가장 긴장되고 또한 많은 에너지가 소모된다. 인사말을 하면서도, 약식으로 투어 설명을 하면서도 고객들의 분위기를 살핀다.

여행의 시작은 준비과정부터 시작된다. 고객들은 한국에서부터 해외여행을 떠날 준비에 바쁘지만 그 시간에 가이드는 회사로부터 전달받은 명단을 보며 자신이 모실 고객들의 관계, 성향 등을 파악한다. 일종의 사전 공부인 것이다.

호텔로 가는 버스 안에서 고객들의 표정을 살피니 큰아들 부인의 표정이 좋지 않음을 느꼈다. 나머지 가족들은 서로 재미있게 이야기를 나누는데 혼자서 창밖만 바라보고 있다. 큰아들은 맨 뒤 좌석에서 잠을 자는지 눈을 감고 있다. 호텔에 도착하여 방 배정을 하고 인사말을 하고 헤어지려는데 큰아들의 부인이 아무 말도 하지 않고 배정받은 방으로 올라갔다. 그때 큰누나가 남동생을 보며 물었다. "큰 애야, 쟤 왜 저러냐. 무슨 일 있었니?" 큰누나의 물음에 남동생은 "누나는 가만히 좀 있어요."라고 퉁명스럽게 말했다.

다음 날, 나는 조금 불안한 마음으로 투어를 진행하고 있었는데 이동 중인 버스 안에서 사건이 벌어졌다. 독자들의 이해를 돕기 위해 큰아들을 중심으로 상황을 설명하면 다음과 같다.

오늘도 큰아들의 부인은 혼자 창밖만 바라보고 있다. 나는 모른 척하고 있어야 했지만 가이드의 입장에서 투어 진행을 불편하게 이끌 수는 없었기에 큰아들 부인에게 한마디 했는데 그것을 시작으로 형제자매 간의 실타래처럼 얽혀있는 복잡한 싸움이 시작되었다.

나는 큰아들의 부인에게 "어디 불편하신 데 있으세요?"라고 물어보았다.

"아니요. 신경 쓰지 마세요." 큰아들의 부인은 나를 쳐다보지도 않고 작은 소리로 말했다.

뒷좌석에 앉아 있던 큰누나와 가이드인 내가 눈이 마주쳤다.

　"쟤는 그냥 내버려 두세요."하며 큰누나가 나에게 퉁명스럽게 쏘아붙였다. 나에게 한 말이 아니라 자신도 화가 나 있다는 표현이었다.

　"큰누님, 그래도 집안의 대장은 큰며느리인데, 큰 누님이 잘 살펴주세요."하고 내가 말을 하니, 큰누나가 바로 말을 했다. "그렇잖아도 우리는 쟤 무서워서 아무 말도 못 해요."

순간 나는 '이 상황을 어떻게 수습해야 하나', 하는 생각에 당황스러웠다.

그때 뒤에 앉아있던 남동생의 부인이 큰아들의 부인을 바라보며 "형님" 하면서 부른다. 하지만 큰아들 부인은 들은 척도 하지 않고 창밖만 바라보고 있다.

"아이고, 저것 봐." 하면서 큰누나가 또 한마디 한다.

이제는 온 가족이 웃음소리가 사라지고 버스 안은 냉랭한 시베리아 벌판과 같은 찬바람이 몰아치는 것 같다. 이때, 뒷좌석에 앉아 있던 남동생이 앞으로 나오면서 "누나, 이젠 그만 좀 해."라며 큰 소리로 말했다. 이 모습을 지켜보고 있던 큰누나의 남편이 "작은 처남, 누나한테 이게 무슨 말버릇이야."라며 소리쳤다. 가족들의 눈치를 보던 막내 여동생이 큰오빠의 부인을 애처롭게 바라보며 "언니가 참고 이해해요."하고 주눅이 들은 작은 소리로 말했다. 큰아들의 부인이 "뭘 참고 이해해요."하며 막내 시누이를 보며 말했다. 이때, 참고 있던 큰아들이 여동생을 보며 "너는 빠져."라며 소리친다.

나중에 알게 된 사연은 이러했다. 어머니가 생존해 계실 때, 형제자매 사이는 우애 있게 서로를 잘 챙겼다고 한다. 그러던 중 어머니께 치매가 왔다. 누군가는 어머니를 모셔야 하는데, 모두가 직장 생활을 하다 보니 누구도 선뜻 나서서 어머니를 모실 사정이 아니었다. 가족회의 끝에 큰 며느리가 직장을 그만두고 어머니를 모시기로 합의를 했다. 대신 다른 형제자매들은 병원비와 생활비를 각자 얼마씩 큰아들의 부인에게 내기로 했고, 어머니가 돌아가시면 어머니 앞으로 있던 낡은 아파트는 큰아들이 갖는 것으로 합의를 하였다. 모두 직장까지 그만두고 어머니를 모시니 그만한 대가는 당연하다고 생각했다. 큰아들의 집에서 어머니를 5년 동안 모셨다.

　어머니를 모시는 동안 두 누나는 어머니를 가끔 보러 오기는 했지만 한 번도 어머니의 목욕을 도와 준 적도, 어머니를 병원에 모시고 간 적도 없었다. 어머니목욕 때에 맞춰 막내 여동생만이 큰오빠 집을 방문하여 어머니의 목욕을 도와주곤 했다. 형제자매들은 어머니의 병 수발 뿐만 아니라 어머니와 관련된 일은 당연히 큰며느리가 해야 하는 것으로 생각했다.

　'왜?' 어머니가 돌아가시면 낡은 아파트는 큰아들 차지가 되니 그것은 당연한 일이라고 생각했던 것이다.

　큰아들의 부인이 힘들다고 하소연하면 큰누나는 "큰 올케가 엄마 재산 다 갖기로 했잖아." 항상 이 이렇게 얘기를 했다고 한다. 그래서 한 번은 큰아들의 부인이 큰 시누이한테 "그럼, 형님이 어머니 모시고, 어머니 아파트도 가지도록 하세요."라는 말을 했다가 집안이 발칵 뒤집힐 뻔했다고 한다. 그 다음부터 두 누나와 남동생은 병원비와 치료비를 내지도 않고 찾아오지도 않았다고 한다.

그러던 중 어머니가 돌아가셨다. 장례를 치르고 아파트 명의는 당연히 큰아들 앞으로 이전이 되었다. 그런데 아파트 명의를 이전하고 얼마 지나지 않아서 어머니가 큰아들에게 물려준 아파트가 재개발이 된다는 정부의 부동산발표가 났다. 지분이 많은 오래된 아파트라서 부동산 가격이 상상할 수 없을 정도로 많이 올랐다고 한다.

두 누나와 남동생은 '아파트 가격이 오른 것을 어떻게 할 거냐'로부터 시작하여 사사건건 유산 상속에 관한 이야기를 했다고 한다. 그래서 어느 날 가족회의를 하는데 큰누나, 작은누나 그리고 남동생 부인 셋이 또 아파트에 대해서 말을 꺼냈다고 한다. 아파트 이야기가 나오자 큰아들의 부인은 앞으로는 어머니가 물려주신 아파트에 대해서는 더 이상 신경 쓰지 말라고 딱 잘라 말했다고 한다.

그때부터 형제자매간의 사이가 더 어색해졌다고 한다.

이번 여행도 어머니 장례식을 치르고 남은 돈으로 여행을 왔다고 한다. 장례식 치르고 남는 비용도 어머니를 모신 큰아들이 갖기로 했는데 하도 말이 많아 남은 비용으로 가족 간의 화목도 다질 겸 해서 해외여행을 온 가족이 오게 되었던 것이다.

버스 안에서의 말다툼 이후로 식사 시간에도 큰아들 가족은 따로 자리를 잡았다. 한국에서 이 곳에 입국한 첫날, 공항에서 늦게 나온 것도 큰 아들의 부인이 기분이 좋지 않아 늦게 나온 것이라 한다.

참다못한 큰아들이 한마디 한다.

"누나, 사람들 보기 민망하게 이게 뭐 하는 거예요? 엄마 모시라고 할때 다 외면하더니 집값 올라가니까, 그게 아까워서 그래요? 처음부터 얘기 다 끝난 거였잖아요. 그럼, 처음부터 모시라고 할 때 모시던지. 이 사람엄마 모실 땐 한 번이라도 집에 와서 엄마 목욕 한 번 도와준 적 있냐고요? 제수씨도 시어머니 밥 한 그릇 차려준 적 있어요? 지난번 엄마 마지막 생일 때도 직장 핑계 대고 가족여행 갔다 온 거 다 알고 있어요. 이번 여행도 그래요. 장례비용 남으면 엄마 모시느라 고생했다고 이 사람한테 다 가지라고 했잖아요. 아파트 값이 오르니 엄마 재산 우리가 다 가져갔다고 하고, 사람들에게 있는 말 없는 말 다 하고요. 우리 형제들 엄마 재산에 욕심나서 그러는 거 아닙니까? 내가 틀린 말 했으면 말해 봐요."

모두 큰아들의 말을 가만히 듣기만 하고 있다. 무안한지 두 누나와 남동생 부인은 창밖만 바라보고 있다.

조금 떨어져서 그 모습을 지켜보고 있던 나는 아무 말도 못하고 아무것도 쓰여 있지 않은 노트만 뒤적이고 있었다.

다음날 저녁 식사 후, 큰아들 부부가 나를 보자고 한다. 투어 시작한 후 처음으로 보는 장남 부부의 웃는 얼굴이었다. 이렇게라도 말할 수 있도록 판을 깔아 주어서 고맙다고 한다. 남편이 하고 싶은 말을 다 해주어서 한편으론 고마웠지만, 다른 한편으로는 모든 가족들에게 미안하다고 한다. 그러면서 예전의 우애 있던 시절로 다시 돌아가고 싶다고 했다.

　　"가이드님이 유적지에서 말한 '가족 간의 화목, 형제간의 우애, 부모의 역할' 등에 대한 설명을 들으면서 많이 생각해 봤어요. '그동안 우리 형제자매에게 서운했던 것이 무엇이었나? 또한 내가 서운하게 했던 것은 무엇이었나?' 하고요."

　　그러면서 여행이 끝나기 전에 가족회의를 하겠으니, 나에게 분위기를 잘 이끌어달라고 부탁을 했다.

　　어제 큰아들의 이야기 때문이었는지 가족들의 아침 미팅 분위기가 서먹서먹했다.

　　"아니, 가족들끼리 분위기가 왜 이래요? 그깟 일 가지고! '친구는 의리 때문에 있고, 형제는 힘들 때 돈 빌려주라고 있고, 가족은 상처가 났을 때 감싸 주라고 있다'라는 말도 있잖아요. 자, 이리로 모이세요."하며 내가 너스레를 떠니 모두들 쭈뼛거리며 내 주위로 모였다. 버스에 오르려는데 뒤쪽에 떨어져서 계시는 큰누나가 눈에 띄었다. 나는 큰아들의 부인을 보고 말했다. "어느 집안이나 큰며느리가 그 집안의 대장이니 큰며느리께서 큰누님을 모시고 오세요."

　　큰아들의 부인이 얼떨결에 큰누님을 모시고 버스를 탔다. 나는 버스에 올라서 마이크를 잡고서 말했다.

"제가 호텔 로비에서 미팅을 하며 말했죠. 형제는 왜 있다고요?"

내가 웃으면서 질문을 하니 막내 여동생이 "힘들 때 돈 빌려주라고요."라고 힘차게 말했다. 다들 웃었다.

"그럼 돈이 급하게 필요하신 분 있습니까?"하고 질문하니 막내 여동생이 "우리 다들 먹고 살만해요." 한다.

나는 큰며느리를 바라보며 "그럼, 나중에 돈이 필요할 때 이 집안 대장에게 달라고 하세요. 대장이 무엇을 위해 있는 거예요? 괜히 대장 시키는 거 아니잖아요."하고 말하니 다들 박수를 친다. 큰아들 부인이 입가에 살며시 웃음을 띠며 눈가를 손수건으로 닦는다. 큰 누님이 조용히 올케 옆으로 와서 어깨를 말없이 꼭 안아준다. 이것이 형제간의 진짜 마음이다.

유적지에 도착해서는 그동안 찍지 못한 사진을 다 찍으려는 듯 형제자매간에 사진을 많이 찍었다. 큰아들 부인의 활짝 웃는 모습이 오늘따라 유난히 선명하게 보였다.

여행은 어느덧 마지막 날 저녁이 되었다.

한국으로 돌아가기 위해서 모두 버스에 올랐다. 공항으로 가는 버스 안의 모습은 첫날과 완전 다른 모습이다. 웃음이 끊이지 않았고, 서로를 챙겨 주는 모습이다.

나는 큰아들의 부인에게 "누가 뭐래도 이 집안의 대장은 큰며느리인 것 잘 아시죠? 잘하세요."라고 하니 씩 웃는다.

이번 여행이 큰아들의 부인뿐만 아니라 형제자매간에 얽혀있던 마음을 풀어 주는 여행이 된 것 같아 너무 기분이 좋았다.

오늘은 왠지 그대로 집으로 돌아갈 수 없어서 한참을 공항 앞 공원의 벤치에 앉아 있었다. 멀리서 비행기 이륙하는 소리가 어렴풋이 들리고 잠시 후 대한민국 행 비행기가 하늘에 모습을 보였다. 나는 비행기를 향해 손을 흔들며 마음속으로 고객가족의 무사귀환과 앞날의 행복을 기원했다.

마음의 환전까지

친목계 팀 열여덟 명, 여고 동창생인 칠 공주 팀 일곱 명.

스물다섯 명의 고객이 한 버스를 타고 한 팀이 되어 여행을 시작했다. 첫 미팅에서 서로 인사를 나누며 재미있게 지내자고 서로 웃으면서 인사를 했다. 두 그룹으로 이루어진 팀만으로 투어를 진행하다 보니 좋은 면도 있었지만 두 팀 간의 은근히 보이지 않는 경쟁 심리를 보이기도 하였다. 처음에는 칠 공주 팀 일곱 명이 버스의 앞쪽에 앉아 여행 분위기를 주도하였다. 질문도 많이 하고 호응도 잘해 주었다. 친목계 팀은 피곤하였는지 버스 뒤쪽에서 잠자기에 바빴다. 뒤쪽에서 잠을 자던 친목계 팀의 총무가 앞쪽으로 오더니 무엇이 그렇게 재미있어서 웃느냐고 물어본다. 칠 공주 팀의 한 명이 특별한 것은 없고 여고 시절 잘 어울려 지냈던 친구들과 같이 여행을 와서 너무 기분이 좋다고 말을 하니, 친목계 팀의 총무가 칠공주의 우정이 부럽다고 한다. 특히 칠 공주 팀이 친목계 팀의 부러움을 샀던 것은 단체 사진을 찍을 때의 포즈였다. 일곱 명의 공주들은 죽을 때까지 우정이 변치 말자며 하나님 앞에서 약속을 했다고 한다. 그리고 무지개는 하나님과의 약속이라며 어떤 날은 옷도 일곱 색깔로 맞추어 입고 투어를 했다. 빨주노초파남보.

사진을 찍을 때면 일곱 색깔의 옷을 입고 다양한 모습으로 포즈를 취하며 사진을 찍었다. 가이드인 내가 보기에도 일곱 명의 여성이 높이를 딱 맞추는 손가락 하트는 일품이었다.

친목계 팀도 칠 공주 팀을 따라 사진을 찍는다. 열여덟 명이 손가락 하트의 높이를 맞추려고 하니 높이가 잘 맞지 않았고, 하트 모양도 제각각이었다.

친목계 팀과 칠 공주 팀은 서로를 챙겨 주며, 언니(친목계 팀), 동생(칠 공주 팀)의 사이가 되었다. 먹을 것을 한쪽이 사면 그 다음에는 다른 쪽이 사고 그러다가 친목계 팀이 인원이 많다며 한 번 더 돈을 냈다.

여행이 유쾌한 분위기에서 순조롭게 진행되던 중 공교롭게도 두 건의 사고가 같은 날 일어났다. 낮에는 친목계 팀에서, 밤에는 칠 공주 팀에서.

갑자기 달리고 있는 버스 뒤쪽에서 요란한 소리가 들렸다.

"야, X팔, 이거 안놔. 너 오늘 죽을 줄 알아. 임자 제대로 만난 줄 알아."

남자들의 싸움보다 무섭다는 아줌마들의 싸움이다. 한 사람은 머리 채를 잡아 위에서 아래로 누르고 있고, 한 사람은 아래에서 버둥거린다.

순간 친목계원 중 한 분이 "박수…" 하면서 다 같이 박수를 치라고 했다.

"더 크게 치세요. 구경 중에 불구경하고 싸움 구경이 제일 재미있대 요." 하니 몇 분이 손뼉을 친다.

"야, 빨리 싸움 말려. 가이드와 동생들 보기 창피하지도 않니?"

"내버려 둬. 쟤들 말리면 더 싸워."

"아휴, 외국까지 나와서 국위선양을 하세요."

조금 연배가 높으신 언니분이 창피하지도 않으냐면서 싸움을 말리고 나서야 두 고객은 씩씩거리며 의자에 앉는다. 싸운 사람들을 양쪽 창가로 앉히고 복도 쪽에는 한 명씩 경계선을 만들어 앉았다.

싸움은 총무가 환전한 곗돈 확인이 발단이 되었다. 곗돈을 세는데 계산이 잘 맞지 않았나보다. "아니, 곗돈이 왜 부족하지? 쓴 데도 없는데." 혼잣말로 중얼거렸다. 옆에 앉아 있던 계원이 "돈 관리 좀 똑바로 해."라고 하니, 그렇잖아도 돈 계산이 맞지 않아 신경이 날카로웠던 총무가 그 순간 벌떡 일어나 세고 있던 돈을 상대방 얼굴에 던진 것이다. 그러면서 동시에 머리채를 잡고 상대방을 위에서 아래로 누른 것이다.

곗돈은 항상 부족하다. 중간에 먹을 때도 꼭 곗돈으로 사서 먹었다. 영수증이 있으면 다행이지만 여행의 특성상 영수증을 받지 못할 때도 있다. 아니면 본인 돈과 곗돈 사용의 착각일 수도 있다.

한번은 곗돈으로 물을 산 적이 있다. "생수 필요한 사람?" 총무가 계원들에게 물어보았다. 몇 사람은 필요하다고 하고, 몇 사람은 필요 없다고 한다. 총무가 "이번 물 값은 곗돈으로 낸다."라고 하니, 물이 필요 없다고 했던 사람까지 물을 달라고 하였다. 이렇게 몇 번을 곗돈으로 물을 샀다.

다음날, 버스 기사가 나에게 이야기를 좀 하자고 한다. 내가 왜 그러느냐고 물어보니 한 고객을 가리키며 저 분이 생수 네 병을 가지고 오더니 돈으로 바꿔 달라고 했다고 한다. 기사의 이야기를 듣고 있으니 웃음이 나왔다.

나는 장난기가 발동하여 운전기사가 나에게 했던 말을 다른 버스에서 있었던 일처럼 돌려서 이야기를 했다. 그리고는 "여기는 그런 분 없죠?" 하니, 한 고객이 내 눈을 마주치지 못하고 창밖을 바라본다.

밤에는 칠 공주 팀에서 사건이 일어났다. 호텔에 도착하여 방 배정을 마치고 방 열쇠를 받은 고객들이 방으로 올라갔다. 고객들이 각자의 방으로 모두 올라간 후, 로비에서 인솔자와 내일 투어 일정을 논의하고 있는데 칠공주 중 한 고객(C)이 내려오더니 방을 하나 더 예약해 달라고 한다. "왜요? 방에 문제가 있나요?" 하고 물어보니, 고객은 약간 화가 난 말투로 "아니요, 아무 말씀 하지마시고 방 하나 더 예약해 주세요."라고 한다. 방을 별도로 잡으면 비싸다고 했지만 계속 방을 따로 잡아 달라고 한다. 분위기가 이상하여 옆에 있던 인솔자를 칠 공주 팀의 총무 방으로 보내 상황을 알아보라고 하였다. 곧 칠공주 팀의 총무가 로비로 내려오더니 무슨 일이냐고 물어본다. 이때 방을 따로 잡아달라고 하던 고객이 "총무야, 나도 똑같이 회비내고 왔는데, 나만 엑스트라 침대에서 잠을 자니까 불편하고 힘들어서 그래, 오늘부터는 혼자 자야겠어."라고 말했다.

사연은 이러했다. 오랫동안 모임을 해 왔던 여고 동창들이니 서로 챙겨주고 아껴주는 모습은 친목계 일행들의 부러움을 살 정도로 우정이 깊었다. 그렇지만 일곱 명의 친구가 모두 똑같이 친할 수는 없다. 그중엔 조금 더 친한 친구가 있고, 덜 친한 친구가 있을 것이다.

그러던 중 계속 엑스트라 침대에서 잠을 잤던 고객 C가 불편하니, 오늘부터 파트너를 바꿔 가면서 잠을 자자고 건의를 했다고 한다. 그래서 표를 만들어 뽑기를 해서 결정하기로 했는데, 추첨 결과는 더 친한 A와 B, 그리고 덜 친한 C가 한 팀이 되었던 것이다. 칠공주가 아니고 여섯 공주였다면 둘씩 짝을 지어 방을 하나씩 사용하면 되겠지만 칠공주이다 보니 세 개의 방 중 한 방은 세 명이 사용해야 했다. 그래서 뽑기를 했는데 C가 트리플 방에 걸린 것이다. 친구들이 방을 바꾸자고 했지만 이왕 뽑은 거니 C가 오늘은 그냥 자자고 했다. 여기까지는 괜찮았는데 문제는 침대 배정에서 발생한 것이다. A가 방에 들어가서 자기 침대를 정하고, 더 친한 B를 옆에 재우고 싶어 B의 자리를 맡아 놓았던 것이다. 방에 A가 들어가고 다음에 B가 들어갔으면 문제가 되지 않았을 텐데, C가 B보다 먼저 들어간 것이다. C는 당연히 엑스트라 침대가 아닌 침대 위에 가방을 내려놓으며 "오늘은 내가 여기 자야지." 했는데, A가 "이 침대는 B거야."라는 말에 화가 난 것이다.

이야기를 듣고 있던 총무가 "이것들이 정말." 하며 "야, C야, 네가 이해해라. 이것들 안 봐도 비디오야." 하며 "내가 엑스트라 침대에서 잘 테니까, 나랑 방 바꿔." 하니, C가 싫다고 하며 오늘은 혼자 자겠다고 끝까지 우겨 할 수 없이 방을 새로 잡았다.

나중에 들은 이야기지만, A는 아무 생각 없이 B의 침대를 맡아 주었다고 한다. A는 C가 지금까지 힘들게 엑스트라 침대에서 잠을 잔 것을 몰랐던 것이다.

나는 A의 말도 이해할 수 있고, 또한 C의 마음도 이해할 수 있다. A는 당연히 자기와 마음이 잘 맞는 B와 조금이라도 가까운 곳에서 잠을 자고 싶었을 것이고, C의 입장에서는 기분이 나빴을 것이다. 이것은 모두 서로를 너무나 잘 아는 오랜 친구들이기 때문에 생긴 일이다.

오늘은 참 특이한 날이다. 한 팀에서 일이 생기니, 다른 팀에서도 일이 생겼다. 나는 두 팀의 고객들에게 각자의 방을 정리한 후에, 화합의 자리를 갖는다는 명목으로 가이드가 한 턱 쏘겠으니 호텔 2층에 있는 카페로 모이게 했다. 오늘의 일을 잘 해결하지 않고 이대로 넘어간다면 앞으로의 여행 분위기가 좋지 않을 것 같았기 때문이다. 모두 카페에 모여 맥주 한 잔씩을 하는 자리에서 내가 먼저 웃으면서 말했다.

"언니들이 싸우니 동생들이 배워서 싸우잖아요."

친목계 팀에서 칠 공주 팀에게 무슨 일이 있었냐며 물어본다. 칠 공주 팀 총무가 웃으며 "언니들만 싸우면 서운하잖아요. 그래서 우리도 한바탕 했어요."하니 다 같이 웃음을 터뜨린다. 칠 공주 팀의 총무는 친목계 팀 언니들을 바라보며 말했다. "버스에서 언니들 무서워서 우리 바짝 쫄았잖아요."

이때 갑자기 칠공주의 B가 "우정을 위하여"를 외친다. 그랬더니 옆에 있던 총무가 "차원 높은 것들끼리 지랄을 하세요." 하니 다 같이 웃는다. 화기애애한 분위기에서 친목계 팀에서 싸움을 했던 계원이 총무에게 "총무, 버스에서 한 말은 그런 뜻이 아니었는데, 말이 왜 그렇게 나왔는지 지금도 모르겠어." 하고 사과를 하니 총무 또한 "미안해, 날씨가 더워서인지 나도 모르게 욱했어."하고 사과를 한다. 칠 공주 팀과 친목계팀 모두 서로 사과를 하고 오해는 풀었으나 다음날부터 손 하트의 사진 찍는 횟수는 처음보다 많이 줄었다.

이번 여행이 칠 공주 팀에게는 일곱 색깔의 무지개 약속을 했던 그때 그 시간으로, 친목계 팀에게는 화목을 위하여 첫 모임을 만들 그 당시로 되돌아가는 여행이 되었으면 좋겠다.

두 모임이 지금까지 이어진 것은 무엇 때문일까?

서로 이해하고 배려하며 함께 했기 때문은 아니었을까?

'빨리 가려면 혼자 가고, 멀리 가려면 함께 가라'는 아프리카 격언처럼 서로에게 조금 더 배려해 주었더라면 하는 생각이 든다.

여행을 준비할 때는 돈의 환전도 필요하지만 나와 다른 생각을 하는 사람도 있다는 마음의 전환도 필요하지 않을까 생각한다.

빗속의 여인과 속옷 사건

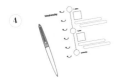

시기가 우기인데도 하늘에는 구름 한 점 없고 햇살은 따사롭다.

고객들은 날씨가 너무 좋다며 기뻐했다.

"내가 여행만 오면 이상하게도 날씨가 좋아."

"내가 여행 오면 오던 비도 그쳐."

"우리가 여행 가서 날씨 나빴던 적이 한 번도 없어. 그치?"

"가이드님, 우리 덕분에 날씨가 좋은 줄 알아요. 고맙지요?" 한다.

"예, 고맙습니다. 덕분에 날씨가 너무 좋은 것 같습니다."

비가 올 줄 알았는데 날씨가 좋아서인지 고객들의 분위기가 한층 고조되었다.

오전과 오후 일정은 모두 즐거운 마음으로 무사히 마쳤고 호텔로 가기 전에 예약된 식당에 들려 저녁식사를 하는 일정이 남았다.

식당으로 이동하는 버스 안에서 고객들에게 한 가지 제안을 하였다.

"이 나라는 우기에 열대성 폭우 '스콜(squall)' 현상이 있기 때문에 하늘이 맑다가도 갑자기 비가 올 수 있습니다. 그러니 날씨의 상태를 봐가면서 시간이 되면 일정을 당겨서 투어를 진행하고, 진행이 어려운 상황일 때는 호텔에서 쉬거나 자유 시간을 갖는 것이 어떨까요?"

"네, 그렇게 해주세요."

식당에서 저녁 식사 중에 갑자기 장대 같은 굵은 비가 쏟아졌다. 고객들은 빗소리가 너무 운치 있다며 좋아한다. 하지만 좋아하는 것도 잠시, 번개가 번쩍하더니 하늘이 찢어지는 듯 벼락이 쳤다. "우르릉 꽝꽝!!" 벼락 떨어지는 소리에 놀란 고객들이 비명을 질렀다. 갑자기 정전이 되었다. 어슴푸레한 저녁 시간대라서 사람은 구별될 정도였지만 고객들은 어둠 속에서 불안한지 어쩔 줄을 몰라 했다. 잠시 후 요란한 발전기 소리와 함께 전깃불이 들어왔다. 고객들은 어둠의 불안에서 벗어났다는 안도의 한숨과 함께 손뼉을 치며 소리를 지른다. 하지만 식당은 불이 들어왔지만 밖은 캄캄했고 빗줄기는 세차게 내리고 있었다. 고객들이 빨리 식사를 마치고 호텔로 들어가자고 한다.

"가이드님, 호텔은 불이 들어오겠죠?"

"네, 염려하지 마세요. 호텔은 항상 비상용 발전기가 준비되어 있으니 당연히 불이 들어와 있을 거예요."

우리 일행은 식사를 마치고 호텔로 이동하였다. 이동하는 중에도 비가 억수 같이 쏟아져 앞이 잘 보이질 정도였다.

뒷좌석에 앉아 있는 고객이 웃으면서 앞좌석의 여성고객에게 "이번엔 안 도와주시나 봐요?" 한다. 여성고객이 무슨 말을 하는 것인지 모르는 듯 "예?" 하니, 고객께서 한마디 더 했다.

"여행만 오시면 날씨가 좋다면서요."

"아, 그러게요. 이번엔 이상하네요." 하며 비가 쏟아지는 창밖을 바라본다.

저녁부터 시작된 비는 다음날 오전까지도 계속 되었다.

사건은 오전에 벌어졌다. 고객들에게 비가 많이 내리는 관계로 오전 일정을 오후로 미루기로 하고 오전은 호텔에서 휴식을 취하기로 했다. 호텔 휴게실에서 책을 읽고 있는데 호텔 사무실에서 전화가 왔다. 무슨 일이냐고 물어보니 고객 한 분이 나와 통화를 하고 싶다고 한다.

"네, 안녕하세요. 무슨 일 있으세요?"

"가이드님, 친구가 없어졌어요. 연락도 안 되고요."

"그래요. 그럼 일단 호텔 로비로 내려오세요. 제가 기다리고 있겠습니다."

전화를 끊고 호텔 로비로 갔다. 잠시 후 고객이 내려왔다. 고객의 말은 친구가 아침을 먹고 호텔을 한 바퀴 돌고 들어온다고 하며 나갔는데 두 시간 반이 지나도록 돌아오지 않는다는 것이다. 그 고객과 함께 호텔

의 갈만한 곳을 다 찾아다녀보았지만 어디에서도 고객의 모습은 보이지
않았다.

"아니, 이놈이 도대체 이 빗속에 어디를 간 거야?" 친구는 혼잣말로
중얼거리며 발만 동동 구른다. 그리고는 갑자기 생각났다는 듯이 나에게
수영장엘 가보자고 한다.

"아, 예!"

"제 예감이 맞을 것 같아요. 저 역시 비 올 때 수영하는 거 좋아하거
든요. 내가 왜 그 생각을 못했지?"

우산을 받아들고 수영장으로 갔다. 아니나 다를까, 고객은 수영장
에 있었다.

"야, 너 거기서 뭐하고 있는 거야? 미쳤니? 빨리 나와. 감기 걸리면
어떡하려고 그래."

고객은 친구를 찾았다는 안도감에 기뻐하면서도 입에서는 따발총
처럼 말이 마구 튀어나왔다.

"얀 마! 가이드님이랑 너 찾아다니느라고 얼마나 고생했는지 알아?"

"죄송해요. 걱정을 끼쳐드려서…"

"어디를 가면 간다고 얘기를 하고 가야지. 이게 뭐야?"

로비의 커피숍으로 이동하여 커피를 마시며 셋이서 이야기를 나누
었다.

"저는 비 오는 날을 좋아해요. 호텔 방 안에서 내리는 비를 바라보

고 있는데, 빗속을 걷고 싶은 충동이 생겼어요. 그래서 밖으로 나가 빗속을 무작정 걷다보니 호텔이 보이지 않을 정도로 멀리 왔더라고요. 그래서 겁이 나서 되돌아서 오다보니 호텔이 보이는 거예요. 안심도 되고 방에 들어가긴 싫기에 호텔 뒤쪽으로 가봤죠. 수영장에 비 떨어지는 모습이 너무 환상적이지 뭐예요. 그래서 수영장에 발을 담그고 쏟아지는 비를 그대로 맞고 있는데 수영장 안에 하얀 천이 넓게 펼쳐 있는 거예요. "저게 뭐지?"하며 궁금해서 유심히 바라보는데 갑자기 웬 여자가 물속에서 확 튀어나오는 것 아니겠어요. 긴 머리가 얼굴을 덮고 있어서 얼마나 놀랐는지 몰라요. 그런데 그 여성이 하는 말이 "수영 안하세요? 하는 거예요. 그래서 저도 옷을 입은 채로 그대로 물속으로 들어갔죠. 수영장 물이 따뜻해서 나오기 싫더라고요."

"야, 이 놈. 빗속의 여인한테 홀려서 물속으로 들어간 거였군. 너가 이드님이랑 내가 찾으러 오지 않았으면 너 오늘 잡혀 먹혔다."하며 서로 낄낄거리며 웃었다.

"조금 전에 가이드님이랑 친구의 모습이 보이는데 또 저 친구의 잔소리를 듣겠구나 하는 생각이 들어서 좀 겁이 났어요. 이 친구 잔소리가 엄청 심하거든요"하며 웃는다.

수영장의 빗속의 여인은 가볍고 하얀 롱 가운을 걸치고 잠수를 하고 있었던 것이다. 몸은 물속에 있고 롱 가운이 물위로 떠올라서 펼쳐있던 모습이 고객의 궁금증을 불렀던 것이다. 나는 고객의 이야기를 들으면서 한참을 웃었지만 고객의 그 마음이 이해가 되었다.

"저 역시 고객 분의 그 마음 충분히 이해할 수 있습니다. 제가 처음 외국 생활을 할 때, 이런 적이 있었어요. 핸드폰과 지갑을 비에 젖지 않게 비닐봉지로 꽁꽁 싼 다음 혼자 빗속을 무작정 걸었어요. 가이드라는 삶의 선택이 과연 옳은 것인가에 대한 생각을 정리도 하고, 한국에 두고 온 보고 싶은 아이들을 그리다가 빗속을 거닐며 울기도 했어요."라고 하니, "가이드님도 저랑 같은 과네요." 한다.

나는 "그러게요."하고 말했다.

"그때 빗속을 걷고 있는데, 오늘 저녁 식사를 한 식당 아시죠? 그 식당 사장님이 저를 소리쳐 부르시는 것이 아니겠어요. "신 가이드! 비를 맞으면서 청승맞게 어딜가? 우산 없어?" 하시더라고요. 그래서 내가 "그냥 빗속을 걷고 싶어서요."라고 했지요. 그러니까 사장님께서 "그럼, 이리 와서 따뜻한 커피 한 잔 마시고 가. 그러다가 감기 걸려."하셨어요. 지금도 가끔 그때 사장님이 주셨던 따뜻한 커피가 생각이 날 때가 있죠."

나와 친구를 찾아다녔던 고객이 마음이 안정되었는지 친구를 보며 한마디 한다.

"앞으로 나갈 때는 머리에 꽃 꽂고, 하얀 소복 있으니까 그거 입고 나가. 알았어." 하니, 친구는 "야…" 하면서 서로를 장난스럽게 째려본다.

다음날은 오후에 비가 억수같이 내렸다. 여행만 오면 날씨가 좋다는 고객이 버스에 탔는데도 비가 왔다. 더 재미있었던 것은 약속을 하지 않았는데도 오후 일정을 미루고 우리 고객들 모두가 비를 맞으며 수영을 했다는 것이다.

　여행 마지막 날, 아침에 체크아웃하고 버스에 캐리어를 싣고 있었다. 인원을 체크 하는데 두 명이 아직 나오지를 않았다. 로비로 가서 방으로 전화를 하니, 출발 시간을 착각했다며 빨리 내려오겠다고 한다. 버스에서 두 명의 고객을 기다리며 고객들에게 방에 두고 온 소지품이 없느냐고 확인을 하고 있는데, 호텔 직원이 버스 쪽으로 온다. 일정 중에 자주 이용하던 호텔이라서 친하게 지냈던 직원이었다. 호텔 직원이 나를 버스 밖으로 나오라고 한다. 직원의 손에는 작은 손가방과 봉투가 하나 들려 있다. '사무실에서 맡긴 서류가 있나?' 하고 버스에서 내렸다. 호텔 직원이 봉투와 손가방을 건네주며 씩 웃는다. 그러면서 "304호"라고 한다. 여성 고객 두 분이 묵었던 방이다. 봉투 안을 들여다보니 색깔이 다른 세 장의 속옷(팬티)이 들어있었다. 순간 웃음이 나왔다.
　버스로 올라와 손가방은 앞자리에 두고, 봉투만 들고서 고객들에게 말했다. "혹시 방에 이거 두고 오신 분?"하니 고객들이 "그게 뭔데요?"하며 물어본다. "속옷이에요."라고 하니, 누구도 자기 것이라고 나서는 고객이 없다.
　"그럼, 꺼내서 보여 드릴게요."라고 하면서 꺼내는 시늉을 하며 "304

호 누가 주무셨어요?"라고 하니,

갑자기 304호에서 묵었던 여성 고객이 "아이고!" 화들짝 놀라면서 앞으로 뛰어나온다. 그 모습에 일행들이 깔깔대고 웃는다.

여성 고객은 창피한지 고개를 숙이고 봉투를 받는다. "이것도 가져 가셔야지요."라고 하며 손가방을 건네니 "아이고 내 정신이야!" 한다.

고객이 밤에 짐을 정리하면서 속옷을 세탁했다. 밖에 걸어두면 보기에 안 좋을 것 같아서 물기를 꼭 짜서 옷장 안의 옷걸이에 걸어둔 것이다. 속옷을 담는 작은 손가방도 옆에 같이 두었는데, 아침에 바쁘게 짐을 정리하다 보니 옷장 속의 속옷을 그만 깜박 잊은 것이다.

그 여성고객이 무안했는지 "그거 버려도 되는데…." 한다. 친구의 말이 끝나는 동시에 옆에 있던 친구가 "너 그거 이번 여행 올 때 입으려고 새로 샀다며, 그거 비싼 거잖아." 한다.

친구의 말에 또 한 번 폭소가 터졌다.

"넌 친구도 아니야!" 하면서 친구를 째려본다.

늦게 내려온 고객 두 분이 캐리어를 싣고 버스에 오른다. 다들 웃고 있으니 자기들 보고 웃는 줄 알고 당황한다. "늦어서 죄송합니다."를 연발하며 고개를 들지 못한다. 그 두 고객은 일행들이 무엇 때문에 웃었는지 헤어질 때까지도 몰랐을 것이다. 늦게 내려오면 재미있는 일도 못 봐요.

이번 일정을 마치면, 빗속을 걸어 봐야겠다. 예전의 그 기분으로.

트럭회사 사장님의 반성

열여덟 명의 한 가족과 부모님과 함께 여행을 온 사남매, 그리고 세 그룹이 여행을 왔다.

열여덟 명 가족의 어르신이신 할아버지는 조용하게 항상 웃고 계신다. 해맑게 재잘대는 손자, 손녀들을 보며 말씀하신다.

"나는 쟤들을 보기만 해도 좋아. 우리 자식들이 어렸을 땐 바쁘다는 핑계로 제대로 보살펴 주지 못한 것이 항상 마음에 걸려. 그래서 저 아이들에게는 다 해주고 싶은 마음이야."

할아버지, 할머니의 무릎에서 아이들이 내려오질 않는다.

"할아버지, 할머니 힘드셔. 그만 내려와." 사위가 걱정스러운 듯 아이들을 보며 한마디 한다.

"괜찮아, 내버려 둬." 뭐가 그리 좋으신지 두 분은 웃기만 한다.

나는 이동 중인 버스 안에서 투어 중에 있을 선택 관광에 대하여 안내했다.

"선택 관광에는 다섯 가지가 있는데, 저의 설명을 듣고 선택하시면 됩니다."

선택 관광에 대한 설명을 마치고 고객들의 선택 관광 신청을 받았다.

"우리 가족 열여덟 명은 다섯 가지 모두 관광하겠습니다."

"저희는 세 가지만 할게요."

"우린 두 개만 해도 되나요?"

"우리는 안 하겠습니다."

"네, 그럼 제가 정리를 해 드릴 테니 잠시만 기다리세요. 그리고 부탁 드릴 말씀이 있습니다. 다름이 아니라 선택 관광 중 도보로 걸어서 이동하는 코스가 있는데 이곳의 기온이 무덥기 때문에 가능하면 이곳에만 있는 이동 수단인 '톡톡이' 만큼은 선택하셨으면 합니다. 왜냐하면, 톡톡이를 이용하지 않으시면 많이 걸으셔야 하기 때문에 힘들뿐더러, 걸어오시는 고객을 기다려야 하는 일이 있을 수 있기 때문에 시간이 지체되는 경우가 있습니다. 날씨도 무척 덥고요. 가능하면 참여해 주셨으면 합니다."

설명이 끝나자 고객 중에서 퉁명스럽게 질문을 했다.

"꼭 해야 됩니까? 선택이라면서."

"꼭 선택하지 않으셔도 되지만, 더운데 많이 걸으셔야 되기 때문에 그렇습니다."

그때 고객 한 분이 이 상황을 설명해 주셨다.

"지난번 내 친구가 이곳에 여행을 왔었는데 톡톡이를 타지 않으면 무척 힘들다고 하더군요."

이 말을 듣고 선택하지 않은 분들이 난감해하며 말한다.

"일행들과 의논 좀 해보고 조금 있다가 다시 알려줄게요."

선택 관광 신청을 받는 중에 다시 설명해 드렸더니 고객 중 몇 분은 계획을 수정하여 참여하신다고 했고, 어느 고객은 다른 선택 관광을 취소하는 대신 톡톡이를 선택하기도 했다.

"가이드 보고 선택하는 거요. 이번엔 선택 관광 하나도 안 하려고 했는데. 너무 열심히 하서서…"

"고맙습니다. 꼭 저 때문에 선택하신다기보다 '이런 것도 있구나.' 하고 체험해 보세요. 이곳에서만 경험할 수 있는 거니까요. 참여 안하서도 제가 해야 할 일에 대해서는 소홀히 하지 않겠습니다. 걱정하지 마세요."

마지막으로 사남매와 함께 부부동반 여행을 오신 고객에게 다가갔다. 뒷자리에 앉아있는 사남매는 앞자리에 앉은 부모님의 선택에 따르겠다는 신호를 보냈다.

아버지는 눈을 감고 있었고, 어머니는 멀뚱멀뚱 나를 어색하게 쳐다보셨다.

"어머님, 결정하셨나요?"

선택 관광에 참여하고 싶지 않았던지 아버지는 무관심한 듯 창가

쪽으로 고개를 돌리고 눈을 감고 있었다.

"나는 결정권이 없어요. 이 양반 깨면 그때 물어볼게요." 이때 남편이 부인의 옆구리를 손으로 툭 친다. 남편의 행동에 부인은 겁먹은 듯 긴장하며 하던 말을 멈추고 나에게 그냥 가라고 눈짓을 한다. 더는 말을 할 수가 없었다.

저녁 식사 후 호텔 로비에서 아버지께 다시 한 번 말씀을 드렸다. 아버지는 나를 보며 귀찮다는 듯 말씀하셨다.

"이거 딱 하나만 선택하면 되는 거죠. 더는 얘기하지 말아요."

"네, 내일 참여하시면 잘 선택하신 것을 알게 되실 겁니다. 감사합니다."

다음 날 아침, 투어가 시작되었다. 선택 관광으로 신청했던 이동 수단인 한 대에 두 명씩 탈 수 있는 톡톡이를 탔다.

"톡톡이가 달릴 때 매우 위험하니 앞의 손잡이를 꼭 잡고 타시고, 톡톡이가 완전히 멈춘 것을 확인한 후에 내리셔야 됩니다."

톡톡이는 한참을 달려가 첫 번째 장소에서 멈추었다.

길이 험하고 좁기 때문에 버스를 이용하지 못한다. 그래서 이동할 때는 톡톡이를 타고 이동하고, 유적지 안에서는 걷고, 유적지 관광이 끝나면 반대쪽에서 대기하고 있던 톡톡이를 타고 다시 이동하는 식이었다.

"가이드, 이거 계속 타고 다니면 안 돼?"

"계속 타고 가셔도 됩니다. 그렇지만 그러면 유적지 안은 못 보시는 거예요."

"안까지 이거 타고 가자고. 타고 다니니까 너무 시원해. 걷기에는 날씨가 너무 덥고 힘이 들어."

"그래서 제가 선택 관광 중 톡톡이를 권해드렸던 겁니다. 선택 잘하셨죠? 아니었으면 타고 온 거리를 걸어오셨다고 생각해 보세요."라고 말하니 "큰일 날 뻔했네. 난 죽어도 못 걸어." 하신다.

톡톡이를 타고 이동 중에 땀을 흘리며 걷고 있는 어느 팀을 스쳐 지나왔다. 그 중 몇 사람은 걷는 게 좋은지 우리를 보며 손을 흔들며 즐거워하는 여행객도 있었지만 어떤 여행객은 힘들어하는 모습이 역력했다. 우리 일행은 중간에 잠깐 멈추어 화장실에 가게 되었다.

고객들이 화장실에 간 사이 나는 시원한 파인애플과 망고를 준비하여 고객들께 하나씩 나눠드렸다.

"그렇잖아도 시원한 것이 먹고 싶었는데, 고마워요."

"가이드님, 잘 먹을게요."

덥다 보니 오전 일정을 좀 더 일찍 시작하였고, 우리 일행 모두가 톡톡이를 이용하여 투어를 진행하다 보니 여유 있는 시간도 가질 수 있었으며 힘들지 않게 일정을 진행할 수 있었다.

우리 일행은 첫 번째 일정과 두 번째 일정을 마치고 세 번째 일정인 지옥도(地獄圖)에 도착했다. 우리 일행 모두가 도착한 것을 확인한 후, 지옥도에 관한 설명을 하였다. 그 내용은 다음과 같다.

사람은 누구라도 죽은 후에 일곱 명의 심판관과 야마 신(염라대왕)이 앉아있는 곳으로 불려가 심판을 받는데 이 심판 받는 곳을 명도(冥途)라고 한다. 심판관 한 명이 칠 일씩 이승에서의 죄를 심판하는 것이다. 한 명의 심판이 끝나는 칠 일째 제를 올리는데, 이렇게 칠 일에 한 번씩 일곱 번 제를 올리는 것을 49제라고 한다. 일곱 명의 심판관은 거울을 들고 있는데, 이 거울은 죽은 사람의 이승에서의 행실을 그대로 비춰 준다고 하여 업경대(業鏡臺)라고 한다. 칠칠일이 되는 49일째 마지막으로 염라대왕이 심판

관들의 판단을 취합하여 천국과 지옥으로 보내는 것이다. 천국으로 간 자는 영원히 행복하게 지내지만, 지옥으로 간 자는 영원히 고통스런 벌을 받는다. 말로 죄를 지은 자는 혀가 뽑히고, 부모를 공양하지 않는 자는 지옥 불에 태워지고 펄펄 끓는 기름 솥 안에서 튀겨지는 고통을 당하고, 특히 부부간에 마음의 고통을 준 사람은 자기 가슴에 큰 못이 박히는 벌을 받게 된다. 지옥에 떨어지면 영원한 고통만 있을 뿐 죽음은 없다.

지옥도에 대한 설명을 마치고 우리 일행 중 부부들을 서로 마주 보고 서게 하였다. 아이들도 신기하듯 따라 한다. 손을 맞잡고 마주 선 부부들에게 내가 선창하면 따라 하라고 했다. 목소리가 작으면 다시 하겠다고 하니, 모두 "네"하고 큰 소리로 대답했다. 다들 손을 잡고 있는데, 마지막으로 선택 관광에 참여했던 사남매의 어머니는 못하겠다고 한다. 그래도 억지로 시키니 마지못해 남편의 손을 잡고 따라 한다.

"지금까지 못 해줘서 미안해." (따라서) "지금까지 못 해줘서 미안해."
"지금까지 잘해줘서 고마워." (따라서) "지금까지 잘해줘서 고마워."
"앞으로 잘 살자, 사랑해." (따라서)"앞으로 잘 살자, 사랑해."

나의 선창을 따라 하시던 열여덟 가족의 어르신이신 할아버지께서 눈물을 흘리셨다. 할머니께서 할아버지의 흐르는 눈물을 닦아 주시며 말씀하셨다. "아니, 이 양반이 애들 보는데 남사스럽게 울긴 왜 울어요. 그 래도 당신이 잘못한 건 아시나 보우."

그 모습을 바라보는 자식들의 웃음을 참는 모습이 역력하다. 웃음을 참으며 작은 며느리가 묻는다.

"어머니, 아버님이 잘못한 게 뭔데요?"

"그런 거 없다. 네 아버님이 얼마나 잘하셨는데…."

할머니의 말을 듣고 할아버지께서 한마디 하신다.

"가이드 양반, 정말 고마워. 지옥도를 설명하며 '부부간의 사랑'을 들을 때도 마음이 짠했는데. 이렇게 아내랑 마주 보고 손을 잡고 있으니 지금까지의 나의 행실이 너무 부끄럽고 미안하다는 생각을 했어. 나름 열심히 산다고는 했지만 못해준 게 너무 많고, 그럼에도 지금까지 아무 말없이 가정을 잘 지켜준 이 사람에게도 너무 고맙고, 아이들 클 때 많이 함께하지 못한 것도 미안하고 그래. 가이드 양반 덕에 내 삶을 새삼 돌아보게 되었소."

시아버지가 눈물을 보이니 며느리들의 눈가에도 눈물이 맺혔다. 손자 손녀들도 할아버지…" 하면서 할아버지의 품에 안긴다. 할머니는 할아버지의 이런 모습이 부끄러우신지 좋은 데 와서 무슨 주책이냐며 할아버지를 흘겨보셨다.

처음 손을 잡고 따라 하라고 했을 때, 쭈뼛거렸던 사남매의 아버지가 열여덟 명의 대가족을 한참 바라보더니 왔던 길을 뒤돌아서 가는 것이었다. 큰 딸이 급히 뒤돌아서 가는 아버지를 보며 소리쳤다.

"아버지, 어디 가세요? 우리는 그쪽으로 가지 않아요."

가족들이 불러도 아버지는 뒤를 돌아보지 않는다.

나는 왜 그 분이 뒤돌아보지 않는지 알 수 있을 것 같았다.

사남매 중 큰 아들이 와서 나에게 얘기한다. "가이드님, 우리 아버지가 무척 강하신 분인데, 가이드님 앞에서는 약해지시네요. 아버지의 저런 모습 처음 봅니다."

잠시 휴식을 취하는데, 언제 되돌아오셨는지 사남매의 아버지께서 나를 보며 말했다. "가이드, 이따가 나 좀 봅시다."

무슨 일이지? 나는 조금 긴장이 됐다.

오전 일정을 마치고 버스로 이동 중에 나는 열여덟 가족의 따님을 보며 말했다.

"조금 전 아버님이 우실 때 며느리들이 울었잖아요. 그때 올케들한테 질까 봐 더 크게 우셨죠? 다 알아요."

"아니, 그 비밀을 어떻게 아셨어요?"

따님이 나의 농담에 농담으로 응수했다.

"처음에 웃고 계셨는데, 나중에 옆의 올케 언니들 모습을 보고 우는 것 같아서요."

어르신이 한마디 거든다.

"딸아, 가이드 양반 말이 사실이냐?"

그러면서 지갑에서 돈을 꺼내 며느리들에게만 주신다.

"아버님, 고맙습니다."

"아빠, 나는…"

"너는 네 시아버지한테 달라고 해라."

순간 버스 안은 웃음바다가 되었다.

역시 며느리 사랑은 시아버지인가 보다. 덕분에 나도 용돈을 받았다.

이번 가족여행 비용을 어르신이 다 결제했다고 한다. 여행경비, 선택 관광비용, 선물 등등. 대략 계산을 해도 상당한 액수였다.

나는 좋은 분위기를 틈타 자녀분들에게 말했다. 어르신께서 여행경비가 많이 들어갔으니 한국으로 돌아가시면 더욱 효도하고 멋진 선물을 하는 것이 어떻겠냐고 제안했다. 나의 제안에 벌써 멋진 선물을 준비해 놓았다고 한다. 한껏 기분이 오른 어르신이 절대 하지 말아야할 말씀(?)을 하셨다.

"다음에도 내가 쏜다."

며느리들이 "우리 아버님, 최고." 하며 박수를 치니 손자, 손녀들이 할아버지와 할머니에게 뽀뽀를 해준다.

나는 성실하고 참된 삶을 사신 어르신의 인생을 짐작할 수 있었다.

글로 표현하기가 정말 쉽지 않다. 이 짠한 느낌!

점심 메뉴에 관한 이야기가 나왔다. 나는 손님들에게 점심메뉴를 소개했다.

"오늘의 점심메뉴는 닭백숙입니다."

"그런 게 여기도 있나요?"

"예, 워낙 한국 관광객이 많이 찾아 오시니까요."

이야기를 하던 중 한 고객이 질문하였다.

"여기에서 한국 사람들에 대한 이미지가 어떤가요?"

"한국 사람에 대한 이미지는 무척 좋습니다. 특히 한국 아버지들에 대한 이미지가 매우 좋습니다."

"그래요, 왜 좋은데요?"

"이 곳에서는 한국 드라마가 많이 방영됩니다. TV에 비치는 한국 아버지들의 모습, 가족에 대한 책임감이 커서인 것 같아요. 저도 한 가족의 가장이지만, 대한민국의 아버지들은 가족들에 대한 책임감이 정말 투철한 것 같습니다. 그렇지 않습니까?"

"맞습니다!" 특히 남편 분들이 목에 힘주어 대답한다. 그러면서 "가이드 옳은 말 잘하네." 하신다.

"대한민국 아버지들은 자식이나 부인이 밥을 먹는 것만 봐도 배가 부르지요! 그렇지요?" 하고 내가 큰 소리로 말하니,

"네…!!"

버스가 흔들릴 정도로 큰소리로 남자 분들이 대답한다.

"네'라고 대답하신 분들 손 들어보세요." 하니, 몇 분이 손을 번쩍 든다. 그러면서 하나, 둘씩 더 든다. 사남매의 아버지께서도 쭈뼛쭈뼛하면서 손을 든다.

"손드신 분들은 오늘 점심은 취소하도록 하겠습니다. 옆에서 부인과 자식들이 먹는 것만 봐도 배가 부르니까 남편 분들은 오늘 점심은 부인과 자식들 먹는 것 쳐다만 보는 걸로 하겠습니다."

"가이드, 한 번만 봐줘."

웃는 사이에 버스가 식당에 도착했다.

점심을 마치고 커피를 마시고 있는데, 오전 행사 중에 잠깐 보자던 사남매의 아버지께서 내 옆으로 다가왔다.

"가이드, 시간 있어?"

"네, 자리에 앉으세요."

나는 커피 한 잔을 더 가지고 왔다.

"무슨 일 있으세요?"

"가이드한테 고맙고 미안해서."

"별말씀을 다 하세요."

"우리 나머지 선택 관광 다 신청할 거니까. 그리 알아." 하신다.

"네, 감사합니다."

"내가 이번에 많이 느꼈어. 유적지에서 설명 들을 때 집사람한테 많이 미안하더라고…" 하며 숨을 깊게 들여 마신다.

"그럼, 앞으로 사모님께 잘해 주시면 되죠."

"유적지를 관광할 때 손잡고 다니는 부부, 버스 안에서 서로 챙겨 주는 부부, 그리고 특히 저 열여덟 명의 가족을 보면서 많이 느꼈어. 나도 마음은 저렇게 하고 싶은데 집 사람이 받아 주려나 몰라?"

"아버님이 먼저 다가가시면 되죠. 그럼 제가 자리 만들어 볼게요."

"집사람은 속에 쌓인 게 많아서인지 내가 어떻게 해도 좀처럼 안 풀릴 거야. 내가 가이드한테 별소리를 다 하는구먼."

아버지는 창피하다고 하시며 얼굴을 붉히더니 말없이 커피만 마셨다.

오후 일정이 시작되었다. 나는 이동하는 버스 안에서 마이크를 잡았다. 그리고 조금 전 아버지의 이야기를 돌려서 마치 다른 분의 이야기처럼 했다. '이러이러해서 이렇게 됐는데 지금은 행복하다.'라는 식으로. 여기도 그런 분이 계실지 모르지만 그렇다면 이번 여행을 통해서 행복한 방향으로 갔으면 좋겠다고….

"자, 다 같이 따라 해보세요. "일체유심조(一切唯心造)" 나의 선창에 따라 버스 안의 고객들이 모두 합창했다. "일체유심조".

"오전에 유적지에서 설명해 드렸지만, 사람의 일은 마음먹기 나름 이래요. 그러므로 우리 모두 이제부터 행복하기로 결심하세요. 그러면 행복은 고객님들께서 마음먹은 대로 고객님들을 찾아올 것입니다. 안 그래요. 사모님?"

일부러 사남매의 어머니를 보고 물어보니 어머니는 남편을 한번 바라보고는 쓴웃음을 짓는다.

"사모님, 사장님께서 하고 싶은 말씀이 있으신 것 같은데, 한번 들어 볼까요?"하고 물으니 어머니께서 당황스러워한다.

"아버님, 고백은 공개적으로 해야 해요. 여러분들 맞지요?"

다 같이 "와!" 하면서 박수를 친다.

앞으로 나온 남편이 부인에게 이야기한다.

"지금까지 제가 잘못 산 거 같아요. 돈만 벌어다 주면 내가 할 일은 그것이 전부인 줄 알았고, 밥 굶기지 않으면 다 되는 줄 알았는데…" 계속 말을 잇지 못한다.

그때 부인이 한마디 한다.

"그래, 당신 지금까지 잘못 살았어요. 내가 지금까지 내 맘대로 단돈 한 푼도 써본 적 없어요. 젊어서부터 당신이 무서워 제대로 말도 못 하고, 애들도 당신 무서워 주눅이 들어 살았어요. 당신이 식구들한테 한 거 생각해 봐요." 사남매의 어머니는 말을 잇지 못하고 눈물을 글썽인다.

남편도 아무 말을 못하고 창밖을 바라본다.

"아버님, 어머님 손 한번 잡아주세요."

남편이 손을 잡으려고 하자 남편의 손을 뿌리치며 말씀하셨다.

"그때 생각만 하면 가슴에서 주먹만 한 덩어리가 쑥 올라와. 이번 여행도 같이 오지 않으려고 했는데…" 하면서 계속 우신다. 갑자기 버스 안의 분위기가 숙연해졌다.

이때 열여덟 명 가족의 어머님이 그 모습을 보며 말씀하셨다.

"우리 때는 다 그렇게 살았어. 나도 그랬고. 이제부터 재미나게 살자고. 지난 일 원망해봐야 아무 소용없어. 나만 손해야." 하며 앞자리로 건너와 사남매의 어머니를 달래 주신다.

나는 고객들이 즐겁게 여행하는데 분위기를 망친 것 같은 생각이 들어서 괜히 이야기를 꺼냈나 싶었다. 하지만 곧 마이크를 켜고 말했다.

"아버님, 지갑 꺼내 보세요."

고객이 손가방에서 지갑을 꺼내 나에게 건네주셨다.

"아버님, 여기 들어 있는 돈, 어머니께 다 드려도 되지요?"

"…" 말없이 가만히 계신다.

나는 어머니께 지갑을 건네 드렸다.

"아버님, 이제부터는 어머님께 돈 타서 쓰세요. 알았죠?"

"…" 말없이 고개만 끄덕이신다.

"여보 미안해. 앞으로 잘할게. 당신 맘, 알아. 노력할게."

버스 안의 고객들이 모두 "와…" 하면서 박수를 친다.

이때 열여덟 명 가족의 어르신이 한마디 하셨다.

"그래도 나보다 빨리 깨달았네, 축하해요!"

뒤에 있던 젊은이가 큰 소리로 말했다.

"어머니, 어머니가 오늘 저녁에 한 턱 내세요."

사남매의 어머니가 마련한 저녁 맥주 파티 자리에서 자리를 함께한 일행 중 한 고객이 이런 저런 얘기를 하며 사남매의 아버지를 보며 말했다. "형님을 보고 많이 배웠어요."

어느새 두 분 사이는 형님, 동생이 되었고, 여행 내내 재미있게 보냈다. 한 분은 건축 일을 하셨고, 오늘 이 자리를 마련한 사남매의 아버지는 덤프트럭회사를 운영한다고 했다. 그러면서 자신들이 일에 바빠서 제대로 가족들에게 신경을 많이 못 썼다고 하시며 앞으로는 가족을 위해서 살자며 약속을 한다.

이후의 우리 일행의 여행풍경은 어떻게 변했을까?

열여덟 가족의 어르신께서는 가족들의 맨 앞에서 리드하시며 노익장을 과시하셨고, 사남매의 부모님은 손을 꼭 잡고 다니신다.

나는 우리 고객들의 행복을 안내하는 가이드로서의 사명을 다하고자, 시원한 망고를 준비하기 위해 상점으로 뛰어갔다.

친구들의 환갑 여행

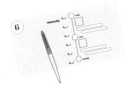

이번에 모신 고객들은 초등학교 동창 모임이다. 고객들이 어린 시절 처음으로 학교에 입학할 당시에는 초등학교를 국민학교라고 했다. 이후 상급 학교로 진학하고 사회에 진출하여 각자 열심히 삶을 살다보니 잊고 있던 어릴 적 친구들이 보고 싶다는 마음들이 이심전심으로 통해서 다시 만나게 된 이후 30여 년 넘게 이어진 모임이라고 한다.

함께 해외여행에 오게 된 친구 중 다섯 명은 나이가 같고, 세 명은 다른 친구들에 비해 한 살이 많았고, 두 명은 한 살이 적었다. 왜냐하면 세 명은 입학이 늦어 한 살이 어린 동생들과 같이 학교를 다녔고 두 명은 학교를 일찍 입학하여 한 살이 많은 형들과 학교를 함께 다니게 되었던 것이다. 올해는 동창 친구 다섯 명이 환갑이 되는 해다. 작년에는 친구 세 명이 환갑이어서 국내 여행을 다녀왔고 이번에는 해외여행을 부부 동반으로 계획하게 되었다고 한다.

고객들은 오랫동안 모임을 함께해서인지 서로 스스럼이 없었고 서로를 생각하는 마음들이 한결 같았다. 버스를 타고 내릴 때, 음료수를 마시거나 간식을 먹을 때, 유적지에서 관광할 때, 식사할 때 등등. 서로를 챙겨 주는 모습이 보기 좋았다. 특히 혼자 온 친구를 친구 부인들이 마음을 써주는 모습이 좋았다.

일정은 하루하루 재미있게 진행되었다. 추억으로 남을 기념사진도 찍었고, 추억이 될 만한 일도 많이 만들었다.

여행의 마지막 날 저녁, 모임의 총무님이 나에게 오시더니 말했다.

"가이드, 혹시 여기서도 생일케이크 살 곳이 있을까? 저녁에 우리 동창 모임 별도로 환갑잔치를 겸해서 술도 한잔하는 자리를 마련했으면 좋겠는데, 따로 자리를 알아봐 줄 수 있겠어?"

"네, 알겠습니다. 확인해 보고 연락드리겠습니다."

사무실에 전화하여 호텔에 연회를 할 수 있는 자리가 있나 확인해 보니 작은 연회장을 임대해 줄 수 있다고 한다. 식사는 뷔페식이니 식당에서 먹고, 파티는 작은 연회장을 이용하기로 했다.

나는 총무님과 상의해서 기존의 식사비에 연회장 임대에 대한 비용을 추가하여 환갑잔치를 개최하기로 합의를 보았다. 모두들 식사가 만족스럽다고 하였고 진짜 친구 환갑 잔칫집에 온 것 같은 기분이라고 했다.

고객들이 식사하는 동안 나는 연회장을 환갑잔치 분위기로 꾸미기 위한 준비를 하였다. 커다란 종이를 구해서 '축 환갑'이라는 글자를 써서 연회장의 앞면에 부착하고 케이크, 풍선, 술과 음료 등을 테이블 위에 세팅했다. 그리고 테이블마다 메모지와 볼펜을 놓았다.

식사를 마친 고객들이 연회장 안으로 들어서며 연회장의 모습을 보고 모두 박수를 치며 좋아했다. 나는 고객들이 모두 입장하여 자리에 앉는 것을 확인한 후, 연회장의 불을 끄고 고객들의 식탁 앞에 놓인 초에 불을 붙였다. 모두 다 같이 서로를 마주 보며 축하의 노래를 불렀고 샴페인 잔을 부딪쳤다. 연회장의 불을 켠 후 내가 마이크를 잡았다.

"우리 고객들께서 식사를 하시는 동안 제가 여러분의 환갑 해외여행을 축하하는 의미에서 연회장을 간단하게나마 꾸며 봤습니다. 이왕 이렇게 된 마당에 제가 여러분의 환갑잔치 사회를 진행할까 하는데 고객님들의 의견은 어떻습니까? 좋으시다면 박수로 대답해 주십시오."

"이야, 우리 가이드. 사랑받겠어. 그럼, 좋지."

"가이드 양반, 준비하느라 수고했어. 고마워."

"마이크 잡은 김에 노래 한 번 불러."

모두들 한마디씩 한다.

"다름이 아니라, 오늘은 특별한 날이니 특별한 이벤트를 준비했습니다."

"뭔데?"

"고객 여러분의 자리에 보면 A4용지와 볼펜이 준비되어 있습니다. 잔치의 시작에 앞서 환갑을 맞이하신 분을 위해 인생의 동반자이신 배우자께서 편지를 쓰는 겁니다. 그동안 맘에 담아 두었던 얘기도 좋고, 고마웠던 것도 좋고, 서운했던 것도 좋고, 앞으로의 바람을 써도 좋고요."

고객들이 한마디씩 한다.

"난 편지 못 써. 글씨체도 엉망이고 말이야."

"난 별로 할 말도 없는데."

편지 쓰는 것을 부담스러워 하는 것 같아서 내가 다시 한 번 용기를 북돋워 드렸다.

"글씨체가 안 좋건, 글의 내용이 어떤 것이든 괜찮습니다. 배우자께서만 볼 거니까요."

"그럼 내가 말 할 테니까, 가이드가 써 줘."

"네…?"

"에이 별걸 다 하네. 그냥 술이나 마시지."

"그냥 해봐. 재미있을 것 같은데. 뭐라고 쓸지 궁금하기도 하고."

처음에는 웅성웅성했지만, 뒤돌아 앉아 다섯 명의 부인은 남편에게, 두 명의 남편은 부인에게 편지를 쓰기 시작했다.

"가이드님, 뭐라고 써야 해요?"

"하고 싶은 말 쓰시면 돼요."

나머지 분들은 술과 음료를 한 잔씩 하면서 편지 쓰는 사람들을 바라보며 말했다. "뭘 그리 오래 써. 할 말도 없다면서"

어느덧 20분이 훌쩍 지나갔다.

"다 쓰셨나요?"

"잠깐만요. 조금만 더."

"처음에는 망설이시더니 할 말이 무척 많으셨나 봅니다."

잠시 후 고객들께서 편지를 다 쓰셨는지 분위기가 조용해졌다.

"자, 오래간만에 편지를 써 보셨을 것입니다. 이제 각자 배우자님께 쓰신 편질 드리세요. 편지를 받으신 고객들께서는 이 환갑 파티가 끝난 후 방에 돌아가신 후에 꼭 읽어 보시기 바랍니다. 그리고 혹시 고객분 중에서 쓰신 편지를 공개하실 분은 안 계십니까?"

한 잔 술의 위력인지, 분위기에 취해서인지 고객 한 분이 손을 번쩍 들고 말했다.

"가이드 양반, 내가 한 번 우리 집사람한테 생전 처음으로 쓴 편지를 읽어보겠소."

고객은 자리에서 일어나 자신의 아내에게 쓴 편지를 읽는다. 나중에 알게 된 사실이지만 두 분은 아내가 두 살 연상이다.

남편은 편지를 읽으면서 아내에 대한 고마움과 미안함에 목이 잠기는지 중간 중간 목소리에 눈물이 배어있음을 느낄 수 있었다. 편지의 내용을 듣고 있던 부인뿐만 아니라 옆에 있던 친구 분들까지도 손수건을 꺼내 눈가를 닦는다. 편지를 다 읽고 난 후, 부인이 살며시 일어나서 남편을 꼭 안아 준다.

"가이드님, 저도 읽어도 될까요?"라며 한 여성 고객께서 수줍게 웃으신다.

"네, 그럼요."

이번엔 부인께서 남편에게 쓴 편지다. 편지의 내용은 남편이 7년 전에 소화기 계통이 좋지 않아 수술을 받았다고 한다. 남편은 완전하게 회복이 될 때까지 쉬어야 했지만, 아픈 내색 하지 않고 열심히 일을 했다고 한다. 하지만 어느 날 직장에서 일하던 중 갑자기 쓰러져 병원으로 후송되어 영양실조라는 진단을 받았다고 한다. 수술 후 음식을 잘 먹지 못하여 기아부종에까지 이르렀다는 것이다. 남편을 위해 도움을 줄 수 없는 아내로서의 미안함과 남편에 대한 고마움을 읽는데, 아내가 쓴 편지의 내용을 듣고 있던 남편이 밖으로 나갔다가 다시 들어왔다. 급하게 눈물을 훔쳤는지 남편의 눈이 붉게 물들어 있었다.

내가 다시 마이크를 잡았다.

"제가 고객여러분의 회갑잔치의 의미를 뜻 깊게 하고자 배우자께 쓰신 편지를 읽는 시간을 가졌는데 정말 소중하고 의미 있는 시간이었습니다. 인생 선배님들에게 부부의 사랑이 무엇인지 저 또한 깨달을 수 있는 시간이었습니다. 자, 이제 분위기도 바꾸는 의미에서 여러분 앞에 놓인 잔에 술을 가득 채우고 건배하겠습니다.

서로 감사하며, 사랑하며, 행복하게 사세요. 위하여!"

큰 박수소리와 함께 즐거운 환갑잔치가 본격적으로 시작되었다. 이날 환갑잔치의 분위기는 한 마디로 흥이 많은 민족, 한국 사람들의 그 '끼'를 유감없이 분출한 말로만 듣던 '광란의 밤' 그것이었다.

"가이드, 너무 고맙소. 오늘 너무 즐거웠고 정말 평생 잊지 못할 마음의 큰 선물을 받았어요."

"처음에는 편지에 무슨 말부터 써야 할 줄 몰랐어요. 그런데 쓰다 보니 할 말이 너무 많은 거 있죠. 고마워요."

"이렇게 편지 써 보는 거 처음이에요. 가끔 써 볼게요. 남편이 너무 좋아해요."

"나는 편지 쓰는데도 눈물이 나더라고."

"나는 이 편지 죽을 때까지 꼭 간직할 거요."

"가이드, 고마워, 덕분에 아내에게 편지도 다 써 보고…."

"나 혼자 친구들하고만 해외여행을 와서 한국에 있는 집사람한테 미안했는데, 호텔에 들어가서 편질 써서 한국에 돌아가서 집사람에게 건네주려고 해. 고마워."

고객들의 한마디 한마디에는 남편, 아내에 대한 사랑이 넘쳐흐르고 있었다.

편지 한 통. 그 속에 인생의 동반자로서 살아온 고마움과 미안함을 다 담을 수는 없겠지만 서로의 사랑을 확인했다는 것만으로도 오랫동안 잊지 못할 아름다운 추억을 가슴에 담을 수 있는 시간이었다.

"누군 언니고, 난 왜 엄마야"

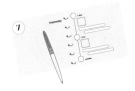

여고 동창 모임의 여행. 제일 재미있고, 제일 시끌벅적하고, 일도 제일 많이 생긴다.

우선 호칭이 문제였다.

"선생님", "고객님"이라 부르니, 듣기 거북하다며 내가 동생 같으니 "누님"이라고 부르라고 한다. 그래서 발음도 부드럽고 나 역시 일행의 한 멤버처럼 분위기를 편하게 하려고 "언니"라고 부르겠다고 하니 더 좋아하셨다. 그때부터 호칭은 나는 가이드에서 동생이 되었고, 고객님들은 언니가 되었다.

사건은 이 호칭 한마디로부터 시작되었다. 고객들을 "언니"라고 부르는데 "언니"라고 부르면 혼날 것 같은, 차마 입이 떨어지지 않는 한 분이 계셨다. 동창이 아니라 함께 온 여고 동창들의 선배언니나 선생님인 줄 알았다. 그래서 망설이다가 이분에게 만큼은 따로 "엄마"라고 불렀다.

그런데 갑자기 엄마가 소리를 버럭 지른다. 다들 놀라 뒤를 바라보는데 "동생, 어떻게 쟤들은 언니고, 나는 왜 엄마야?"

순간 친구들의 웃음이 빵 터졌다.

"동생, 내가 좀 오래돼 보여서 그렇지, 나도 얘들하고 동갑이야."라고 하면서 앞으로는 똑같이 "언니"라고 부르든지 아니면 가이드가 진짜 아들처럼 엄마를 챙기라고 한다.

너무 미안했다. 내가 그 고객께 죄송하다고 사과를 하니, "동생, 자존심은 상하지만, 나도 여자야."하면서 이해한다고 하셨다.

그 고객은 마음이 너무 좋으셔서 나는 때로는 아들, 때로는 동생이 되었고, 고객은 한번은 엄마, 한번은 언니가 되어 주었다.

이것이 계기가 되어 그 고객과는 다른 고객들보다 유난히 친해졌다. 그 고객과 커피를 마시는데 그 엄마언니는 자신의 힘들었던 이야기를 하며 그때 '꽉' 늙었다고 한다. 내가 엄마언니께 전체적으로 인상이 인자하고 피부가 맑고 밝아 보여 더는 늙지 않고 좋아질 거라고 하니 무척 좋아하셨다. 어떻게 하면 더 늙지 않을 수 있겠느냐고 물어봐서, 집에 돌아가면 피부에 도움이 되는 아이소플라본 성분이 많이 들어 있는 생된장과 석류를 꾸준히 먹고, 좋은 물을 하루에 1ℓ 정도 마시라고 했다. 그리고 제일 중요한 것은 '좋은 마음으로 생활하는 것'이라고 하니 알았다고 한다. 참 순수하신 분이다.

이후 나는 "엄마"라는 호칭은 정말 어색해서 "이쁜언니"라고만 불렀다.

이쁜언니의 특이한 점은 버스를 탈 때마다 위쪽에 자크가 달린 커다란 마트용 가방을 두 개씩 가지고 탄다는 것이다. 그리고 가방 지퍼가 열리는 순간 갖가지 종류의 먹을 것들이 그 가방에서 튀어나온다.

'어떻게 매일 저 많은 걸 준비할까?' 궁금했다. 이쁜언니의 가방은 화수분인가 보다. 계속 나온다.

일행들에게 질문했다.

"저렇게 이쁜언니가 매일 먹을 것을 준비하는 것을 네 글자로 뭐라고 할까요?" 라고 물으니,

"고마워요. 감사함다, 맛있겠다. 군것질짱." 등 여러 가지 대답이 나왔다.

"아니에요. 다 같이 따라하세요."라고 한 후에 "언니 배워" 하니, 다 같이 "언니 배워" 하며 웃음이 빵 터졌다.

친구들은 고맙다며 이쁜언니와 나에게 휴게소에서 음료수를 사신 분도 있고, 미안하다며 저녁 식사 시간에 술을 사신 분도 있었으며 생수를 한 병씩 돌리기도 하였다.

이쁜언니에게 물어보았다.

"왜 매일 친구들을 위하여 군것질거리를 준비하세요?"라고 물어보니, 이쁜언니가 말했다.

"사실, 내가 힘들 때 여기에 있는 친구들이 많이 도와주었거든. 그

덕분에 이렇게 살만하게 되었어. 지금도 여유 있는 생활은 아니지만, 내가 한국에서 조그마한 마트를 운영하거든. 그래서 이것밖에 준비할 수가 없었어. 친구들에게 받은 거에 비하면 이건 너무 초라하지. 다음에 여유가 생기면 친구들에게 받은 은혜 다 갚고 싶어." 하며 가슴이 북받쳤는지 말을 잇지 못하고 창밖을 바라본다.

옆에서 이야기를 듣던 친구가 그렇게 말하지 말라며 "친구 좋다는 게 뭐야." 하며 군것질거리를 준비해 줘서 고맙다고 한다.

나는 이쁜언니에게 부담을 갖지 말라고 말하며, 재물을 베풀지 않고도 상대방의 마음과 몸을 평안하게 해주는 부처님의 무재칠시(無財七施)에 관한 이야기를 해주었다.

첫째, 화안시(和顏施) : 얼굴에 화색을 띠고 부드럽고 정다운 얼굴로 남을 대하는 것이요.

둘째, 언시(言施) : 말로써 베푸는 사랑의 말, 칭찬의 말, 위로의 말, 격려의 말, 양보의 말, 부드러운 말 등이요.

셋째, 심시(心施) : 마음의 문을 열고 따뜻한 마음을 주는 것이요.

넷째, 안시(眼施) : 호의를 담은 눈으로 사람을 보는 것이요.

다섯째, 신시(身施) : 몸으로 때우는 것으로 남의 짐을 들어 주거나 도와주는 일이요.

여섯째, 좌시(座施) : 자리를 내주어 양보하는 것이요.

일곱째, 찰시(察施) : 묻지 않고 상대의 속을 헤아려 도와주는 것이다.

무재칠시에 대해 설명을 하고는 이쁜언니를 바라보며 말했다.

"이렇게 준비한 것도 친구들에게 벌써 많이 갚으신 거예요."

이쁜언니는 활짝 웃으면서 말했다.

"친구들에게 받은 거 갚으려면 죽을 때까지 갚아도 다 못 갚아. 그래서 안 갚으려고."라고 말하며 크게 웃는다.

행복과 불행은 모두 내 손안에 있다

    동갑내기 모임에서 여행을 온 고객들을 안내하게 되었다. 일행 중 몇 분은 부부동반으로 오신 분들도 있었고, 부부 동반을 하지 않고 오신 분도 있었다. 이 모임은 한국에서 출발하기 전부터 연락을 해 왔다. 몸이 불편한 친구가 있으니 현지에서 휠체어를 준비해 줄 수 있느냐는 문의였다.

    나는 준비는 할 수 있지만, 투어 중에 휠체어를 타고 다니기에는 많이 불편할 것이라고 생각했다. 그래서 여행지의 불편한 상황을 설명해 드렸다. 그래도 휠체어를 준비해 달라고 한다.

    "비용에 상관없이 선처해 주시기 바랍니다." 고객의 간곡한 부탁에 휠체어를 준비하였다.

    드디어 고객들이 현지에 입국하는 날, 공항으로 나가 고객들을 맞이하기 위해 출입구 쪽을 바라보고 있는데 휠체어에 탑승한 분을 선두로

하여 나와 투어를 함께할 일행들이 우르르 나오셨다. 고객들은 내가 들고 있는 팻말을 보고 찾아오더니 반갑게 인사를 했다.

"가이드님, 안녕하세요."

휠체어에 앉은 고객이 나에게 먼저 인사를 했다.

"예, 오시느라 수고하셨습니다. 오시는 데 불편한 점은 없으셨나요?"

"예, 전혀 불편함이 없었습니다. 나는 소풍가는 어린아이 마음처럼 바깥바람을 맞을 수 있어서 설레었는데 우리 친구들이 힘들었지요. 불편한 친구 데리고 오느라고요."

밝게 대답해 주시는 고객의 얼굴에는 여행의 설렘과 친구들에 대한 고마움 그리고 미안한 마음이 섞여 있었다.

"야, 이 사람아, 그런 소릴 하지 마. 자네와 함께 오니 친구들이 모두 좋아하잖아." 휠체어를 밀고 있던 고객이 말했다.

공항에서 모두 반갑게 인사를 나누고 버스에 탑승하여 호텔로 이동했다. 드디어 투어가 시작되었다.

'이번 투어 행사도 아무 사고 없이 마치고 고객들을 삶의 터전인 내 조국 대한민국으로 무사히 돌아가게 해 주옵소서.'

나는 가이드 생활을 하면서 공항에서 손님을 맞이하고 호텔로 이동하는 버스 안에서 기도를 드리는 습관이 있다.

다음 날 아침, 친구들이 몸이 불편한 친구에게 한마디씩 하였다.

"자네 때문에 다 늙어서 호강하는구먼. 고맙네, 우리까지 신경을 다 써주고."

친구들의 말을 들어보니, 몸이 불편한 분이 젊어서부터 친구들을 잘 챙겼다고 한다. 그 덕분인지 그 분은 하는 일마다 잘 되어 돈도 많이 벌었는데, 그러던 어느 날 갑자기 육십도 되지 않아 뇌졸중으로 쓰러졌다고 한다. 하지만 고객은 그런 중에도 어려운 친구들이 있으면 물심양면으로 많은 도움을 주었다고 한다. 이번 여행경비도 그 분이 많이 부담했고 형편이 좋지 않은 친구들을 일일이 찾아다니며 여행에 동참하자고 권유했다고 한다.

투어 중 친구들이 휠체어를 번갈아 가며 밀었다. 휠체어가 갈 수 없는 곳은 친구들이 부축하였으며 휠체어는 들고 다녔다. 어느 한 사람도 힘들다고 불평하지 않았고, 누가 먼저랄 것 없이 서로 도와주는 모습이 무척 보기 좋았다. 정말 즐거운 분위기로 여행이 진행되었다.

투어 삼 일째, 오전 일정을 마치고 점심 식사를 하러 가는 버스에서 뜻밖의 일이 생겼다. 몸이 불편한 친구가 점심을 먹지 않고 자기는 호텔로 돌아가야겠다고 하는 것이었다. 친구들은 너나 없이 친구에게 다가와 어디 몸이 불편하냐고 걱정스럽게 물어본다. 그러나 의외의 대답이 고객의 입에서 흘러나왔다.

"아니야, 내가 마음이 불편해서 그래. 나 때문에 자네들 제대로 관광도 못 하고 미안하네. 여보, 호텔로 갑시다."

의외의 반응에 친구들도 당황하였다.

"이봐, 친구들한테 뭐 서운한 게 있어?"

"아니, 그런 거 없어." 하지만 그의 말속엔 서운함이 배어 있었다.

친구들이 혼자 호텔로 돌아가는 건 안 된다고 하며 자기들도 관광을 포기하고 호텔로 같이 간다고 했다. 그때서야 그가 이야기를 했다.

"사실 친구들이 여행을 간다는 말을 듣고 후원만 조금 하려고 했는데 영철이가 다 같이 가야 한다고 해서 이번 여행에 동참하게 되었다네. 이곳에 도착해서 신경 써주는 친구들이 고맙기도 했네. 나 때문에 힘든 건 알지만, 솔직히 친구들이 하는 말에는 좀 서운 했다네…."

나는 그가 왜 서운하다고 하는 지를 안다. 나도 그가 들었으면 서운했을 그 말을 들었기 때문이다. 상황은 이랬다.

친구들이 모두 걸어서 이동을 할 때였다. 두 친구가 뒤쪽에서 걸어오면서 이야기를 하였다.

"야, 우린 병들면 빨리 죽자고, 마누라와 애들한테 짐만 되고 구박 덩어리 되는 거야."

"맞아, 돈이라도 잔뜩 모아 두었으면 돈 때문에라도 효도를 받지. 세상인심이 참 많이 변했어."

"그래, 긴 병에 효자 없다고…."

친구들은 휠체어를 타고 앞에 가는 친구의 뒷모습을 보면서 말했다. "저 친구를 보면 정말 마음이 아파. 나중에 내 모습을 보는 거 같고. 더 나이 먹기 전에 건강 조심하자고. 그리고 아프면 얼른 죽자고."

친구들끼리 나이 들어가면서 아픈 것에 대한 두려움에서 오는 하소연 반, 농담 반으로 하는 소리였다.

나는 그들의 대화가 듣기에 불편했고 불안했다. 사람이 나이가 들면 병의 두려움 때문에 친구들 간에 흔히 할 수 있는 이야기지만 그 두려움을 직접 겪고 있는 친구가 앞에 있지 않은가. 내 친구들이었다면 조용히 가서 내가 한 마디 하고 싶었다.

뒤에서 친구들끼리 하는 이야기를 앞쪽에서 휠체어를 타고 있던 몸이 불편한 고객은 "아프면 죽어야 한다."라는 말만 들었던 것 같다.

"이 사람아, 오해하지 마. 내가 자네를 아는데 어떻게 그런 소리를 하겠나."

친구들은 기분을 풀라고 이야기를 하며 친구의 오해를 풀기 위해 노력했다.

옆에 있던 부인도 한마디 거들었다.

"여보, 나도 들었어요. 친구 분들이 당신 들으라고 한 거 아니에요. 배고픈데 얼른 식사하러 가요. 당신 때 놓치면 안 되잖아요."

부인이 더 애가 타는지 어쩔 줄을 몰라 한다. 몸이 불편한 친구의 눈에서는 눈물이 흐르고 있었다.

"친구들아 미안하다. 내가 좀 아프다 보니 아무 일도 아닌 것 같고 예민해져서 그래. 이해해 줘라."

옆에서 부인이 남편의 흐르는 눈물을 닦아 주었다.

이 일은 친구들 간에 돈독한 우정을 확인하는 좋은 이야기로 마무리 되었다.

저녁 식사 후 휴식시간에 부부동반으로 오신 친구 분과 우연하게 함께하는 자리가 마련되어 대화를 나누게 되었다.

"가이드님, 공부 많이 하셨나 봐. 이번 여행에서 많이 배웠어. 그런데 내 경우엔 삶이 내 맘대로 되지 않더라고. 양보해야 할 때도 있고, 때로는 싸워서 이겨야 할 때도 있고. 하지만 그 시간이 지나고 나서야 무엇이 옳은 행동이었는가를 알 수 있었지. 일이 끝난 후에 돌아보면 '그 일을 하지 말았어야 했는데'라는 후회도 많이 했었지.

지난 일을 생각해 보니 어떤 일이든 항상 반대급부가 동반되었던 것 같아. 실패가 있으면 성공이 있었고, 슬픔이 있으면 즐거움이 있었고,

불행이 있으면 행복이 있었거든. 이것은 서로 반대편에 있지 않고 동전의 양면처럼 서로 상호보완적인 관계로써 생각만 달리하면 좀 더 현명한 선택을 할 수 있었는데, 왜 그때는 깨닫지 못했는지 몰라. 지금 생각할 수 있는 것들을 좀 더 일찍 알았으면 몸이 아픈 저 친구처럼 친구들에게도 잘 해주고, 주위 사람이나 동료들과 싸우지도 않고, 또 집사람한테도 좀 더 잘해 주었을 텐데 내가 이 만큼 살게 된 것도 모두 누군가의 도움과 협조 그리고 친구들과 여기 우리 집 사람 덕분인 것을 이제야 깨우쳤으니 말이야."

우리의 대화를 조용히 듣고 있던 아내분이 남편을 사랑스런 눈길로 바라보며 말했다.

"당신이 있었으니 제가 이렇게 있는 거죠. 살아보니 세상엔 당신 같은 사람도 없어요. 당신도 몸이 불편한 친구 분만큼 친구들에게 잘 해주었어요. 제가 당신을 다 지켜보았잖아요. 당신은 나에게 부적 같은 존재예요. 당신 덕분에 덩달아 나의 인생도 행복하니까요."

나는 두 분의 말씀 속에서 지금까지 살아오신 그들의 삶, 모든 것이 부럽게 느껴졌다. 인생 선배라는 마음으로 고객의 말을 듣고 있던 나는 그 분께 물어보았다.

"고객님께서는 사람의 일생 중 어느 시기가 가장 중요하다고 생각하세요?"

"초년, 중년, 말년. 모두 중요한 시기이고 소중하지만 그래도 말년이 좋아야지!" 하시며 나를 바라보면서 말했다.

"가이드님도 너무 앞만 보며 인생을 보내지 말고, 한 번씩 옆과 뒤를 돌아보는 여유를 가져 봐요. 인생의 선배로 하는 조언이야."

나에게 주어진 한 번 뿐인 소중한 삶, 어떻게 살아야 할까를 생각하게 한 소중한 시간이었다.

여행지에서 큰 며느리를 만나다

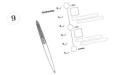

둘째 며느리가 여름휴가를 이용하여 초등학생인 아들과 시어머니, 친정엄마를 모시고 해외여행을 왔다. 남편도 동행하지 않고 시어머니와 친정어머니를 모시고 해외여행을 온 고객을 안내하는 경우는 나 역시 처음 경험하는 일이었다.

나는 호텔로 이동하는 버스 안에서 두 분 어머니께 인사를 했다.

"안녕하세요, 비행기로 오랜 시간 오시느라고 힘들지 않으셨습니까?"

"예, 안녕하세요. 가이드 양반. 우리 며느리가 사돈어른과 함께 해외여행을 가자고 해서 즐거운 마음으로 오니 힘든 줄 모르게 왔어요."

나는 밝은 표정의 시어머니의 인사에 며느리 칭찬으로 답하였다.

"그러시군요. 다행입니다. 며느님께서 시어머니와 친정어머니를 함께 모시고 해외여행을 오기가 정말 쉽지 않은 일인데 정말 훌륭한 며느님을 두셨어요." 내 말을 듣고 시어머니가 말씀하셨다.

"나는 복이 많은가 봐요. 며느리가 둘인데, 둘 다 나에게 너무 잘해. 이번 여행에 큰 며느리는 회사 일이 바빠서 함께 오지는 못했지만 아니었으면 같이 왔을 거예요."

시어머니가 며느리들에 대한 칭찬을 하는 동안에 버스가 호텔에 도착했다. 이때 갑자기 앞자리에 앉아 있던 초등학생 아들이 버스 창문을 통해 호텔 로비 쪽을 가리키며 큰 소리로 말했다.

"엄마, 큰엄마야!"

며느리는 그 소리에 깜짝 놀라서 창밖을 바라보더니 눈을 동그랗게 뜨고 놀란 듯 말했다.

"어머, 이게 어떻게 된 일이야. 애야, 큰엄마 부르지 말고 조용히 있어."

며느리는 이 상황에 어찌할 바를 모르겠는지 매우 당황스러워 하며 아들의 입단속을 했다. 하지만 아들은 버스 창밖을 보며 또 소리쳤다. "엄마, 형도 있어. 큰 집 형!"하며 버스 창문을 두드리며 "형!"하고 소리를 질렀다.

아들이 형을 부르는 소리는 두꺼운 버스 창문에 막혀 밖에서는 들리지 않았고, 버스는 짙은 선팅을 했기 때문에 외부에서는 버스 안이 보이지 않았다. 그러나 버스 안에서 보이는 바깥 모습은 큰며느리가 아들과 함께 큰 타월을 몸에 두르고 수영장에서 나와 로비 앞을 걸어가고 있는 모습이었다.

회사 출장 때문에 이번에는 함께 여행을 못 온다고 했던 큰며느리를 이곳에서 보게 될 줄이야!

큰며느리의 모습을 본 시어머니께서는 당황을 하셨는지 계속 헛기침만 하셨다.

이 상황을 모두 지켜본 버스 뒤쪽에 앉은 고객들은 버스가 호텔에 도착하였는데도 내릴 준비를 못하고 있었다. 가이드인 나 역시 순간적으로 이 상황을 어떻게 해야 하나 하는 생각에 머릿속이 복잡해졌다.

버스의 앞문이 열리고 앞쪽 좌석에 앉아 있던 고객들이 내리기 시작했다. 이때 시어머니께서 자신의 일행을 향해 말했다. "우리는 잠깐만 기다렸다가 내리자." 이 소리에 뒤쪽 좌석에 앉아있던 고객들도 자리에서 일어나지 않고 조용히 앉아 있었다.

큰며느리가 호텔 안으로 들어가고 나서야 고객들이 버스에서 내리기 시작했다. 가이드 생활을 하려면 눈치가 8단쯤은 되어야 한다. 나는 재빠르게 버스에서 뛰어내려 로비로 달려가서 큰며느리가 있는지를 확인했다. 큰며느리는 자신의 방으로 올라갔는지 로비에 모습이 보이지 않았다. 내가 버스 창문을 바라보며 손짓을 하니 며느리가 먼저 내리고 외할머니가 외손자의 손을 잡고 내린 후 마지막으로 시어머니께서 버스에서 내리셨다. 시어머니는 아무 말도 없이 덤덤한 표정이었지만 호텔 로비 안으로 들어오면서도 계속 안쪽의 동태를 살피셨다. 짧은 시간이었지만 시어머니는 별의별 생각을 다 하셨을 것이다. 나는 자세한 사정을 알 순 없었지만 태연한 척 하시는 시어머니의 모습은 보기에도 안쓰러웠다.

로비 한 쪽에 있는 테이블에서 손님들의 방 배정을 하고 있는 나에게 시어머니와 며느리가 조용히 옆으로 오셨다. "가이드님, 다른 호텔로 바꾸어 줄 수 없나요?"

나는 사무실에 전화를 하여 사정 이야기를 보고하고 호텔을 바꾸어 줄 수 있냐고 문의하니 사무실에서 돌아온 답변은 성수기라서 방이 없다고 했다. 두 분께 상황을 말씀드렸다. 내 말을 듣고 시어머니께서 나에게 말했다.

"그럼, 큰며느리하고 다른 층으로 방을 배정해 줄 수 있나요?"

"큰 며느님께서 몇 호에 있는지 제가 아직 모르니, 일단 오늘은 방으로 올라가서서 쉬고 계세요. 제가 알아봐서 연락드리겠습니다."

이 상황에 아무 말도 하지는 않고 계셨지만 정말 마음이 복잡했던 분은 둘째 며느리의 친정어머니였다. 친정어머니는 혼잣말로 "아이고, 이 일을 어째?" 소리를 반복하시며 안절부절 못하고 로비 한쪽에 앉아계셨다.

어쨌든 다음날 행사를 마치고 호텔에 돌아올 때까지 큰며느리 일행과는 서로 마주치지 않았다. 큰며느리가 배정받은 방을 확인해 보니, 큰며느리의 숙소는 3층이었고 다행히 우리 고객은 2층이었다. 우리 일행들이 각자의 방으로 모두 올라간 후, 작은며느리와 이야기를 나누었다.

이야기의 결론은 둘째 며느리가 큰며느리에게 이 상황을 알리고, 큰며느리가 시어머니를 찾아와서 사정을 얘기하고 용서를 구하는 것이 좋겠다는 것이었다. 그렇지 않으면 여행 내내 불편한 마음으로 여행을 해야 하는 것도 있지만 나중에 더 큰 오해가 쌓일 수 있지 않겠느냐는 것이었다.

큰며느리에게 연락을 하는 일은 둘째 며느리가 큰며느리의 방으로 전화를 하는 것으로 결론이 났다. 둘째 며느리는 용기가 나지 않는지 몇 번을 망설였지만 숨을 한 번 몰아쉬더니 전화기를 들고 방 번호를 눌렀다.

전화를 받은 큰며느리가 "여보세요."라고 했지만, 아무 소리가 없자 "누구세요…"라는 말이 수화기를 통해 들려왔다.

"형님…" 둘째 며느리는 말을 못하고 눈물만 흘렸다.

"왜 그래? 무슨 일 있어. 동서"

"형님, 제가 형님과 조카를 봤어요."

"어디서?" 그리고 "…" 대답이 없다.

"형님, 저 지금 호텔 로비에 있어요. 기다리고 있을게요."

잠시 후 얼굴이 벌겋게 상기된 큰며느리가 남편과 함께 뛰어내려 왔다.

"아니, 어떻게?" 큰며느리는 동서를 보는 순간 말을 잇지 못하고 어찌할 줄 몰라 했다. 하지만, 더 놀란 것은 둘째 며느리였다.

"형님, 아주버님도 같이 오셨어요?"

"아니, 왜?"

"어머님은 형님하고 조카만 온 줄 알고 계세요."

그들은 로비 한쪽 구석에서 오랫동안 얘기를 나누더니 함께 시어머니의 방으로 갔다. 큰며느리의 창백해진 얼굴, 어깨가 축 처져 걸어가는 큰아들의 뒷모습, 그 모습을 지켜보는 나는 한 편으론 안타까웠지만 솔직히 웃음이 나오기도 했다. 이 상황을 어떻게 현명하게 넘기느냐에 따라 두고두고 좋은 보약과 같은 교훈이 될 수도 있고, 어머니께 원망을 들을 수도 있을 것이다.

나는 이 가족이 원만하게 서로의 오해를 풀어서 변함없이 행복한 가정이 이어지기를 고객들의 뒷모습을 바라보며 기원했다.

다음날 아침 미팅 시간, 나는 어젯밤 일이 궁금했지만 물어보지는 않았다. 고객들의 표정을 살피니 시어머니의 표정이 밝으신 것 같다.

형님네 가족은 내일 한국으로 돌아간다고 한다. 나는 걸어서 이동하는 중에 시어머니 곁으로 다가가서 살짝 짓궂은 농담을 했다. "어머님, 큰며느리가 예뻐요, 둘째 며느리가 더 예뻐요?" 시어머니는 그저 사람 좋은 인자한 웃음으로 답했다.

문제는 여행 첫날부터 사돈의 눈치를 살피느라 긴장을 해서인지, 둘째 며느리의 친정어머니께서 몸살을 앓게 된 것이다. 둘째 며느리의 친정어머니는 몸살이 너무 심해 병원에 입원을 하였기 때문에 마지막 이틀은 투어에 동참하지 못했다. 시어머니는 자신 때문에 사돈이 병이 났다며, 투어를 하지 않고 사돈을 간호하겠다고 한다. 둘째 며느리의 친정어머니는 자신은 괜찮으니 편하게 관광을 하라며 사돈의 간호를 만류한다.

이러지도 저러지도 못하는 둘째 며느리를 지켜보는 나 역시 안타까웠다.

여행 중에 날아온 부고

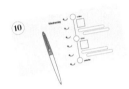

사무실로부터 전화가 왔다. 오늘 입국하는 고객 중의 한 분을 공항에서 대기하다가 바로 귀국하는 것으로 일을 처리하라는 전화였다. 어머니께서 돌아가셨다는 것이다.

이러한 일은 가끔 생기는 일이다. 참으로 안타까운 일이 아닐 수 없다. 그러나 더욱 안타까운 일은 비행기 표를 바로 구할 수 있다면 불행 중다행으로 공항에서 그대로 되돌아갈 수가 있지만, 비행기 표를 구하지못할 때는 일정을 마치고 갈 수밖에 없을 때가 있다. 그럼 연락을 한 한국의 가족들이 고객에게 지금 알리지 말고 여행이 끝나고 돌아오는 날 알려달라고 한다.

나의 경우에도 투어 진행 중인 고객께서 부모님이 돌아가셔서 되돌아간 경우가 몇 번 있었다.

그러나 문제는 비행기 표를 구하지 못했을 경우이다. 여행을 마치고 돌아가는 날에야 부고 소식을 알려드린 일이 있었다. 그러면 왜 이제야 알렸느냐고 난리가 난다.

한번은 이런 일이 또 있을 것 같아 여행을 함께 오신 일행 분에게 한국에 도착하여 비행기에서 내리면 알려드리라고 한 적도 있다. 비행기 탑승 전에 알려드리면 혹시라도 비행기에서 불미스러운 일이 생길지도 모른다는 마음에서 그렇게 한 것이다.

해외여행을 떠나는 아내를 직접 운전하여 인천 공항까지 태워다 주고 배웅하면서 친구들과 재미있게 놀다오라고 손을 흔들며 돌아간 남편이 집으로 돌아가서 잠을 자던 중에 갑자기 돌아가셨다는 연락을 받은 일이 있었다.

나는 한국행 비행기 표를 미리 준비해 놓고 현지 공항에서 비행기가 도착하기를 기다렸다. 어떻게 이 사실을 전달해야 하나 고민을 했다. 드디어 비행기가 현지 공항에 도착을 하였고 공항에서 일행 중 한 친구 분께 이 사실을 전했다. 소식을 들은 친구 분도 여행을 포기하고 친구와 함께 한국으로 다시 돌아가겠다고 한다. 사무실에 연락해서 비행기 표를 한 장 더 구했다. 친구 분이 나머지 일행들이 알면 좋지 않을 것 같다며 나에게 다른 사람들에게는 이 사실을 알리지 말라는 부탁을 하였다. 이러한 일을 알지 못하는 일행들은 버스를 타고 호텔로 이동을 하였고, 두 분은 현지 공항에 남았다. 버스 안에서 두 친구는 왜 같이 호텔로 가지 않느냐고 물어서 나는 두 분은 갑자기 일이 생겨 한국으로 되돌아갔다고 본의 아니게 거짓말을 하게 되었다. 여행 일정을 모두 마치고 일행들에게 사정 얘기를 하고 사과를 했다.

한번은 여행 중에 일행 중 한 고객의 배우자의 부고 사실을 알게 되어 여행을 제대로 진행하지 못했던 일도 있다. 제대로 설명도 못 하고, 웃지도 못하는 안타까운 마음으로 투어를 진행했다.

목표달성

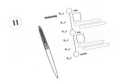

"이번 여행 기대하고 왔는데, 이게 뭐예요. 나 여기서 못 자."
고객들의 화가 폭발하기 직전이었다.

갑자기 예약된 보험회사 팀이다. 공항에서 미팅을 하고 호텔로 이동하였다. 고객들은 잔뜩 기대하고 온 여행이어서 그런지 무척 분위기가 들떠 있었다. 버스로 이동하는 중에 내일 일정과 고객들에게 전달할 공지 사항을 정리하고 호텔에 도착했다.

그런데, "이거 웬 걸(girl)?" 비키니 수영복을 입은 아가씨들이 호텔 앞쪽을 지나가고 있다. 우리 고객들이 모두 여성분들이었지만, 외국에 왔다는 사실이 실감이 나는지 너무 좋아하셨다.

그러나 호텔로 들어서는 순간, "아니, 이것은 또 웬 걸?" 기절 일보 직전이다. 호텔은 청소가 되어 있지 않아 지저분했고, 청소도구는 여기

저기 흩어져 있었다. 이 호텔에서 삼 일을 지내야 하는데 이 상황을 고객들에게는 뭐라고 설명해 드려야 하나 앞이 캄캄했다. 그래도 방 배정을 끝내고 고객들 모두 방으로 올라갔다. 그러나 더 큰 문제는 지금부터 시작이었다. 호텔 상황은 체크인 할 때 설명 들은 모습이랑 완전히 딴 세상이었다. 모든 층은 공사 중이었고, 복도 천장에서는 물이 새고 있고, 전선이 흩어져 뒹굴고 있었으며, 침대 시트는 얼룩져 있고, 옷장 안과 책상 위에는 먼지가 쌓여 있었다. 두 명이 사용하는 방의 화장실에는 작은 수건한 장만 달랑 있고, 어떤 방에는 수도꼭지가, 어떤 방에는 샤워기 꼭지가 없는 곳도 있었다. 손님들이 이런 곳에서 어떻게 잠을 자느냐고 가방을 싸서 로비로 내려와서 가이드인 나에게 어떻게 된 일이냐고 따졌다. 사무실에 확인하니 호텔 측에서는 전혀 문제가 없었다고 한다. 급하게 예약을 하느라 호텔을 직접 확인하지 않은 것이 큰 실수였다. 주변 호텔을 확인하니 빈방이 없다고 한다.

호텔 측에 컴플레인을 하였다. 호텔 매니저도 고객들의 계속된 컴플레인으로 이젠 지칠 대로 지친 것 같았다. 그래도 처음에는 "미안하다." "기다려 달라."하며 어쩔 줄을 몰라 하더니, 이제는 될 대로 되라는 식이었다.

가이드인 내가 이리 뛰고 저리 뛰는 모습이 불쌍해 보였는지 고객 몇 분이 지금 이 문제를 정 해결할 수 없으면 오늘은 여기서 자겠으니 내일은 호텔을 바꿔 달라고 한다. 나는 "알겠다." 하고 고객들을 방으로 올려 보냈다.

잠시 후 고객들이 다시 우르르 내려오셨다. 샤워하는데 이제는 따뜻한 물이 나오지 않는다는 것이다.

나는 호텔에 문제가 있지만 어쨌든 오늘 밤은 여기서 지내야 한다고 고객들을 설득하여 겨우 방으로 올라가게 할 수 있었다.

호텔 매니저를 찾았으나 아예 어디로 숨어버렸는지 만나지도 못했다. 고객들이 모두 올라간 후 탈진 상태가 되어 로비에 앉아 있는데 어디서 나타났는지 호텔 매니저가 벽면에 몸을 반은 숨긴 채 손짓으로 나를 부른다. 그도 내가 불쌍하게 보였나보다. 호텔 매니저는 미안하다며 내일은 정리해 놓을 테니 걱정하지 말라고 한다. 첫날이 어떻게 지나갔는지도 모르게 어쨌든 지나갔다.

다음 날 아침 식사를 하고 일정을 시작하였다. 어젯밤의 일을 잊은 듯, 아니 여행을 망치지 않으려고 하는 마음 때문이었는지 고객들께서는 한 명도 호텔에 대해 말을 꺼내지 않는다. 고객들에게 너무 미안한 마음에 내가 먼저 이야기를 꺼냈다. 호텔 측에서 방을 정리해 놓을 거라며 안심하라고 했다. 그리고 주변 호텔로 바꾸려고 알아보았는데도 방이 없다고 하니, 고객들은 깨끗하게 해달라고만 하신다. 미안해서 눈물이 날 것 같았다. 일정을 마치고 호텔에 돌아와 보니 어제보다는 조금 나아졌지만 그래도 우리가 생각하는 정상적인 호텔의 모습은 아니었다. 손님들의 원망스러운 눈초리가 하나하나의 화살이 되어 온몸에 꽂히는 듯이 정말 아팠다. 얼마나 따가운지 고객들이 모두 방으로 올라갈 때까지 고개를 들 수가 없었다. 그렇게 또 하룻밤을 보냈다. 이제 하룻밤 남았다.

인간의 적응력은 정말 대단한 것 같다. 아침에 나를 만나자 고객들은 반갑게 인사하며 잠을 잘 주무셨다고 밝은 표정으로 인사를 건넨다.

어제 투어 진행 중에 신라시대 원효대사의 해골 물과 일체유심조(一切唯心造)에 관해 이야기했었다. 그래서일까? 아니, 고객들의 따뜻한 마음 때문임을 금방 알았다. 한 고객이 "가이드가 뭔 죄야? 가이드 때문에 모두 참고 자기로 한 거야." 한다.

이번 팀은 나를 많이 울린다. 고객들 앞에서 눈물을 흘릴 수는 없었지만 마음속으로 울었다. 그런데 고객들에게는 실제로 나의 우는 모습이 보였나 보다.

투어를 하기 위해 목적지로 향하는 버스에서 고객들에게 선택하라고 했다.

"1번, 좋은 호텔 - 나쁜 가이드

2번, 나쁜 호텔 - 좋은 가이드"

고객들은 한 분도 빠짐없이 모두 2번을 선택하여 주셨다.

고객 중 어느 분이 "오늘이 마지막이니까, 눈 딱 감고 하루만 더 자자."고 하셨다. 이런 사실을 회사에 이야기하니 고객들에게 정말 죄송하고 고맙다는 말씀을 전해달라며 서비스를 하나 더 해드리라고 한다. 서비스로 투어를 하나 더 진행한다고 하니, 다들 좋아하셨다.

일정을 마치고 호텔로 돌아오는 버스 안에서 일에 관한 이야기가 나왔다. 이야기를 하면서 "죽을 각오로 한다면 무엇을 못하겠습니까! 우리는 할 수 있습니까, 없습니까!"하고 내가 유격 조교처럼 큰 소리로 말했다. 고객들은 모두 한 목소리로 외쳤다.

"할 수 있다!" "뭐든지 다 할 수 있다!"고 외치며 손뼉을 친다.

"그럼, 모두 주먹을 쥐고 들어보세요." 하니 주먹을 쥐고 높이 손을 들었다.

"제가 선창을 할 테니 따라하세요."

"네!"하고 큰소리로 대답을 한다.

"목·표·달·성"

고객들은 엉겁결에 "목표달성"을 함께 외치며 모두 웃음을 터뜨린다. 이때, 책임자 되시는 분이 앞으로 나오셔서 "여러분, 목표달성은 제가 여러분께 제일 하고 싶었던 말이에요. 그런데 어떻게 가이드님이 제 마음을 딱 알고…"하시며 나를 보고 씽긋 웃으신다. 그리고 일행들을 바라보며 말씀하셨다. "여러분, 힘들어도 이번 여행은 나의 것이에요. 이 시간이 지나면 다시 돌아오지 않아요. 까르페디엠!(Carpe diem : 현재 순간에 충실하라!)"을 외친다.

보험 업계에서 일하는 분들이라서 그런지 작은 일에 연연하지 않고 화통하셨다. 고객들의 일정은 이렇게 좋은 마음으로 잘 정리가 되었다.

책임자 되시는 분이 일행들의 성의라며 나에게 봉투를 건네주셨다.

정말 내가 가이드라는 사실이 창피할 정도로 불편한 호텔이었고 고객들도 불만이 많았지만 상황을 슬기롭게 넘기는 그 보험회사의 고객들에게 마음 같아서는 보험을 하나씩 다 가입하고 싶었다.

정말 고맙고 미안했다.

형제자매의 여행

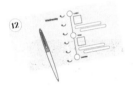

투어 중에 사남매의 막내와 대화를 나눈 내용이다. 독자들의 이해를 돕기 위해 이야기의 중심은 사남매의 막내다.

우리는 사남매다. 형님, 큰 누나, 작은 누나, 그리고 나.
그리고 부모님은 1년 전에 돌아가셨다.
둘째 누나가 결혼 날짜를 잡아 놓고 갑자기 뇌출혈로 쓰러졌다. 당연히 결혼식은 취소되었고, 결국 결혼은 없었던 일이 되었다.

그 날은 작은 누나의 결혼식장을 예약하고 출가한 형님과 큰누나까지 우리 사남매가 모두 모여 부모님과 함께 식사를 하고 밤이 깊도록 작은 누나의 결혼이야기로 꽃을 피웠다. 형님과 큰 누나는 모두 집으로 돌아가고 늦게 잠이 들었다. 아침에 일어나 식사를 하려고 하는데, 아침 식사 자리에 작은 누나가 보이지 않았다. 공휴일이고 피곤해서 늦잠을 자나보다 하고 깨우지 않고 아침 식사를 하였다. 점심때가 되었는데도 작은 누나가 방에서 나오지 않아 누나 방으로 가보았다. 방문을 열어보니 작은 누나가 온 몸이 식은땀에 젖은 채로 침대 위에 축 늘어져 있는 것이었다. 나는 너무 놀라서 119에 신고를 했다. 병원에 함께 가야겠다는 연로하신 부모님을 집에 계시도록 하고 내가 응급차에 동승하여 병원 응급실로 갔다. 진단을 받아 보니 뇌출혈이라고 한다. 나는 이 사실 앞에 어찌할 바를 몰랐다.

왜? 어떻게 이럴 수가? 어제까지만 해도 멀쩡하던 누나가?

"갑자기 충격을 받으신 일이 있나요?" 의사가 물어본다.

"특별히 충격을 받을 일은 없었는데, 두 달 뒤에 결혼을 합니다."

"네, 어쨌든 안정을 취한 후에 수술을 받아야 합니다. 빨리 준비해 주세요."

수술 후 작은 누나의 재활치료가 시작되었다. 재활 치료 중 누나의 결혼은 취소되었다. 이 소식을 들은 누나는 무척 힘들어했지만, 겉으로 표현하지 않았다. 나중에 안 사실이지만 큰 누나는 알고 있었다. 작은 누나가 결혼 때문에 매우 힘들어했다는 것을.

작은 누나는 결혼 혼수 문제로 결혼할 남자와 자주 다투었다고 한다.

"언니, 나 결혼하지 말까?"

"왜? 무슨 문제 있어?"

"혼수 때문에 많이 부담 돼. 우리 집 사정도 있는데."

처음에는 재활 치료가 잘 되는 듯했지만 갑자기 다시 쇼크가 왔다. 급하게 병원으로 갔는데 의사 선생님이 나에게 말했다.

"환자한테 안정이 제일 중요한데 모세혈관이 또 터졌습니다."

2차 수술을 받았다. 수술이 끝나고 집에서 안정을 취하기로 했다. 작은 누나가 매일 울면서 가끔 이상한 소리를 한다고 부모님이 걱정을 하였다. 병원에 가보니 뇌출혈의 영향으로 치매가 시작되었다는 것이다. 부모님은 작은 누나를 2년 넘게 돌보다 작년에 두 분 모두 돌아가셨다. 부모님은 돌아가시면서도 작은 누나가 눈에 밟히는지 작은 누나의 손을 놓지 못했다.

지금은 큰누나가 작은 누나를 돌보고 있다. 지금까지는 잘 견디어 왔는데 최근 갑자기 치매가 심해져 우리 형제들까지 잘 알아보지 못한다.

작은 누나는 예전에 부모님과 함께 가족 여행을 갔던 이야기를 자주 했다. 형님이 작은 누나의 기억이 더 사라지기 전에 가족 여행을 가자고 제안을 했다. 가족 여행을 간다는 소리에 작은 누나가 제일 좋아했다.

"어디로 갈까?" 물어보니 작은 누나가 처음으로 함께 간 가족 여행지였던 이곳으로 오자고 했다. 말이 잘 나오지 않았지만, 이런 여행을 실행으로 옮긴 형님에게 정말 고맙다는 인사를 했다.

　　여행이 시작되었다. 형님과 큰누나가 작은누나의 옆에 꼭 붙어서
손과 발이 되어 주었다. 작은누나의 몸이 불편하다 보니 간이 휠체어를
준비했지만, 유적지에 돌길이 많아서 제대로 사용하지 못했다. 형님은
작은누나를 업고, 나는 휠체어를 들고, 큰누나는 옆에서 작은누나에게
양산으로 그늘을 만들어 주었다. 형님은 땀을 뻘뻘 흘리면서도 그늘에서
쉴 때면 부채로 작은누나를 부쳐준다. 시원한 음료수를 작은누나가 잘
마실 수 있게 받쳐 주었고, 다 마신 후에는 입가를 잘 닦아주었다.
　　사진을 찍을 때면 기억 속에 깊이 간직하려는 듯, 꼭 넷이 모두 한번
찍고, 형님이랑 한 컷, 큰누나랑 한 컷, 나랑 한 컷씩 찍었다. 버스로 이동
할 때 형은 꼭 여동생을 옆자리에 앉혀 손을 꼭 잡고 탄다. 특히 작은누나
가 대소변을 잘 가리지 못해서 어른용 기저귀를 차고 왔지만, 소용이 없
었다. 나는 그걸 말없이 처리하는 큰누나를 보고 있을 때면 눈물을 참느
라고 뒤돌아서 먼 하늘만 바라보았다.
　　주변에 있던 일행들이 한마디씩 한다.
　　"어떻게 형제간에 저렇게 잘 할 수가 있나?"
　　"부모라도 저렇게 못 할 거야."
　　"저렇게 우애가 좋은 형제들은 처음 봐."
　　여행 마지막 날 저녁, 형님이 큰누나와 나에게 말했다.

"내 동생은 천사 같은 아이였지. 노래도 잘 불렀고, 그림도 잘 그렸는데, 이번이 마지막 여행이 될 것 같아서 너무 마음이 아프단다."

휠체어에 앉아 있는 여동생을 바라보는 형님의 눈에서는 하염없이 눈물이 흐르고 있었다.

가이드로서 그들의 여행에 나는 그들의 시간을 최대한 지켜주는 방관자였다.

이별 여행을 행복 여행으로

어느 중년 부부의 이야기다.

남편은 점잖고, 부인은 세상 물정 모르는 소녀처럼 맑고 순수한 분이다. 두 분은 유적지 관광을 할 때도 꼭 잡은 손을 놓지 않고 다닌다.

"저 부부는 금슬이 참 좋네. 정말 보기 좋아."

"이렇게 더운 날씨에 손잡고 다니면 손에 땀띠가 날 텐데."

"부부 일은 아무도 몰라. 저러다가 무슨 일이 벌어질지?"

그 중년 부부는 다른 일행들의 부러움과 시샘, 질투의 대상이 되기도 했다. 남편은 야자수를 마실 때도 시원한 것을 골랐고, 휴게소에 들릴 때마다 시원한 음료수를 부인에게 사다 주기도 했다. 걸어갈 때는 더위를 식힐 그늘을 만들기 위해 양산을 준비하는 것도 잊지 않았고 쇼핑할 때도 아내를 위해 꼭 선물을 구입했다.

"맘에 드는 거 있으면 하나 골라."

"고마워요."

아내는 남편의 선물을 감사히 받는다.

유적지에서 설명이 시작되었다. 첫 시작은 부부간의 사랑이었다. 부부간의 사랑에 관해 설명하다가 질문을 하였다.

"부부간의 사랑을 한 글자로 표현하면 뭘까요?"

"글쎄…"

"그럼, 왜 남편과 또는 아내와 지금까지 살고 있나요?"

일행 중 한 고객이 "사랑하기 때문에 살지."하고 말했다.

옆에 있던 친구들과 여행을 온 고객 분이 "사랑은 무슨? 애들 때문에 살지."하니,

"야, 그래서 너는 애를 네 명이나 뒀냐. 이 친구는 딸 셋에 아들 하나야."

이때 뒷줄에 있던 여성 고객이 한마디 한다.

"돈 때문에 살지."하는 여성 고객의 말에 모두 한바탕 웃었다.

그때 한 고객이 대답한다.

"정 때문에 살지. 살다 보면 미운 정, 고운 정이 다 들어." 한다.

내가 고객들의 여러 의견을 듣고 말했다.

"네, 맞아요. 부부의 사랑을 한 글자로 정리하면 정(情)이랍니다. 우리가 오늘 이 곳을 관광하기 위해 온 이유는 세 곳의 공간을 만나기 위해 왔습니다. 다시 말해서 부부의 공간, 부모와 자식의 공간, 그리고 나의 공

간을 만나러 왔습니다. 그중 첫 번째가 부부의 공간입니다.

지금 옆에 있는 부부간의 물리적 공간이 얼마인가를 생각해 보신 일이 있으십니까? 여러분 중에서도 가까이 붙어 앉아 있는 분, 앉아 있으면서도 손을 잡고 있는 분, 이쪽저쪽 떨어져 앉아 있는 분, 각양각색입니다.

우리는 부부간에 서로에 대해서 모든 것을 다 안다고 이야기합니다. 하지만 과연 그럴까요?

옆에 앉아 있는 배우자에게 한 번 물어보세요? 진정 나를 다 알고 있느냐고.

자신의 배우자에 대해서 다 알고 있다고 장담하는 것은, 나의 생각일 뿐입니다. 그리고 우리는 그것을 '정'이라는 한 마디 말로 합리화시켜 버리지요.

숨도 들이쉰 만큼 내뿜어 내는 것입니다. 부부간의 사랑도 표현한 만큼 받을 수 있습니다. 그렇다면, 사랑을 표현하는 방법과 부부사이의 공간을 줄일 방법이 무엇일까요?

이것에 대해서 이곳의 부조(평면 위에 높낮이를 만들어 표현한 조각품)를 보면서 직접 느껴보시기 바랍니다. 여러분의 허전한 마음의 공간을 채울 방법이 표현되어 있을 것입니다.

부부의 바탕이 되는 것은 믿음이 뿌리이고, 소망은 줄기이고, 사랑은 열매랍니다. 그 열매가 자식들이래요. 그래서 믿음과 소망과 사랑 중에 제일은 사랑이랍니다. 사랑하는 마음을 담아서 서로 바라보세요. 그리고 저를 따라 하세요.”

　“나만 믿어 봐!” (따라서) “나만 믿어 봐!”
　“내가 먼저 잘 할게!” (따라서) “내가 먼저 잘 할게!”

　다 같이 합창하며 따라하면서도 쑥스러워하는 모습이 역력했다. 쑥스러움의 원인은 자신의 마음을 배우자에게 좀처럼 표현하지 않고 살았다는 증거이다.
　“여러분, 여러분은 지금 가이드를 억지로 따라 한 것이 아니라 서로에게 진심으로 약속한 것입니다. 오늘의 이 마음을 삶이 아무리 어렵고

힘들지라도 지켜나가시길 바랍니다."

일정을 마치면서 손님들이 나에게 고맙다고 인사를 한다.

"오늘 가이드님 덕분에 느낀 게 많았어요, 왠지 집사람과 조금 더 가까워진 것 같아. 고마워요." 하신다.

어느덧 이번 고객들과의 투어 여행이 막바지에 이르렀다. 여행 마지막 날 일정을 마치고 공항으로 이동을 하였다. 작별 인사를 하면서 "비행기에서 또 만나요."라고 말하니, 고객들이 나를 보며 말했다.

"아니, 가이드도 오늘 한국 들어가는 거요?"

"네, 사실 내일부터 여행사 박람회가 있기 때문에 오늘 한국에 가게 되었습니다. 비행기는 다르지만 공항 안에서 또 뵐 수 있겠네요."

"그럼 준비하고 얼른 들어와요. 기다리고 있을게요."

집에 가서 가방을 정리하고 공항으로 갔다. 수속을 마치고 공항 안으로 들어가는데, 입구 쪽에서 나를 부르는 소리에 바라보니 투어 내내 금술이 좋으셨던 중년부부의 남편이었다.

"사모님은 어디 계세요?"

"네, 피곤한지 대기실 의자에서 잠이 들었어요."

나중에 알았지만, 나를 만나려고 일부러 입구 쪽에서 기다리고 있었다고 한다. 이야기를 잠깐 하자고 하여 커피를 주문하고 창가 쪽에 자리를 잡았다.

"이번 여행을 통해서 가이드님에게 많이 배웠어요. 가이드님이 나보다 나이는 어리지만, 유적지에서 설명하는 것을 보면서 많이 느꼈습니다."

"그렇게 생각해 주셔서 감사합니다."

고객께서는 잠시 뜸을 들이더니 한마디 한다.

"가이드님, 이번 여행은 사실 우리 부부의 이별여행이었어요."

나는 고객의 갑작스런 고백에 깜짝 놀랐다. 정말 말로만 듣던 이런 여행이 있구나하는 생각이 들었다. 유적지에서 그렇게 잉꼬부부였는데. 정말 부부의 일은 모른다고 하더니 고객께 무슨 말을 해야 할지 몰랐다.

"가이드님, 사실 고민이 생겼습니다. 여행을 올 때는 마지막으로 아내에게 잘 해줘야지 하고 왔는데 가이드님의 말을 듣고 나를 다시 돌아보게 되었어요."

그리고 본론의 이야기를 하셨다. 요약하면,

처음부터 부인과는 성격이 맞지 않아 힘이 들었지만, 서로 이해하며 참고 살았다고 한다. 하지만 사업이 힘들어지면서 서로 의견의 충돌이 생겨서 많이 부딪혔다. 이제는 어느 정도 사업이 안정되었고 이쯤에서 그만 모든 것을 내려놓고 쉬고 싶다고 한다. 그동안 아내도 자기 때문에 많이 힘들었다고 하며 "서로의 행복을 위해 헤어지는 것이 좋다는 생각이 들어 정리하는 차원에서 여행을 왔는데…" 하며 눈물을 흘리신다.

누구나 그렇겠지만 남자의 눈물은 좀처럼 적응이 잘 되지 않는다.

고객의 눈물에 당황스러웠다.

"사장님, 그럼 아이들은요?"

아이들은 외국에서 살고 있다고 한다.

"사모님과 아이들은 사장님의 생각을 알고 있나요?"

"아니요, 한국에 돌아가서 이야기하려고 했어요."

"사장님, 아직 시간이 남아있으니 사모님과 아이들, 그리고 사장님 자신을 위해 올바른 결정이 무엇인가 다시 고민해 보셨으면 좋겠습니다."

잠시 침묵이 흘렀다.

"조금 전에 사장님이 말씀하셨죠. 사모님 때문에 사장님이 많이 힘들어했다고. 그럼 사모님 때문에 사장님이 힘들어했던 것과 사장님 때문에 사모님이 힘들어했던 것 중, 어느 것이 더 크다고 생각하시나요?

제 생각에는 사모님이 더 힘들어하지 않았을까요? 그리고 사장님 말씀대로 이혼을 하면 지금까지 힘들었던 것이 다 없어질까요? 사장님만 떠나면 남아있는 사모님과 아이들은 행복할까요?

제가 생각할 때 지금까지 힘들었던 것보다 더 힘들어하실 것 같아요. 너무 많이 웃으면 운다는 말이 있는 것처럼, 사장님의 생각이 너무 한쪽으로 치우쳐 다른 좋은 쪽의 모습을 보지 못하는 것 같아요. 사모님께서 아직 사장님의 마음을 모르고 있으니 한 번 더 생각해 보시기 바랍니다. 그래도 늦지 않을 것 같습니다."

사장님과 나는 커피를 시켜 놓고 한 모금도 마시지 못했다.

"가이드님, 못난 모습 보여서 미안해요. 창피합니다. 가이드님 말대로 좀 더 생각해 보겠습니다."

우리는 서로 전화번호를 교환하고 자리에서 일어나 공항 안을 한 바퀴 걸었다. 걷는 동안 잠에서 깬 사모님을 만났다. 아무것도 모르고 있는 아내가 남편에게 한마디 한다.

"당신, 어디 갔다 온 거예요. 당신이 안 보여서 놀랐잖아요. 혹시 나 버리고 간 줄 알고. 호호"

"응, 가이드님 만나 커피 한 잔 했지."

"그럼 나 깨우지요. 나도 커피 마시고 싶었는데…."

우리는 서로를 바라보며 씩 웃었다.

며칠이 지난 후 그 분에게 연락이 왔다.

"가이드님, 안녕하세요. 지금 어디세요? 가시기 전에 꼭 저희 만나고 가셔야 돼요."

"네, 잘 지내고 계시죠?"

약속을 정하고 며칠 후 다시 만났다.

만나자마자 사장님은 나를 꼭 안아주셨다. 우리는 아무 말도 하지 않고 웃기만 했다. 사모님도 영문도 모른 채 두 사람의 모습을 보고 흐뭇하게 웃고 계셨다.

참기 힘든 고통

"지금부터 두 시간을 이동한 후에야 휴게소가 있습니다. 버스를 갓 길에 세울 수 없으므로 화장실 다녀오실 분들은 미리미리 다녀오세요. 그리고 여기의 물은 석회질이 많기 때문에 될 수 있으면 생수를 드세요. 물갈이해서 탈이 나면 약을 드셔도 잘 멈추지 않아요. 생수는 버스에 준비되어 있으니, 버스 기사에게 사서 드시면 됩니다."

해외여행을 오신 여행객은 바뀐 환경과 물의 영향으로 변비와 배탈로 고생하시는 고객이 자주 발생한다. 그래서 버스가 출발하기 전에 고객들에게 꼭 전달하는 공지 사항이다.

설사 사례 1)
다음 방문지를 설명하는데 버스 뒤쪽에 있던 한 여성 고객이 앞쪽으로 오신다.

"아니, 왜 앞으로 오세요?"

여성 고객은 매우 다급한 소리로 말했다.

"뒤에 앉아 있는 초등학교 여자아이의 엄마 친구예요. 아이에게 지금 급한 일이 생겼는데 차를 좀 세울 곳이 없을까요? 급해서 그래요."

"어디가 아픈가요? 여기엔 차를 세우기가 곤란하고 조금만 더 가면 휴게소가 있습니다."

"아휴, 큰일 났네. 아무튼 빨리 좀 가 주세요." 한다.

친구의 딸이 속이 안 좋았는지 참다가 결국 설사를 하였던 것이다. 딸은 창피해서 말도 못 하고, 엄마 또한 어쩔 줄을 몰라 했다. 주변에 앉아 있던 일행들이 냄새 때문에 눈치를 챘지만, 내색하지 못하고 참는 모습이 역력하다.

나는 난감해 하는 아이 엄마의 표정을 보며,

딸의 마음을 다치게 하지 않으려는 마음.

모른 척 해주는 손님들에게 미안한 엄마의 마음이 느껴졌다.

버스가 휴게소에 도착하자마자 딸과 엄마는 급하게 버스에서 내려 화장실로 갔다. 아이의 몸을 씻기고 옷을 갈아입힌 후에 엄마 친구는 딸과 함께 휴게소에 남아있고, 딸의 엄마가 버스에 올라와 울면서 말을 한다.

"미안합니다. 그리고 너무 고맙습니다. 딸이 무척 창피해 하는데 이해하여 주셔서 정말 감사합니다."

아이의 엄마는 고객들을 향해 몇 번이고 고개를 숙여 사과를 했다.

"괜찮아요. 이해할 수 있어요. 다 자식 키워 본 사람들인데요, 뭐."

잠시 후 아이는 창피했는지 고개를 숙이고 버스에 올랐다. 아무도 티를 내지 않는다.

의자에 약간 흔적이 있었지만 여행을 마칠 때까지 버스 기사는 눈치를 채지 못했다. 엄마는 물 티슈로 깨끗하게 청소를 했다.

설사 사례 2)

"가이드, 차 좀 세워봐." 어르신의 절규에 가까운 목소리가 들려왔다.

"네⋯?"

"나 죽을 것 같아! 이제 더 이상 못 참아. 곧 나와!"

나는 급하게 기사에게 빨리 버스를 세우라고 했다. 그랬더니 기사가 하는 말이 여기는 안 되고, 조금 더 가서 세운다고 한다. 어르신은 왜 버스를 안 세우냐고 소리를 지르며 역정을 내신다.

잠시 후 버스가 멈추었지만 일은 벌어지고 말았다. 어르신은 급하게 버스에서 내려 버스 뒤로 달려가 혼자 일을 처리하고 계시면서 자꾸 버스를 쳐다보신다.

내가 버스 안에 그대로 앉아 계신 어르신의 부인께 가서 말했다.

"어르신, 버스 뒤 어르신께 가 보셔야 되지 않겠어요?"

"에그, 나도 몰라. 그냥 알아서 하라고 해."라고 말하며 눈을 감으면서 "아이고, 남사스러워."라는 말만 반복하신다.

나는 버스 기사에게 손님의 캐리어를 꺼내 달라고 한 후 냉장고에서 물병을 몇 개를 꺼내서 버스 뒤쪽으로 갔다.

"아이고, 잘 왔네. 안 그래도 부르려고 했는데."

나는 어르신께 그 곳을 씻으라고 손에 물을 부어 드렸다.

"가이드, 미안한데 물병 몇 개만 더 가져다 줘."라고 하신다. 물병을 더 가져다 드렸더니 물을 부어 달라고 한다. 속옷을 헹구려고 하는 것이다.

"어르신, 그냥 버리세요."라고 하니,

"이 사람아, 이거 새것이야. 이렇게 헹구면 돼."라고 하셨다.

옷을 정리하고 버스에 올랐다. 버스에 타고 계셨던 고객들이 고생하셨다고 하며 설사약을 준비했다가 어르신께 드리라며 나에게 전해주었다. 할머니께서는 눈을 감은 채 창 쪽으로 고개를 돌리고 계셨다.

나는 어색한 모습으로 좌석에 앉아 계신 어르신께 가서 말했다. "어르신, 일행 중 한 분이 어르신 드시라고 이 약을 주셨으니 꼭 드세요. 그리고 버스 기사에게 생수 값은 주셔야 해요?"라고 하니,

"응, 알았어. 가이드가 아주 욕봤네."라고 말씀하셨다.

휴게소에 도착하여 커피를 주문하고 자리에 앉아 있는데, 어르신이 일행이 준 설사약을 드신다. 내가 어르신이 드시고 있는 설사약을 보며 어르신, "이 약이 어떻게 만들어졌는지 아세요?" 하니, 고개를 갸우뚱거리며 "효과만 좋으면 되지, 어떻게 만들었는지는 알아서 뭐해. 어떻게 만들어 졌는데?" 하신다.

"한국 사람에게도 잘 알려져 있는 정로환이 처음 만들어진 것은 1904년 러일 전쟁 당시 만주에 파병된 일본군이 식수 문제로 배탈이 나기 시작하면서 군인들의 설사를 해결하기 위해 만든 약입니다. 이 약이 효과가 좋아서 이름을 무엇으로 정할까를 연구하다가 당시 러시아하고 전쟁 중이니 러시아를 정복하자는 의미로 이름을 정로환(征露丸)이라고 한 거예요. (征 정복할 정, 露 이슬 로, 丸 약 환 : 러시아를 정복하는 약)

그런데 2차 대전에서 일본이 패망한 후, 1956년 러시아와 일본의 수교 당시 러시아가 이 정로환이 러시아를 정복하는 약이라는 이유로 트집을 잡게 되었어요. 그래서 지금은 정복할 정(征)자 대신 '바를 정(正)'을 쓰는 거예요."

어르신은 자신이 설사를 안 했으면 이야기를 듣지 못할 뻔했다며 이야기 값으로 커피 값을 내셨다.

변비 사례 1)
'화장실에 빠졌나?'

"금방 다녀올게요."라고 하며 화장실에 간 고객이 20분이 지나도록 나타나지 않는다. 이제 공원을 관람하기 위해서 입장할 시간이 5분밖에 남지 않았는데, 조금 더 늦으면 입장이 안 되는데.

나는 애가 타서 발만 동동 구르고 있었다. 이를 보다 못한 친구들이 없어진 친구를 찾으러 화장실로 뛰어갔다. 그러나 화장실로 간 친구들이 그냥 온다. 화장실에서 아무리 불러도 대답이 없다고 한다.

"도대체 얘는 어디로 간 거야?" 친구들이 사라진 친구에게 짜증을 낸다. 나는 더 이상 기다릴 수가 없어 직원에게 이야기하고 공원에 입장을 하였다. 함께 여행을 온 친구들은 친구를 혼자 남겨두고 들어갈 수 없다며 입장하지 않고 공원 입구에서 친구를 기다린다. 결국, 친구들은 남고 나머지 일행들만 공원에 입장을 하였다. 공원 관람을 마치고 나가려고 하는데 로컬 가이드와 함께 친구들이 공원에 나타났다. 그러나 다음 일정을 진행해야 하기 때문에 그들은 그대로 돌아설 수밖에 없었다. 공원에 입장을 못한 친구들이 아쉬움에 한마디씩 한다.

"너 때문에 공원에 못 들어갔잖아."

"미안해, 그냥 너희들 먼저 들어가지 그랬어."

"도대체 어딜 갔다 온 거야? 화장실에서 아무리 불러도 없던데."

"사실, 나 화장실에 있었어. 성공할까 말까 하는 순간 너희들이 불러서 대답을 안 했어."

"그래서 성공은 했니?"

"반만 성공했어."하고 사라졌던 친구가 말을 하니 다들 웃는다.

사라졌던 그 고객은 여행만 가면 신경이 예민해져 변비가 생기기 때문에 화장실을 가는 일이 고역인 사람이었다. 오늘이 벌써 삼 일째란다. 내 일은 아니지만 '그것(?)을 배속에 담고 있는 그 사람의 속은 얼마나 불편할까?' 하는 생각에 나 또한 맘이 아팠다.

변비 사례 2)

네 명의 여고 동창생 고객 팀 중 한 고객이 나에게 말했다. "가이드님, 저는 환경이 바뀌면 신경성 변비가 와요. 혹시 변비약을 구할 수 있을까요? 가지고 온 약을 다 먹어서요."

"그렇습니까? 지금 가진 것은 없고, 약국에 가서 물어볼게요."

고객은 내가 가지고 있던 약을 지난번 손님에게 다 주었다고 하니 또 없느냐고 하면서 짜증을 냈다. '본인의 변비를 왜 나한테 짜증을 내지? 나 때문에 변비가 오는 것도 아닌데.'

나는 좀 불쾌했지만 '그래도 본인은 얼마나 힘들까?'하는 생각에 몇 군데 약국을 돌아다니며 변비약을 구했다.

고객을 그렇게 힘들게 했던 변비가 이제야 소식이 온 것이다. 너무 소식이 없어서 불안한 마음에 변비약을 버스 타기 전에 먹었다고 한다.

변비란 놈은 정말 눈치가 없는 녀석이다. 오라고 할 때는 오지 않고, 오지 말아야 할 곳에서 소식이 오니 말이다. 그러나 그 놈이 찾아오면 체면이고 뭐고 가릴 수가 없다.

"가이드님, 저기서 버스 좀 세워 주세요. 친구가 도저히 못 참겠다는데요."

"괜찮겠어요. 길가라서 다 보일 텐데."

"그래도 버스 안에서 하는 것보다 낫잖아요."

기사에게 버스를 세우라고 했다. 다행히 버스를 세울 수 있는 곳이었다. 버스의 문이 열리자마자 한 고객이 바람처럼 도로에 세워져 있는 입간판 뒤쪽으로 뛰어간다. 하지만 입간판의 구조가 양쪽 나무 기둥에 안내판은 위쪽 부분에 있는 구조이기 때문에 아래쪽이 뻥 뚫려 있어 간판 아래 앉아서 일(?)보는 모습이 다 보였다. 버스 안에서 그 모습을 힐끔힐끔 쳐다보는 고객들의 볼이 웃음을 참는지 풍선처럼 부풀어 있다. 상황이 그런데도 나머지 친구들은 버스에 가만히 앉아 있다. 버스에 남아 있는 친구들을 보고 내가 말했다. "친구 맞아요?"

갑작스런 나의 질문에 친구들은 내가 무슨 말을 하는 것인지 모르는 것 같았다.

"네…?"

"빨리 양산 들고 친구에게 가세요."하니, 그때서야 눈치를 채고 두 명의 친구가 따라 나간다. 손님들이 그 모습을 보고 킥킥 웃는다. 잠시 후 그 고객은 성공해서 어색한 기쁨의 웃음을 띠고 있었지만 창피했는지 고개를 숙이고 버스에 오른다.

나중에 불편했던 것을 밖으로 내보내는 것에 성공한 고객이 한마디 했다. 처음 혼자 간판 아래로 뛰어가는데 친구들이 따라오지 않아서 "저것들 친구 맞아?" 하면서 원망했다고 한다. 그런데 잠시 후 양산을 들고 오는 모습을 보고 너무 고맙고 좋았다고 한다.

친구의 얘기를 듣고 있던 친구들이 나를 쳐다보며 하는 말,

"응, 우리도 마음이 급해서 양산을 찾아서 꺼내느라고 늦었지 뭐니…"라고 말하며 나를 보고 윙크한다.

삼겹살 파티

"가이드님, 향신료 때문인지 여기 음식이 도저히 내 입에 맞질 않네요."

"그래도 식사를 하셔야 해요. 아무것도 안 드시면 힘이 없어서 관광하시기 힘드세요. 그럼 다른 음식이라도 드시죠."하고 내가 걱정이 돼서 말했다.

"괜찮아요, 지금 배도 별로 안 고프니 난 신경 쓰지 말고 가이드님은 어서 가서 식사해요."

고객은 아침 식사를 굶고 투어에 따라 나섰고 점심때도 식사를 제대로 하질 못했다.

"혹시 가지고 온 음식 있으세요?"

"네, 라면하고 누룽지 있으니까 호텔가서 먹을게요. 오후 일정은 언제 끝나요?"

"예, 오후에는 한 가지만 진행하면 되니 일찍 끝날 수 있을 겁니다."

"그럼, 호텔가서 라면 끓여 먹을게요." 한다.

"네…"

현지 음식의 향이 강하다며 식사를 하지 않고 식당 밖으로 나가는 모습을 보며 같이 여행을 온 친구가 덩칫값도 못한다며 타박을 한다.

"가이드님, 여기 삼겹살 추가요. 삼겹살이 참 맛있네요. 쌈도 좋고. 가이드님 오늘 저녁도 식사하러 여기로 와요." 하며, 삼겹살은 입에 맞는지 지금까지 향신료 때문에 식사를 잘 못하신 고객이 추가 주문을 한다.

"추가 비용은 직접 계산하시면 됩니다."

"네! 추가 주문은 내가 계산하는 거예요?"

"네, 기본적인 식사는 여행사에서 계산하지만 추가 주문은 고객께서 내시는 겁니다."

고객은 추가 주문은 고객께서 계산해야 한다고 하니, 잠깐 머뭇거리더니 말했다.

"1인분에 얼마예요?"

내가 고객께 삼겹살 가격을 말씀드렸다.

"에이, 그럼 내버려 두세요." 하며, 그렇다면 어제까지 먹지 않았던 음식 값은 돌려주지 않느냐고 물어본다.

친구들과 함께 여행 와서 혼자만 먹기는 눈치가 보이고 먹고 싶어서 추가하여 다 같이 먹으려니 부담스러웠나 보다. 이때 옆에서 그 말을 듣고 있던 친구들이 먹고 싶으면 더 주문하라고 한다. 그 고객은 말로는 "친구 덕분에 실컷 먹어보자."고 하였지만 결국은 쌈만 더 시켜 먹고 자리에서 일어났다.

식사를 끝내고 버스로 가는데, 고기를 주문하려고 했던 고객이 나를 불렀다.

"가이드님, 쌈 좀 얻을 수 있을까요?"

"얼마나요? 사장님에게 물어볼게요."

식당 사장님에게 가서 부탁을 하니 "가이드 얼굴 보고 주는 거야." 하면서 한 봉지를 포장하여 쌈장과 함께 주셨다.

"고맙습니다."

"맛있게 드시라고 해."

오후 일정을 마치고 호텔로 이동하여 쉬고 있는데, 호텔 직원이 수영장으로 함께 가보자고 해서 수영장으로 갔다. 호텔 직원이 그늘막 아래를 가리키며 우리 고객이냐고 물어본다.

나는 호텔 직원이 가리키는 곳을 보고는 깜짝 놀랐다.

"아이고, 이럴 수가…"

식당에서 얻어 온 쌈에 삼겹살을 구워 소주를 마시고 있는 것이 아닌가.

호텔 직원이 당장 멈추지 않으면 비용을 청구한다고 한다. 나는 고객들에게 가서 말했다.

"여기는 호텔 숙박 손님들이 함께 사용하는 공간입니다. 이렇게 하시면 안 돼요. 빨리 치워 주세요. 그렇지 않으면 비용을 청구한답니다."

"미안해요. 이것만 먹고 치울게요."

"안돼요. 지금 바로 치워 주세요."

고객들은 기분이 나쁜 듯 일어나 자리 정리를 한다. 나는 일행 중 점잖은 고객에게 말했다.

"고객님, 이러시면 정말 곤란합니다. 직접 호텔 사무실로 투숙 외국인들에게 시끄럽고, 냄새가 난다며 항의가 들어왔답니다."

그 고객은 나에게 연신 미안하다고 하며 사과했다.

나 역시 한국 사람이다. 한국의 문화를 이해 못하는 것은 아니다. 고객께서는 그동안 식사를 못해서인지 점심때 먹었던 삼겹살이 맛있었나 보다. 그래서 더 먹고 싶은 마음에 호텔에 들어와 친구들과 마트에 가서 고기를 사 왔다고 한다. 처음에는 방에서 구워 먹었는데, 냄새와 연기 때문에 밖에서 먹자고 하여 수영장 그늘막으로 왔다고 한다. 라면을 끓이는 쿠커가 있는데 그것에 삼겹살을 구워먹었다고 한다.

라면을 끓여먹는 쿠커에다 라면도 끓이고, 햄도 굽고, 삼겹살도 구워 먹고 하는 것이 한국의 문화는 아니지 않은가.

"저녁 여섯 시 반에 로비에서 모여 저녁 식사하러 가겠습니다. 여섯 시 반에 다시 뵙겠습니다."

"가이드님, 우리는 저녁 안 먹을게요. 호텔에서 우리끼리 라면 끓여 먹을 테니 걱정하지 말고 다녀와요. 내일 아침 미팅시간에 볼게요."

점심때 수영장에서 삼겹살을 구워 드셨던 고객 중 두 분은 저녁 식사를 하러 식당으로 간다고 하니 저녁 식사를 하지 않겠다고 한다.

나머지 일행들은 저녁 식사를 하러 갔다. 손님들과 식사를 하고 있는데 호텔에서 전화가 왔다. 호텔로 빨리 와 달라고 한다. 로컬 가이드와 식당 사장님에게 고객들을 부탁하고 호텔로 갔다. 호텔 직원에게 무슨 일이냐고 물어보니, 우리 고객의 방에 문제가 생겼다고 한다. 고객의 방으로 가보니 그야말로 난장판이었다.

이야기를 들어보니 황당했다. 고객이 라면을 드신다고 하기에 당연히 라면을 끓이는 쿠커에 라면을 끓여 먹는 줄 알았는데, 쿠커에는 다른 음식물들이 들어 있어서 커피포트에 라면을 끓인 것이다. 어젯밤에도 이렇게 끓여 드셨다고 한다. 커피포트는 물이 끓으면 '탁' 소리가 나면서 버튼이 올라가 전원이 차단된다. 그런데 과열 버튼이 자꾸 올라가니 물을 더 끓이려고 버튼을 올라가지 못하게 아예 책으로 눌러 놓은 것이다. 커피포트가 과열되면서 '펑' 터졌고, 전기선이 녹아 합선이 되면서 전기 차단기가 내려간 것이다.

커피포트가 터지면서 라면 건더기와 국물이 책상과 침대 위로 뿌려졌다. 다친 고객이 없어 다행이었지만, 호텔 직원이 어떻게 처리할 거냐고 나에게 물었다.

침대 시트와 벽, 책상에 라면 국물 자국이 얼룩져 청소비용을 추가로 지불해야 한다고 한다. 그 와중에 손님은 계속 "지난번에는 괜찮았는데." 소리만 반복한다.

호텔 직원과 상의를 하여 고객의 방을 바꾸었다.

하얀 침대 시트의 라면 국물 자국은 잘 지워지지 않는다. 결국, 침대 시트 교체비용과 벽을 페인트칠 하는 비용을 지불하게 되었다. 그러면서 고객들은 창피하니 아무에게도 이 사실을 말하지 말라고 나에게 신신당부를 한다. 그래도 창피한 건 아시나 보다.

이렇게 일을 처리한 후 앞으로는 호텔 방에서 이런 행동을 하면 안된다고 부탁을 하였지만, 지금까지 했던 고객의 행동을 보면 또 다시 그런 행동을 했을 것 같은 생각이 든다. 호텔 직원에게 매우 창피했다.

죽어야 하나, 말아야 하나

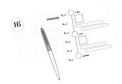

이른 아침 부부가 호텔 밖으로 산책하러 나가는 것을 보고 말했다.

"호텔 밖으로 나가지 마세요. 요즘 소매치기들이 많아서요."

"걱정하지 마세요. 우리가 알아서 할게요. 이 사람이 아침 산책을 하고 싶다고 해서 그래요. 우리는 아침에 방에서 누룽지를 끓여 먹어서 아침식사 하지 않아도 돼요. 걱정하지 마세요. 시간 맞춰 아침 미팅 시간에 나올게요."

남편이 나에게 염려하지 말라고 하며 아내와 함께 호텔 밖으로 나갔다.

식당으로 가서 고객들의 자리 배치를 하고 있는데, 고객 한 분이 급하게 식당 안으로 뛰어 들어 오더니 나에게 빨리 나오라고 한다. 밖에 나가보니 조금 전에 산책하러 갔던 부부 중 남편 분이 얼굴과 팔, 다리 등에 상처가 많이 난 상태로 호텔 로비 의자에 앉아 있었다.

"무슨 일 있으셨어요?"

길을 걷고 있는데 자동차가 갑자기 다가와 아내의 가방을 낚아채서 빼앗기지 않으려고 실랑이를 하던 중 다쳤다고 한다.

"병원에 가셔야 할 것 같은데요."

"아니, 괜찮아요. 그 놈과 다투면서 길바닥에 조금 쓸려서 그런 거니까 병원까지는 안 가도 돼요. 그런데 가방 안에 이 사람 여권이 들어 있어서…."

정말 난감한 일이었다. 나는 심각한 표정으로 고객을 바라보며 말했다.

"경찰에 신고한다고 해도 지금은 어떻게 할 수가 없어요. 오늘이 출국인데, 정말 큰일이네요. 어쨌든 대사관에 가서 여권을 만들어야 합니다."

"얼마나 걸리나요?"

"지금은 시간상 비행기를 탈 수가 없어요. 내일 입국하셔야 할 것 같은데요." 내 말에 고객은 한숨만 깊게 쉰다.

아침 식사가 끝나고 손님들이 하나둘씩 호텔 로비로 캐리어를 끌며 모여들었다.

부인은 남편 옆에서 자기 때문에 일이 이렇게 됐다며 어찌할 줄 몰라 한다.

"가이드님, 어떻게 가방을 찾을 수가 없을까요? 여권만이라도…"

"지금은 쉽지 않아요."

그때 부인이 남편에게 이야기한다.

"당신 먼저 한국에 가. 나는 여권 만들어서 내일 갈게."

남편은 아무 대답도 하지 않는다.

"일단, 고객들이 모두 내려오셨으니 버스로 갈게요. 버스에서 생각하고 말씀해 주세요."

버스는 출발했고, 같이 온 일행들이 부부를 바라보며 어찌할 거냐고 묻는다.

공항에 도착하기 전에 남편은 결정을 해야 한다.

'아내를 이곳에 남겨두고 혼자 한국으로 돌아갈 것인가? 아니면 아내와 함께 남을 것인가?'

남편은 현지에 남기로 했다.

두 명의 직항 항공료, 1일 호텔요금, 여권 재발행을 위해 대사관까지 갔다와야하는 왕복 기차요금, 여권 발급비용, 식대 등을 계산해보니 두 분이 여행 올 때 지급한 비용만큼 비용이 들어갔다. 남편은 이것 때문에 고민을 한 것 같다.

일행들이 모두 떠난 후, 저녁 식사 후에 호텔 로비에서 아내분과 잠시 이야기를 나누었다.

아내 분은 아침에 공항으로 가는 버스 안에서 말은 못했지만 남편에게 무척 서운했다고 한다. 남편에게 먼저 한국으로 들어가라고 말하기는 했지만, 남편은 공항에 도착할 때까지 아무 말도 하지 않았다고 한다. 그래서 혼자 두고 가면 어떻게 하나? 별의별 생각이 다 들었다고 하면서, 내가 버스 안에서 도로의 가로수를 보며 '협죽도(유도화)'를 설명한 것까지 생각이 났다고 한다.

"협죽도요? 그걸로 뭐 하시려고요?" 내가 물어보니,

"그것에 들어 있는 라신 성분이 청산가리의 6,000배라면서요?"라고 말하면서 웃었다. 그러면서 남편이 어차피 이렇게 함께 남을 거 미리 아내와 함께 남아 일을 해결하고 내일 한국에 들어간다고 진작 말해 주었으면 좋았을 것이라고 하며, 만약 남편이 오늘 혼자 한국행 비행기를 탔으면 모든 것을 끝내려고 했다고 한다.

나는 눈물을 글썽이는 고객을 보며 말했다.

"지금은 속상하고 이번 여행에서 큰 낭패를 본 것 같은 심정이겠지만, 시간이 지나면 이번 여행이 고객님의 여행 중에서 가장 기억에 많이 남을 겁니다. 좋은 교훈으로 생각하시면 좋겠습니다."

아내 분은 살짝 미소를 지으며 말했다.

"예, 고마워요. 가이드님, 가이드님도 오래오래 기억될 것 같아요."

"감사합니다. 방으로 올라가서서 남편 분과 기분 좋게 맥주 한 잔 하시고 편히 주무세요. 내일은 꼭 한국으로 가셔야지요."

이건 술병이 아니고, 물병이야

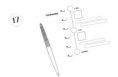

"여러분, 버스 이동 시 안전띠를 꼭 매셔야 하고, 돌아다니시거나 하면 안 됩니다. 그리고 버스에서 음주는 안 됩니다. 물이 필요하시면 손만 드세요. 그럼, 제가 갖다드리겠습니다."

운전을 하고 있던 버스 기사가 나에게 술 냄새가 난다고 한다. 나 역시 그 사실을 알고 있었다. 몇 번 조용히 주의를 주었는데도 막무가내라서 얘기를 하지 않고 있을 뿐이었다.

"고객님, 기사님이 술 마시지 말라고 합니다. 이 나라는 버스 안에서 술 마시는 것을 엄격하게 법으로 통제하고 있습니다."

"이건 술병이 아니고, 물병이야."

자주 주의를 시키니 물병에 소주를 담아 온 것이다. 식당에서도 물병에 소주를 담아가지고 와서 마시다가 식당 사장님에게 들킨 적이 있다. 소주가 아니라고 발뺌하지만 냄새가 나고, 먹는 모습만 봐도 술을 마시는지, 물을 마시는지 다 안다.

한번은 내가 식당 사장님에게 반찬을 더 달라고 했다. 내가 부탁하면 항상 기분 좋게 듬뿍 내주셨던 사장님이 오늘은 더 못 주겠다고 한다. 왜 그러시냐고 물어봤더니, 고객들이 소주를 담은 물병을 다섯 개나 가지고 왔다고 한다.

사장님은 식당에서 파는 소주 한 병이라도 사서 마셨으면 봐 줄 만도 한데 "이건 아니지."라고 하면서 기분 나빠 하셨다.

내가 고객께 가서 말씀을 드렸다.

"고객님, 식당에서 파는 소주를 사 드셔야 합니다."

"가이드님, 솔직히 말해서 여기는 소주 가격이 너무 비싸. 그래서 물병에 소주 좀 담아서 왔어."

"한국에서 이곳으로 소주를 수입해서 들어올 때는 비싼 주세가 붙습니다. 왜 우리도 한국에서 양주를 비싸게 사서 마시지 않습니까?"

한국에서는 안 된다는 것을 알고 있고, 이런 행동을 스스로 자제하면서 외국에 나오면 된다는 생각은 무엇 때문일까?

결국, 식당 사장님이 반찬을 더 주셨지만 그 반찬이 맛이 있었겠는가?

투어 일정 내내 그 고객 일행들의 입으로 물만 들어가면 얼굴이 벌게졌고, 물에서 알코올 냄새가 났으며, 혀가 꼬인 것인지 말이 꼬인 것인지 구분이 되지 않았다. 고객들이 버스 안에서 술을 마시고 너무 시끄럽게 떠들었기 때문에 나는 안내 방송 하는 것도 포기하고 좀 섭섭한 마음으로 자리에 앉아서 가고 있었다. 고객들과 싸울 수는 없지 않은가?

그런데 갑자기 뒤쪽에서 "꽈당!" 소리가 났다.

소리가 난 곳으로 뛰어가 보니 한 분이 쓰러져 있다. 물(?)만 마시던 분이 갈증이 났는가 보다. 버스가 달리고 있는데, 물을 가지러 앞쪽으로 걸어오다 넘어진 것이다. 뒤로 가서 쓰러진 분을 일으켜 세우니 입에서 술 냄새가 진동했다. 의자에 앉히니 부인이 한마디 한다.

"여보, 괜찮아요? 버스에서 돌아다니지 말라고 했잖아요."

"응, 물 좀 가져와. 갈증이 나서 그래."

넘어진 손님이 물을 마시고는 가만히 앉아 계신다. 뒤쪽에 있던 일행들이 쓰러졌던 친구를 뒤쪽으로 오라며 부른다.

"잠깐만 있어 봐. 허리가 아파서 움직일 수가 없어!"

버스가 호텔에 도착했는데, 넘어졌던 손님이 일어나지를 못하고 있다. 넘어질 때 좌석 모서리에 허리가 부딪혀 다친 것 같았다. 나는 다른 고객들을 버스에서 내리게 하고 그 고객의 일행 몇 사람과 함께 병원으로 갔다. 엑스레이를 찍으니 허리 중간 디스크를 다쳤다고 한다. 결국, 그 고객은 여행이 끝날 때까지 병원에서 치료를 받았다.

다음날부터 버스에서 알코올 냄새가 나는 물(?)을 마시는 고객을 볼 수가 없었다. 그렇게 주의를 시켰건만, 버스도 흔들리고 나도 흔들리고 고객들 또한 큰 맘 먹고 떠난 해외여행도 갈피를 못 잡고 흔들거렸다.

야간 투어를 하며 바라본 카지노

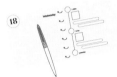

야간 시내 투어를 진행하는데 고객 한 분이 저곳은 무엇을 하는 곳이냐고 물어본다.

"저기는 카지노예요." 하니 부인이 쳐다보지도 말라며 남편의 손을 잡아끈다. 투어를 끝내고 호텔로 돌아갔다. 호텔은 시내에서 30분이 채 걸리지 않은 곳에 위치하고 있었다. 호텔에 도착한 후 인사를 하고 각자의 방으로 올라갔다.

새벽에 전화벨이 울렸다.

처음에는 모닝콜이라 생각하여 수화기를 들었다 놓았다. 그러나 다시 또 전화벨이 울렸다.

"여보세요?"

"가이드님, 주무시는데 죄송해요."

"무슨 일 있으세요?"

"남편이 밖에 나가 아직 들어오지 않아서요." 부인은 돌아오지 않는 남편이 걱정되는지 말도 잘 잇지 못했다. 나는 부인을 로비에서 만나기로 하고, 세수만 간단히 하고 내려갔다. 시계를 보니 새벽 네 시였다.

"왜, 어젯밤에 무슨 일 있으셨나요?"

"아니요, 남편이 아직까지 호텔에 들어오지 않아서요. 가이드님, 나하고 좀 같이 가 주실 수 있나요? 이 사람 대충 어디에 갔는지 알 수 있을 것 같아요."

"네, 어딘데요?"

"시내 카지노에 갔을 거예요."하면서 부인은 이런 일이 처음이 아니라는 듯이 말했다.

"내가 이 인간 손가락을 잘라 버리든지 해야지…." 혼잣말로 중얼거린다.

호텔 앞에 대기하고 있던 택시를 타고 시내로 갔다. 시내에서 보았던 카지노에 도착하여 안을 둘러보았다. 고객의 모습이 보이지 않았다.

"가이드님, 이런 곳이 혹시 여기 말고 더 있나요?"

"네, 길 건너에 또 한 곳이 있어요."

그곳으로 가자고 한다. 도착하여 안을 살피고 있는데, 한쪽에서 게임을 하고 있는 고객을 발견했다. 부인이 달려가 등을 '탁' 때리며 소리를 쳤다.

"아니, 당신 여기서 뭐 하는 거야!"

깜짝 놀란 남편이 당황하며 변명을 한다. 화가 난 부인이 나를 바라보며 "가이드님, 난 오늘 이 사람하고 여기에서 사생결판을 낼 거예요"라고 하며 나보고 먼저 가라고 한다.

"안됩니다. 같이 가셔야 합니다."

나는 게임기 앞에 앉아 있는 고객을 보며 말했다.

"사장님도 어서 일어나세요. 지금 새벽 다섯 시 반이에요."

남편은 일어나면서도 게임기에서 눈을 떼지 못한다.

돌아오는 택시에서 부인이 "그렇게 약속을 해놓고서."를 반복하면서 계속 울고 있다. 밤을 새운 남편의 얼굴은 핼쑥해졌지만, 하나도 불쌍해 보이지 않았다. 하지만 호텔에 도착하여 방으로 올라가는 남편의 뒷모습은 한없이 처량해 보였다.

나중에 부인에게 얘기를 들었는데, 현금은 다 잃고, 카드까지 긁었다고 한다. 한국에 돌아가면 단호한 결정을 하신다고 하는데, 좋은 쪽으로 결정을 했으면 좋겠다.

도박에 빠진 사람은 손가락이 없으면 발가락으로 한다고 한다.

야간 투어를 진행할 때 카지노 앞에서 부인이 "그쪽은 쳐다보지도 마요."라고 했던 이유를 알 것 같다.

내가 이런 분을 직접 보게 될 줄이야.

수영장에서의 다이빙

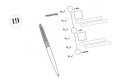

"오후에는 호텔 자유일정입니다. 자유 시간을 즐겁게 보내시고 저녁에 만나겠습니다."

이 호텔은 야외 수영장이 넓고 예쁘다.

"수영하실 분들은 혼자 하지마시고, 일행들과 같이하세요. 위험할 수 있으니, 어린이들은 꼭 보호자가 동반하셔야 합니다."

고객들은 각자 방으로 올라갔고, 나는 호텔 밖에서 쉬고 있었다. 한 시간 정도 지났을까.

전화벨이 울려 받아 보니 호텔 사무실이다. 손님이 다쳤으니 빨리 오라고 한다. 호텔에 도착하니 다친 고객과 호텔 직원이 함께 병원에 갔다고 한다. 병원에 가서 고객을 보니 이마에 하얀 거즈를 붙이고 있다.

"아니, 어떻게 된 일이세요?"

"가이드님, 이 사람 피가 많이 났는데 괜찮을지 모르겠어요. 이마에 상처가 크게 났어요. 지금 엑스레이 찍고 결과를 기다리는 중이에요."

부인이 나를 보며 걱정스러운 표정으로 말했다.

잠시 후, 의사 선생님이 뼈에는 이상이 없다고 하며 소독을 잘하라고 한다. 호텔에 도착하여 안심되었는지 부인이 한마디 한다.

"가이드님, 이 양반 이마가 왜 깨졌는지 아세요?"

"네…?"

"수영장에서 다이빙한 거예요. 다이빙하지 말라는 안내 그림판까지 세워져 있는 곳에서…."

옆에서 남편이 그만하라고 하였지만 아내는 한마디 더 한다.

"예쁜 아가씨들 앞에서 폼 잡으려다가 저렇게 된 거예요."

남편이 아내의 소리가 듣기 민망했던지 한 마디 한다.

"나는 수영장 물의 깊이가 그렇게 얕을지 몰랐지, 깊어 보이더라고. 에이." 하며 부인을 바라보며 겸연쩍게 웃는다.

"그만한 게 다행인 줄 알아요." 하며 남편을 째려본다.

부인이 나에게 신경 쓰게 해서 미안하다며 먼저 방으로 올라간다.

"괜찮으시겠어요?"

"미안해요, 괜찮아요." 하면서 부인을 뒤따라간다.

다음날 오후 호텔 로비에서 부인을 보았다.

"남편께서 다치신 곳은 괜찮으세요?" 하고 내가 물었다.

부인이 나에게 말한다.

"저 사람, 그래도 정신을 못 차렸어요."

남편은 이마에 거즈를 붙인 채 또 수영을 하고 있다.

수영장에는 금발 미녀들이 일광욕을 즐기고 있었다.

여행지에서 기회를 찾은 대학생

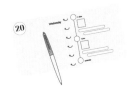

투어 중 한 부부가 "가이드님, 이것도 인연인데 오늘 저희가 맥주 한 잔 사겠습니다." 하니, 다들 좋다고 하여 함께 버스를 타고 투어를 하는 일행들이 서로 인사도 나눌 겸하여 술자리가 마련되었다. 고객들과 서로 인사를 하는데, 내가 마음속으로 고등학생이라고 생각했던 학생이 대학교 4학년이라고 한다. 일행들 모두 얼굴이 동안이라고 한마디씩 하였다. 얼굴이 작고, 키가 작아서 더 그렇게 보이는 것이겠지만, 학생의 어머니는 아들이 동안이라는 소리를 듣기 싫어하는 것 같았다.

술을 사겠다는 손님이 얼큰히 취하셨다.

"안녕하세요. 저는 경기도에서 온 사람입니다. 이렇게 좋은 분들을 멀리 타국에서 함께 여행하는 일행으로 만나니 너무 좋습니다."

고객 분은 혀가 살짝 꼬인 목소리로 자기소개를 하였다.

옆에 있던 부인이 남편의 옷자락을 잡아당기며 한마디 하였다.

"당신, 왜 그래요? 빨리 자리에 앉아요."

부인이 남편의 모습이 불안한지 안절부절 못하면서 말한다.

"남편이 이런 사람이 아닌데, 이번 여행이 너무 좋았나 봐요."

"응, 좋아. 그래서 술 한잔했어. 나도 여행을 다녀볼 만큼 다녀 봤는데, 이번 여행처럼 좋은 건 처음이요. 같이 오신 분들도 너무 좋고, 가이드님도 너무 좋고, 여행의 내용도 너무 좋았어요."

그러면서 동안으로 보였던 대학교 4학년인 학생을 바라보며 말했다.

"학생, 왜 아빠는 같이 오지 않았니?"

학생이 엄마를 한번 바라보더니, "작년에 아빠가 불의의 사고로 돌아가셨어요. 그런데 엄마가 너무 힘들어하셔서 누나와 함께 모시고 왔어요."라고 공손하게 대답했다.

학생의 아버지는 아들이 대학 졸업을 하게 되면 가족 여행을 가려고 적금을 들었다고 한다. 그런데 갑자기 사고로 돌아가셔서 그 충격으로 엄마가 많이 아팠고, 아픈 중에도 여행 적금 통장만 보면 남편 생각에 그저 눈물을 흘리셨다고 한다. 그래서 엄마를 위해 직장을 다니는 누나는 휴가를 내고, 취직 준비로 바쁜 자신의 일정을 뒤로하고 여행을 왔다고 한다. 떠들썩했던 분위기가 갑자기 숙연해졌다.

옆에서 부인이 "괜히 그런 걸 물어봐서."라고 하며 남편에게 핀잔을 준다.

"그럼, 이제 곧 대학 졸업인데, 취직은 했니?"

"아니요, 아직…"

이때 옆에 있던 학생의 엄마가 한숨을 쉬며 말을 한다.

"서류나 필기는 통과하는데, 면접에서 자꾸 떨어져요. 다 제 탓인 것 같아요."

엄마의 한숨 소리가 맞은편에 앉은 나에게까지 들려왔다. 남학생의 키가 165센티밖에 되지 않았다. 그래서 처음 보았을 때 고등학생으로 보였던 것이다.

분위기를 바꾸려는 듯 술자리를 주선한 고객이 학생을 칭찬하였다.

"내가 며칠 동안 학생을 보니 '참 인성이 바른 친구'라는 생각을 했어요. 어른들에게 인사하는 것은 물론이고, 엄마나 누나를 대하는 태도가 반듯해서 '참 바르게 자란 젊은이구나'하고 생각했는데, 특히 일행들이 신발을 벗어 놓으면 나가는 방향으로 가지런히 정리하는 모습을 보고 깜짝 놀랐어요. 밖에 있는 신발도 이 학생이 정리한 거예요."

옆에 있던 다른 고객도 한마디 한다.

"요즘 아이들은 예전 우리가 클 때하고 많이 달라요. 자기가 제일 잘난 줄 알고 자기밖에 모르는데, 이 학생은 그렇지 않네요. '될 성싶은 나무 떡잎 보고 안다'라고 하지만, 이런 학생을 여기서 볼 줄은 몰랐네요."

하며, 이야기 끝에 고객이 학생을 후원해 주고 싶다며 학생에게 명함을 건넸다.

"한국에 들어가면 이리로 이력서 한번 보내 봐."

"네…?" 학생이 명함을 받으며 어리둥절해 한다.

갑자기 시선이 명함으로 주목되었다. 명함 속의 인물은 누구나 다 알만한 기업의 계열사 사장님이셨다. 외국에 근무하다가 한국으로 발령을 받아 귀국하던 중, 아내와 휴가차 여행을 오셨던 것이다. 얼떨결에 명함을 받은 학생은 당황스러워했고, 학생의 엄마는 이게 무슨 고마운 일이냐며 연신 감사의 말을 했다. 아빠가 돌아가신 후 처음으로 엄마의 얼굴에서 웃음을 찾았다며, 학생과 누나는 너무 좋아했다.

"사장님, 감사합니다. 저의 어머니께 웃음을 찾아 주셔서요."

학생의 이 한마디에 일행 모두가 박수를 쳤다.

이어지는 술자리에서도 일행들은 학생의 행동에 한마디씩 칭찬을 더하였다. 학생의 행동이, 일행들 특히 사장님의 마음속에 감동을 불러일으킨 것 같았다. 학생의 얼굴을 바라보는 사장님의 얼굴에 흐뭇한 미소가 떠나지 않았다.

나는 사장님의 그 모습을 보며, '아이들은 부모의 어깨 위에서 세상을 좀 더 멀리 보며 성장한다하지만, 학생은 사장님의 어깨 위에서 세상을 좀 더 멀리 볼 수 있는 계기가 되었으면 좋겠다'고 생각했다.

학생의 어머니가 고맙다며 술값은 자신이 계산하겠다고 하니, 술자리를 주선했던 부부가 두 손을 내저으며 취업이 되면 그때 한턱을 내라고 한다.

술자리는 여행 이야기도 하고, 개인 이야기도 하면서 기분 좋게 노래까지 이어졌다. 뒤쪽에 있던 고객들이 술자리를 주선한 부부에게 이런 자리를 만들어주어서 고맙다고 인사를 건네며 "저랑 비슷해 보이는데, 연배가 어떻게 되세요?"라고 묻는다.

"네, 저는 개띠입니다."

"어, 저랑 갑장이네요. 반갑습니다."

갑자기 자리가 합석이 되면서 서로 인사를 하게 되었고 술자리는 친목 모임이 되었다.

멀리 떨어져 앉아 있던 분에게 "형님도 같이 합석하시죠."라고 하니 "네, 좋죠." 하며 합석을 한다.

"그런데, 가이드님은 올해 몇이세요? 말씀하시는 거로 봐선 저보다 위이신 것 같은데, 얼굴은 저보다 어려 보여서요."

"네, 저는 00살입니다."

"아이고, 형님이시네요."

점심을 먹으면서 시작된 술자리는 세 시간이나 지나 끝이 났다. 호텔로 돌아오는 버스 안의 분위기는 시끌벅적 웃음이 끊이질 않았다.

다음 날, 내가 호텔 로비에 서있는데 엘리베이터 쪽에서 고객 한 분이 "형님, 형님." 누군가를 부른다. 나 말고 누가 또 있나 싶어 뒤를 돌아보았다.

"가이드 형님을 부른 거예요. 이제부터는 형님으로 부를게요."

"별말씀을요. 그냥 편하게 가이드라고 하세요."

호텔 로비 옆 카페에 앉아 있는데, 학생과 누나, 엄마가 나를 찾아오셨다.

"가이드님, 이렇게 고마워서 어쩌죠?"

어제 화합의 자리에서 좋은 인연을 만나게 된 것에 대한 인사였다.

"아드님이 착해서 아버지께서 보내주신 선물인 것 같습니다." 하니, 엄마와 누나는 어떻게 이런 일이 있느냐며 믿지를 못하겠다고 한다.

나는 어제 고객들이 호텔에서 휴식시간을 가진 줄 알았는데, 2차 술자리를 가졌다고 한다. 그러면서 야간 투어를 진행할 때, 친목 모임을 결성하기로 했다고 한다. 덕분에 야간 투어를 신청하지 않았던 분까지 더 참여하게 되었다. 야간 투어는 짧게 진행하게 되었고, 도심의 한 호프집에서 친목 모임 결성 자리를 가졌다.

"형님 때문에 모임을 만들게 되었으니 형님도 모임에 참석하셔야 해요. 형님, 알았죠?"

나에게 형님이라고 하겠다던 고객이 모임의 일원으로 나를 초대한다고 말을 하니 일행 모두가 환영한다며 함성을 지르며 박수를 쳤다.

"네, 저는 명예 회원으로 참여할게요."

여행지에서 만난 인연이 형님, 동생이 되었고, 학생은 든든한 후원자를 만났다. 너무 보기가 좋고 기분 좋은 인연들이 맺어진 저녁이었다.

나를 형님이라고 불렀던 고객이 제안한다.

"한국 돌아가서 첫 번째 모임은 제일 큰 형님(사장님) 집 근처에서 만나기로 해요. 일단은 큰 형님이 회장님을 하시고, 제가 총무 할게요. 그

리고 학생, 너는 부총무야. 회장님, 괜찮죠?" 하니,

"그래, 좋아." 하신다.

이렇게 투어 일정이 정말 보람 있게 끝이 났다.

고객들이 한국으로 돌아가고 몇 주 후, 총무에게서 연락이 왔다. 첫 번째 모임을 가졌다고 한다. 다 같이 국내 가까운 곳으로 여행을 간다고 한다.

그리고 얼마 되지 않아 학생에게 연락이 왔다.

"가이드님, 저 취직했어요."

"그래, 정말 축하해!"

나 또한 내 일처럼 너무 기뻤고 사장님에게도 너무 감사했다.

몇 달이 지나 총무에게 다시 연락이 왔다. 이번에는 다 같이 모여 부총무 취업 축하 파티 겸 함께 김장을 하기로 했다고 한다. 나를 형님이라고 불렀던 분이 농장을 운영하여 배추, 무, 파, 마늘, 쑥갓, 기본양념을 준비하면, 입맛에 따라 젓갈류는 각자 가지고 와서 김장을 한다고 한다. 자신이 농장을 하다 보니, 터가 넓어 기본 재료는 이미 준비가 되었다고 한다.

"동생, 그러면 제수씨가 힘들잖아. 그러지 마." 하니

"아니에요, 집사람이 먼저 하자고 해서 하는 거예요. 그리고 부총무가 와서 도와주기로 했어요." 한다.

"제수씨, 참 착하네. 그리고 학생은…, 아니 이제 학생이 아니지. 직장 새내기가 회사에 적응하려면 많이 힘들 텐데 일 조금만 시켜." 하니 걱정하지 말라고 한다.

"형님, 김장하면 보내 드리고 싶은데…"

"고마워, 따뜻한 마음만 받을게."

"그럼, 형님. 한국 나올 때 꼭 연락하세요. 부총무랑 플래카드 만들어 공항에 마중 나갈게요."

대한민국 사람은 군대체질

투어를 하다 보면 여행 일정과 손님 그리고 가이드가 한 몸처럼 호흡이 척척 맞을 때가 있고, 반대로 삼박자가 잘 맞지 않아서 진행이 순조롭게 진행되지 않을 때가 있다.

전자의 경우는 바쁜 투어 일정 속에서 가이드와 고객들이 호흡이 척척 맞아 아이와 같은 마음으로 자그마한 일에도 '까르르' 웃으며 고객들 스스로 배려하고 이해함으로써 한 가족처럼 즐거운 투어 진행이 된다. 그러나 후자의 경우는 하나부터 열까지 불평할 이유만 찾는다.

어쨌든, 이번 일정은 무조건 가이드와 고객의 호흡이 맞아야 되는 투어다.

"내일은 정말 볼만한 곳을 많이 가야 하기 때문에 바쁘게 움직여야 합니다. 그리고 걸어야 하는 곳도 많고 길이 좋지 않으니, 신발은 꼭 가장

편한 거로 신는 게 좋습니다."

예전에 TV에서 관광객들의 옷차림에 대해 방영한 적이 있었다. 단풍보다 더 알록달록한 등산복을 입고 단풍 구경을 온 건지, 관광지로 여행을 온 건지 구별이 되지 않는다는 것이었다. 당시에는 등산복이 유행하기도 하였지만, 등산복이 여행하기에 편하고 가벼운 장점도 있다. 지금은 사람들의 인식이 많이 바뀌어 여행 옷차림이 많이 바뀌었지만, 이번 일정의 옷차림은 그야말로 등산복이 어울리는 투어 일정이다. 시간 또한 군인들의 유격훈련이라고 할 정도로 빠듯하다. 여유 있게 차도 마시고, 사진도 찍고 하는 일정이 아니라, 고지를 점령하듯 달리고 달려야 정해진 하루 일정을 마칠 수가 있기 때문이다.

고객들이 힘들다고 한마디씩 한다. "야, 우리가 여행을 온 건지, 훈련을 받으러 온 건지 모르겠네요?"

그래서 내가 힘들어하시는 고객들에게 일정을 몇 가지 빼고 여유 있게 진행하자고 하면 고객들은 이구동성으로 "그건 안 되죠. 언제 다시 볼 수 있겠어요. 이왕 온 김에 다 봐야죠!" 한다.

이렇게 일정이 많은 것은 고객들에게 많은 것을 보여주고 싶어 하는 여행사의 서비스 측면도 있고, 또한 여행사 간의 고객유치에 대한 전략일 수도 있다.

새벽 다섯 시에 기상하여 시작된 일정이 밤 아홉 시, 열 시에 끝이 난다. 밤 열 시 반에 취침하고, 내일은 6시에 기상을 해서 밤 9시에 일정을 마친다. 가끔 새벽 세 시나 네 시에 시작되는 일정도 있다. 이러한 투어 일정은 현지 버스 기사도 죽을 맛일 것이다. 버스 기사가 나에게 한마디 한다. "무슨 일정이 이렇게 많아. 특수부대 훈련을 받으러 온 것도 아니고. 어쨌든 한국 사람들 대단해요."하며 한국인들의 열정에 혀를 내두른다. 그러면 나는 속으로 말한다. '이게 대한민국의 힘이다.'라고.

오늘은 새벽 다섯 시 기상, 아침 식사는 여섯 시까지 식당에 모여 도시락으로, 그리고 여섯 시 반 출발이다. 아침 미팅을 하는데 로비 쪽에서 공주님 한 분이 걸어온다. 분홍색 원피스에 분홍색 모자, 핸드백과 하이힐 구두까지 웨딩촬영 코디를 하셨다.

"와, 공주님 같아요!"

"진짜요? 고마워요."

"그런데 오늘 많이 걷고, 길이 안 좋은데, 괜찮을까요?"

"네, 걱정하지 마세요."

나는 속으로 '오늘은 군복을 입고 와도 힘든데.'라고 생각했다.

버스 안에서도 일행들이 공주님 복장의 고객을 보고 예쁘다고 칭찬을 한다. 뒤에 있던 한 여성고객이 "나도 저렇게 입고 올걸."하며 후회하는데, 옆의 친구가 "야, 오늘 많이 걷고 힘들데." 한다.

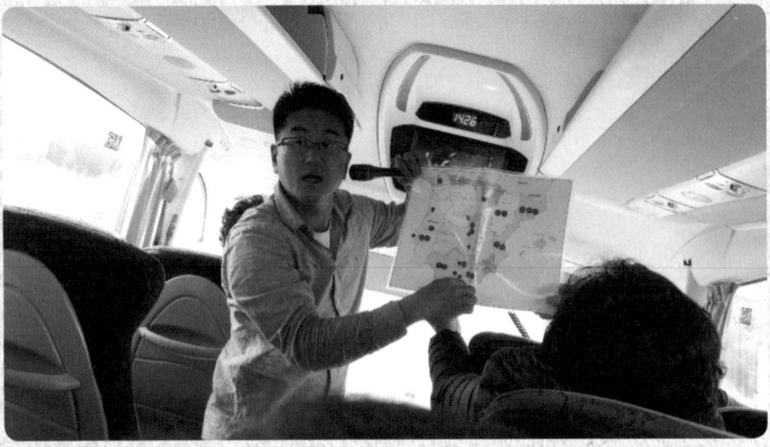

버스가 들어갈 수 없는 곳이어서 버스에서 내려 유적지까지 걸어가야만 한다. 그렇지 않아도 험한 길인데 비가 온 후여서 그런지 바닥은 진흙에 자갈이 울퉁불퉁 튀어나와 있다.

"가이드님, 길이 왜 이래요?"

"어제 말씀드렸잖아요. 일정이 많아 빨리 이동을 해야 하고, 길도 안 좋다고."

"이 정도일 줄은 몰랐죠."하며 짜증을 낸다.

이동 거리는 짧았지만, 비가 와서인지 빨리 걷다 보니 공주님의 분홍색 원피스에 흙이 튀어 얼룩이 졌고, 구두는 뒤꿈치가 까졌다. 문제는 내리막이다. 비가 와서 바닥이 미끄러웠다.

"땅바닥이 매우 미끄러우니 조심…" 미처 말이 끝나기도 전에 뒤쪽에서 "꽈당"하며 누군가 넘어지는 소리가 났다. 소리가 무척 컸다. 조심하면서 내려온다고 했지만, 구두 바닥이 돌에 걸리면서 미끄러지며 그대로 넘어진 것이다. 일행들은 어떡하느냐고 하면서 도와주려고 하는데, 멋쟁이 여성 고객이 순간 벌떡 일어났다.

"괜찮으세요? 아프지 않으세요?"

공주님은 엉덩이를 툭툭 털면서 "괜찮아요. 아프지 않아요." 하면서 걸어 내려간다.

넘어지는 소리의 강도로는 괜찮지 않을 것 같은데, 순간 창피해서 괜찮다고 한 것 같았다.

유적지 투어를 마치고 호텔로 돌아가는데, 멋쟁이 여성고객의 친구가 파스 있느냐고 물어온다.

"어디 아프세요?"라고 물어보니, 넘어졌던 고객이 엉덩이하고 허리 그리고 넘어질 때 땅을 짚었던 손목까지 아프다고 한다는 것이다.

다음날 멋쟁이 여성 고객의 일행 친구가 말하기를 친구의 몸에 멍이 시퍼렇게 다 들었다고 한다.

순간의 창피함이 고통을 이겨 냈지만, 몸에 남은 멍 자국은 오래 간다.

넘어졌던 고객이 일정 중에 옷가게를 방문할 수 없느냐고 물어본다. 필요한 옷이 있느냐고 물어보니 "내일은 군복을 사서 입고 와야 할 것 같아요." 한다.

이렇게 하루 일정을 마치고 나면 모두가 녹초가 된다. 그래도 다음 날이면 한 분도 빠짐없이 버스에 타고 있다.

"아니, 벌써 다 나오셨네요. 힘들지 않으세요?"라고 물어보면

"두고 갈까 봐 일찍 나왔어요."

"나만 늦게 나오면 민폐잖아."

고된 훈련(?)에 전우애가 생겼나보다.

버스 기사가 한국 사람들 대단하다며 연신 엄지손가락을 내밀어 나에게 보여 준다. 대한민국 사람은 군대체질이다.

알면서도 모른 척, 시치미. 결국은?

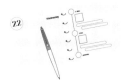

가끔 여행 상품도 일반 물건처럼 마트에서 팔았으면 좋겠다는 생각을 한다. 소비자가 돈을 내고 상품을 구매하여 포장을 뜯으면 그것으로 마무리되는 일회성 상품으로….

그러나 여행 상품은 무형의 상품이라서 내용을 설명해야 하고, 장단점을 비교해서 소비자에게 판매해야 한다. 여행사의 입장에선 상품의 내용을 충분히 설명했다고 생각할 수 있지만, 전달과정의 견해 차이로 고객의 입장에서는 부족하다고 느낄 수 있다. 그래서 여행 상품의 내용과 서비스의 범위가 약관으로 정해져 있는 것이다. 하지만 여행은 약관으로만 표시할 수 없는 것이 너무 많다. 그것을 유형별로 모두 정할 수 없다 보니, 제공되는 서비스의 품질을 구매자는 상품가격에 비해 부족하다고 생각하고, 판매자는 많다고 생각을 할 수 있는 것이다. 즉 서비스의 범위가 모호한 면이 많은 것이다. 이 공간의 틈을 중간에서 가이드가 해결하다 보면 예기치 못한 문제가 발생하기도 한다.

손님들은 다양한 분들이 모이기 때문에 생각도 다르다. 가이드의 입장을 이해해 주시는 분이 있는가 하면, 아예 이해하지 않는 분도 있다. 그래서 이해를 해주시면 좋은 손님, 그렇지 않으면 문제 있는 손님으로 여기는 풍토가 가이드 입장에서는 안타까울 때가 있다.

앞으로는 여행사와 고객, 또한 가이드는 유형 상품과 무형 상품의 차이에 대한 이해뿐만 아니라, 서로의 입장에 대해 많은 이해를 해주어야 좋은 여행이 될 수 있다고 생각한다. 그렇게 해야만 여행의 참맛을 더 느끼지 않을까?

가끔 여행사 입장의 유한 책임과 소비자 입장의 무한 책임 범위만 주장하다 보니, 여행이 불편하고 분위기가 삭막해지는 것을 느낄 때가 있어 아쉽기만 하다. 앞으로 여행사는 상품을 판매했다는 개념이 아닌 행복과 추억을 만들어 주는 장(場)의 제공으로, 손님은 상품을 샀다는 개념이 아닌 행복과 추억을 만드는 장을 여행사를 통해 제공받는 것으로, 가이드는 단지 장소를 안내하고 설명만 하는 것이 아니라, 고객에게 더 좋은 행복과 추억을 만들어 주는 행복 수선공(Soul mate)이 되었으면 좋겠다는 기대를 해 본다.

"가이드님, 호텔이 왜 이래요? 식사도 이런 식이에요? 우리는 따로 다니다가 나중에 만날게요."

간혹 이런 고객을 만날 때가 있다. 그런 고객들의 특징은 처음부터 말이 너무 공격적이라는 것이다. 트집을 잡아 자신들의 행동에 방어막을 치는 것이다. 이유는 여행사에서 구입하는 항공료가 개인적으로 구입하는 항공료보다 훨씬 저렴하기 때문에 현지에 와서는 태도가 달라지는 것이다.

여행사에서 제공하는 호텔과 식사가 마음에 들지 않는다는 이유로 현지관광을 따로 다니고 싶어 하는 세 명의 고객이 있었다. 세 명의 고객은 오늘도 일행들이 버스에서 기다리고 있는데도 나오지 않는다. 때문에 출발 시간에 맞추어 제시간에 출발한 적이 드물다. 나는 그 고객들의 늦을 시간을 예상하여 모이라는 예고를 해도 늦는다. 처음에는 세 명이 한 방을 쓰니 화장실 사용도 불편하고, 화장도 해야 하고, 옷도 신경 써야 해서 늦는 줄 이해했다. 그러나 그 고객들은 화장은 버스 안에서 하고, 버스를 타려다가도 화장실에 다시 다녀오곤 했다.

그러다보니 처음 몇 번은 웃으며 넘길 수 있었지만, 차츰 일행들도 짜증을 내기 시작했다. 그 고객들은 버스에서 머리를 손질하느라고 스프레이를 뿌렸고, 미스트는 기본으로 뿌린다. 가끔 아세톤 냄새까지 난다. 몇몇 고객이 냄새 때문인지 옆에서 재채기까지 한다.

가이드인 내가 "스프레이나 미스트는 옆 사람에게 피해를 줄 수 있으니 버스 안에서는 사용하지 말아 주세요."라고 했는데도 안하무인이다.

오늘도 세 분의 여성 고객을 기다리느라고 다른 고객들은 버스에서 기다렸다. 앞쪽 좌석에 앉아 계시던 어르신이 늦게 버스에 오르는 여성 고객들에게 한마디 하셨다.

"아가씨들, 이 버스 전세 냈어? 일찍 좀 다녀요. 한두 번도 아니고 말이야, 에이…" 하니, 한 아가씨가 "네" 하며 시큰둥하게 대답을 하였다. 어르신이 혼잣말로 "젊은 사람들이 예의를 지켜야지." 하니, 한 아가씨가 뒤를 한번 홱 돌아보더니 자리에 가서 앉는다. 안 되겠다 싶어 내가 한마디 했다.

"앞으로 늦으면 호텔에 남아 있겠다는 뜻으로 알고, 딱 5분만 기다리다가 바로 출발하겠습니다. 그리고 먼저 내려와 기다리는 분들이 있으니, 어느 고객이라도 약속 시간에서 단 1분이라도 늦는 분은 커피를 사는 것으로 하겠습니다. 알았죠?"

다 같이 "네…" 하는데 여성 고객 세 명만 대답을 하지 않는다. "그쪽 아가씨 고객님 세 분도 아셨죠?" 하니, 마지못해 대답을 한다. 나는 자그마한 소리로 여성 고객들에게 한 마디 하신 고객께 "어르신, 노여움 푸세요." 하고 말하니, 고객께서는 "아이고, 가이드가 물러 터져서…" 하며 핀잔을 주셨다.

다음 날 아침 출발 시간이 되었다. 아니나 다를까 세 명의 손님은 오늘도 버스에 없었다. 버스를 출발시키려는데 로비에서 헐레벌떡 뛰어온다. 세 명이 버스에 오르는데, 고객 한 분이 "다 같이 박수"하며 박수를 치니, 나머지 일행들도 박수를 따라 쳤다.

"축하해요, 오늘 커피 당첨이에요."

"안 늦었잖아요."라고 한다. 시간을 보니 출발시간에서 5분이 지나가고 있다. 여성 고객들이 한 번만 봐 달라고 한다. 순간 어르신과 눈이 마주쳤는데 안 된다는 눈치를 주신다. 움직이는 버스에서 고객들에게 커피 주문을 받고, 전화로 커피를 주문하고 커피 판매하는 곳으로 갔다. 세 아가씨에게 계산하라고 하니 무슨 계산? 이라는 표정을 짓는다. 고객들 모두가 여성 고객들을 향해 잘 마시겠다고 인사를 하니, 얼굴이 벌게지며 화가 나 있는 듯하다.

"가이드님, 진짜 사야 해요?"

"네, 약속했잖아요. 잘 마실게요."하면서 커피를 받기 위해서 밖으로 나왔다. 따라 나온 여성 고객들은 내 뒤에서 서로 옥신각신했다.

"야, 네가 계산해. 너 때문에 늦었잖아."

"야, 다들 비싼 큰 거로만 시켰어."하며 마지못해 계산을 한다.

버스에서 모닝커피를 마시며 버스 안의 고객들이 "내일 또 늦어도 돼요."하며 손뼉을 치며 일정이 시작되었다. 세 명의 손님은 화가 났는지 온종일 입이 나와 있었다.

일정이 끝나고 버스로 이동을 하는데, 세 명의 여성 고객이 "가이드님, 우리는 선택 관광을 하러 온 게 아니니 강요하지 마세요." 작심한 듯 큰 소리로 말을 했다.

"아직 선택 관광 이야기 하지도 않았는데요." 내가 웃으면서 말했다.

선택 관광에 참여하지 않아도 뭐라고 하지 않을 텐데 먼저 선수를 치는 것 같았다. 이왕에 선택 관광 이야기가 나왔으니 선택 관광 설명을 하고 신청을 받기로 했다. 강요하지 말라고 한 세 명만 빼고 나머지 분들은 모두 참여를 하였다. 신청 받은 것을 예약하고 있는데, 선택 관광을 신청했던 몇 분이 불러 뒤쪽으로 갔다.

"가이드님, 이거 원가가 얼마에요?" 묻는다.

"네, 왜요?"라고 물으니, 우물쭈물하며 예약 전이면 취소를 하고 싶다고 한다. 분위기가 이상하여 알았다고 한 다음, 신청한 것을 취소하였다. 취소한 분 중에 한 분이 나에게 다가와 미안하다고 한다. 내가 웃으며 괜찮다고 하니 선택 관광을 취소하게 된 배경에 대해 이실직고를 하였다. 뒤쪽에 있는 세 명의 아가씨가 선택 관광의 원가를 다 알아서 자기들은 따로 관광을 한다고 했다는 것이다. 그러면서 자기들과 동행할 사람은 예약을 취소하고 자기들과 행동을 함께 하자고 했다고 한다.

나는 '길도 잘 모르는 해외에서 따로 관광을 하려니 불안해서 누군가를 데리고 가고 싶었나 보다' 하고 생각했다.

　나는 말을 전해준 고객에게 뭐라고 더 드릴 말씀이 없어서 고맙다고 하면서 자리를 피했다. 그사이 다른 두 분의 고객이 나에게 와서 신청한 선택 관광을 취소할 수 있느냐고 물어본다.

　나는 더 이상 안 되겠다 싶어 고객들에게 공개적으로 이야기를 했다.

　관광에 참여하지 않을 거면 본인들만 참여하지 않으면 되지. 왜 다른 분들에게 잘못된 정보를 주느냐고 했다. 그랬더니 여성 고객들은 그런 적이 없다고 시치미를 뚝 뗀다.

　더 이야기하면 여행 분위기를 망칠 것 같아 더 이상 말을 하지 않고 자리에 앉았다. 정말 너무 속상했지만 그래도 이해해주시는 나머지 고객들에게 최선을 다해야 할 가이드로서 의무가 있기에 즐거운 마음으로 투어 진행을 하기로 다짐했다.

선택 관광을 신청한 분들은 나와 함께 관광을 진행하였고, 참여하지 않는 고객들에게는 자유 시간을 주었다.

이번 선택 관광은 교통수단을 이용하여 도심을 관광하는 것이다. 보통 30분마다 한 대씩 출발하며 진행하는데, 오늘따라 50분에 한 대씩 출발했다.

관광을 마치고 모이기로 한 장소에 가보니, 자유 시간을 가진 고객들이 보이질 않았다. 전화를 걸어 확인하니 50분만 더 자유 시간을 달라고 한다. 다음 일정 때문에 안 된다고 하니, 다음 만나는 장소로 알아서 오겠다고 하며 일방적으로 전화를 끊었다. 나는 불안한 마음에 다시 전화를 했다. 다음 만나는 장소는 택시를 타야 하는데 택시를 타고 오면 비용이 많이 들어가니 잘 생각해서 결정하라고 했다.

전화를 끊고 버스는 이미 출발했는데, 50분만 더 자유 시간을 달라고 한 고객에게서 전화가 왔다. 잠시만 기다려 달라고 한다. 택시비를 알아보니 생각했던 것보다 많았던 것이다. 하지만 어쩌랴. 버스 지난 후에 손을 흔들어도 버스는 서지 않는 것을.

고객들은 독단적으로 도심관광을 진행하려고 했다가 결국은 관광도 하지 못한 것이다.

"저녁 식사를 마치고 야간투어를 진행하는데, 참여하지 않는 분들은 버스로 호텔에 모셔다 드리겠습니다."라고 공지를 했다. 일곱 명이 저녁 식사를 하지 않고 밖에서 따로 먹겠다고 한다. 그럼 식사를 마치고 정해진 시간까지 모여 달라고 하니, 약속시간에 모이지 않고 호텔을 알아서 들어가겠다고 한다. 속이 빤히 보였다. 개별적으로 야간투어를 계획한 것이다.

그럼, 오늘 밤은 호텔에서 숙박을 하지 않기 때문에 캐리어를 호텔 한 곳에 모아 두어야 하는데 어떻게 하겠냐고 물어보니, 리셉션에 맡겨 달라고 한다. 나는 그렇게는 할 수 없다고 딱 잘라 말했다. 이유는 도둑이 많기 때문에 캐리어를 잃어버리는 경우가 있어서 고객들 각자가 자신의 캐리어를 이동하여 약속된 장소에 보관해야 한다고 하며 내일 아침에 캐리어를 찾으라고 하였다. 영문을 모르는 고객들은 눈치를 보느라 뭐라고 말도 못하고 계셨다. 그 고객 분들께는 정말 미안했다.

야간투어에 참여하지 않는 고객들은 버스를 타고 호텔로 가서 캐리어를 내리고 호텔에서 휴식을 취한다고 하니, 나는 그러시라고 하고 야간 투어에 참여한 고객들과 행사를 진행했다.

버스 기사에게 전화가 왔다. 호텔로 가던 중 손님들이 팁을 줄 테니 중간에 내려 달라고 했다고 한다. 자기들은 잠시 어디를 들렀다가 호텔로 들어가서 쉰다고 했다는 것이다.

그런데 그 고객들을 야간투어 중 시내에서 만났다. 하지만 어쩌겠는가? 어색하게 웃으며 지나칠 수밖에.

다음 날 아침, 야간투어를 따로 나갔던 손님 중 한 분이 오시더니, 어젯밤에 시내에서 일행 중 두 명이 소매치기를 당했다고 한다.

"가이드님, 죄송해요. 괜히 저 사람들 말을 듣다가 어젯밤에 시내에서 소매치기를 당했어요. 여권, 지갑, 핸드폰 다 잃어버렸어요."

"카드는 정지시켰나요?"

"네, 카드는 바로 정지시켰어요."하며 그 고객은 돈도 돈이지만, 여권은 어떻게 하느냐고 나에게 물었다. 나는 순간적으로 화가 났다. "저분들이 그 방법에 대해선 잘 알고 있을 것이니 알아서 도와줄 겁니다."라고 했다.

나는 맘에 없는 말을 하면서도 괜히 내가 내 성질에 못 이겨서 가이드의 본문을 망각했구나 하는 생각이 들어서 후회스러웠다.

여권을 분실한 두 고객은 오전 일정을 참여하지 못했고, 회사 직원과 함께 여권을 만들러 갔다. 남아있던 나머지 고객들의 분위기도 유쾌하지 않았다.

세 분의 고객이 주도를 하였고, 네 분의 고객이 합류한 것이다. 결국, 세 사람은 여행이 끝날 때까지 일행들 앞에서 미안함에 고개를 들지 못했고, 나머지 네 명은 남아있던 선택 관광을 다 참여했다. 그렇게 의기 투합되었던 일곱 명은 이후 서로 소가 닭 보듯 한다.

삶엔 지름길이 없다하지만, 여행에도 지름길이 없는 것 같다. 나 역시 여행을 많이 다녀봤지만, 지름길을 찾다 보면 꼭 거기에는 그만한 대가가 따랐다. 소탐대실이었다. 결국, 보고 싶었던 곳도 못 보고, 돈은 돈 대로 잃어버리고, 여행 내내 기죽어 다니는 모습에 나 또한 마음이 편하지 않았다.

이혼녀와 총각의 결혼

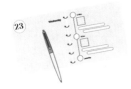

"짚신도 제짝이 있다."라는 말이 있듯, 인연은 따로 있나 보다.

여행의 매력 중 하나는 일상의 탈출이다. 버스 창밖을 스치고 지나는 모든 것이 새롭고 익숙하지 않은 풍경이다. 이렇듯 해외여행지에서 달리는 버스는 미지의 세계를 달리고, 창밖으로 스쳐 지나가는 풍경은 모든 것이 처음 바라보는 것뿐이고 만나는 사람들 또한 그렇다.

여행지에서는 동심의 세계가 펼쳐진다. 사진도 찍고, 예쁜 곳에서 예쁜 추억을 남기기 위해 자리 쟁탈전이 벌어지기도 한다.

"사진 좀 찍어 주실래요?"

혼자 여행을 온 여성 고객이 역시 혼자 여행을 온 남성 고객에게 사진을 찍어달라며 부탁을 한다. 남성 고객이 수줍은 듯 멋쩍은 웃음을 지으며 대답을 한다. "아, 네…"

"고마워요, 잘 찍어 주세요. 저도 찍어 드릴게요."하며 관광지를 배경으로 포즈를 취한다.

"저는 괜찮습니다."하며 남성 고객은 무릎까지 꿇고 사진기의 셔터를 눌렀다.

"그럼, 제가 나중에 커피 한 잔 살게요. 고마워요."

하루 이틀 시간이 지나면서 둘 사이가 가까워지는 것이 느껴지기 시작했다.

"어떻게 혼자 여행을 오시게 되셨어요?" 여성 고객이 물어본다.

"네, 회사일 때문에 지금 외에는 시간을 낼 수가 없을 것 같아서요. 그럼, 그쪽은 왜 혼자 오셨어요?"

"그냥, 머리도 식힐 겸해서요."라고 말하며 여성 고객이 대답하며 씩 웃었다. 그녀의 모습에서 쓸쓸함이 느껴졌다. 나중에 알게 되었지만, 여성 고객이 남성 고객보다 한 살 더 많았고 여성 고객은 이혼녀, 남성 고객은 총각이었다.

관광지에서 우리 일행 고객들의 사진을 찍어 주고 있는데, 아버지와 함께 해외여행을 온 딸로 보이는 여성 고객이 사진을 찍어 달라고 한다. 내가 잠깐 머뭇거리니, 여성 고객이 한마디 한다.

"가이드님, 우리 부부예요. 가이드님이 우리 사이를 궁금해 하고 있는 것 같아서요." 이 말을 듣는 순간 두 분에게 정말 미안하고 죄송했다.

나는 이 부부를 처음 만났을 때부터 불편했다. 처음에는 아빠와 딸인 줄 알았지만 둘의 행동이 전혀 아빠와 딸의 관계가 아니라 연인의 모습이었기 때문이다. 그래서 부적절한 관계라는 생각에 나도 모르게 약간 거리를 두고 얘기를 했고, 관심을 갖고 대하기가 부담스러웠다.

일정 중에 고객들끼리 각각의 술자리가 만들어졌다.

"가이드님, 오늘 술 한잔해요. 제가 한잔 살게요."

"고맙습니다. 그런데, 제가 술을 못 마셔서…."

"에이, 거짓말. 일부러 안 마시려고 그러는 거죠."

"아닙니다. 진짜예요. 정말 술을 못 마셔요."

"그럼 자리에 앉아 있기만 하세요."

내가 앉은 자리에는 남성 고객 두 명과 혼자 온 남성 고객, 혼자 온 여성 고객, 그리고 나이 차이가 있는 부부가 자리를 함께 했다.

술을 마시던 중 남편과 나이 차이가 있는 여성 고객이 평소 나이로 인해 오해를 많이 받는다고 하며 나를 쳐다보며 말했다. "가이드님도 우리 사이를 의심했죠."하며 웃는다.

그 고객은 같은 버스를 타고 투어를 하는 일행들이 자신을 바라보는 눈길에서 의혹의 눈빛을 발견했고 우연하게 자리가 마련된다면 말해야겠다고 생각했는데 마침 이런 자리가 마련되었다며 좋아했다.

사실, 가이드인 나뿐만 아니라 우리 일행 모두가 그들 사이를 궁금해 했다. 여성 고객의 이야기를 옆자리에서 듣던 혼자 여행을 온 미혼의 남성 고객이 두 부부를 쳐다보며 어떤 사연으로 결혼을 하게 되었는지 물어본다. 술기운 때문인지, 분위기 때문인지 그 부부가 사람들에게 들려준 사연은 이렇다.

　　남성 고객은 부인과 사별을 하고 딸과 아들을 혼자 키우며 생활하고 있었고, 여성 고객은 미혼으로 직장 생활을 하고 있었는데 회사에서 해외 업무를 담당하고 있었기 때문에 자주 해외 출장을 가게 되었다고 한다. 남편 또한 당시에 무역업을 하고 있었기 때문에 종종 공항에서 우연히 마주 치기도 하고, 업무 영역이 비슷해서인지 같은 호텔에서 같은 바이어를 각자 만나기도 하였고, 가끔 거래 업체가 겹쳐 해외 현지 회사에서 만나는 일이 있기도 하였다.

그런 우연한 만남이 마주치면 서로 인사를 하는 사이로 변했고 한동안 못 보면 궁금하다는 생각을 하며 지내고 있었는데 한 번은 남성 고객이 여성 고객을 위해 계약을 포기한 일이 생긴 것이다. 그것이 인연이 되어 종종 만나서 식사 자릴 갖기도 했고, 저녁 늦게까지 술자리를 함께 하다 보니 서로에 대하여 알게 되었다고 한다. 결정적으로 결혼을 생각하게 된 계기는 여성 고객의 궁금증이 풀린 날부터라고 한다.

여성 고객은 항상 '왜, 저분이 그 계약을 포기했지?'라는 의문을 궁금해 했다고 한다. 그래서 물어보았던 것이다.

"그때 그 계약을 할 수도 있었는데, 왜 저한테 양보하셨어요?"라고 물어보니,

남편이 알고 있는 어느 사람이 "저 여인을 위해 계약을 포기해라."라고 했다고 한다.

그래서 자신도 모르게 포기해야 될 것 같다는 생각이 들어서 아무런 이유 없이 계약을 포기했다고 한다. 그러면서 남성 고객은 "그때 내가 왜 그 계약을 포기했는지, 나 자신도 모르겠어요. 그래야 저 여자를 위하는 일이라고 생각했거든요. 근데 왜 내가 이 사람을 위해야 했는지는 나도 몰라요." 하며 웃었다. 그 말을 듣고 있던 혼자 여행을 온 여성고객이 말했다. "사랑이 시작된 거예요. 지금도 모르시겠어요?"하며 웃었다.

이 일을 계기로 여성 고객의 부모님 몰래 사귀기 시작해서 이렇게

결혼까지 하게 되었다고 한다. 결혼 전 여성 고객 부모님의 심한 반대가 있었다고 한다.

그 말을 듣는 일행들의 표정에는 이렇게 말하는 것 같았다. '당연하지. 당신이라면 나이 차이도 많이 나고, 애도 둘 딸린 홀아비한테 딸을 빼앗기고 싶겠소.'라고.

"사실 남편이 우리 엄마하고 나이 차이가 별로 나지 않아요. 부모님의 반대뿐만 아니라 이런저런 생각으로 결혼에 대해 고민을 많이 하였는데, 남편의 아들과 딸이 적극적으로 나에게 힘을 주었어요. 또한 남편이 너무 성실했고, 경제적인 여유도 있고 희망적인 일을 하고 있다는 등의 모든 것을 긍정적으로 생각하니 한 번 큰 아픔을 겪은 사람을 또 아프게 할 수 없다는 것이 결혼을 결심하게 된 것 같아요."라며 남편의 손을 쓰다듬는다.

딸 하고는 나이가 얼마 차이가 나지 않는다고 하며, 처음에 아들과 딸이 "엄마…"라고 부를 때는 무척 어색했는데, 지금은 너무 좋다고 한다.

"사실 제가 결혼 전 산부인과 수술을 받아 아이를 가질 수가 없어요. 그런데 이렇게 큰 예쁜 딸과 멋진 아들이 생겼으니 얼마나 좋아요."라며 행복한 웃음을 짓는다.

딸과 밖에 나갈 때는 주위 사람의 눈을 의식해서 "언니…" 라고 부르라고 하면, 딸은 더 크게 다른 사람들이 들으라는 듯이 큰 소리로 "엄마…"라고 한다며 웃는다.

이야기를 듣던 남편이 "이 사람이 아이들에게 너무 잘해요. 나야 고맙죠." 라고 말하며 남편분이 목이 타는지 잔에 가득 들어 있는 맥주를 시원하게 마셨다. 그리고는 아내를 쳐다보고 말했다. "사랑은 정말 힘이 센 천하장사 같아요. 사랑하는 사람에겐 이길 수가 없어요. 끝없이 내주면서도 풍족한 마음이 드는 것은 아마 사랑 외엔 없을 걸요. 저는 사랑은 한마디로 양보하고 마음으로부터 저주는 게임 같아요. 지면서도 이겼다는 생각이 드는 게임, 이왕이면 남자가 저주는 게 옳은 것 같아요." 한다.

나는 '사랑에는 국경도, 나이 차이도 없다.'라는 말이 이 두 분을 위해 준비해 둔 말 같다는 생각이 들었다. 서로 바라보는 두 분의 눈빛 속에 행복한 기운이 흐르고 있었다.

이렇게 시작된 술자리 이야기가 두 시간이 넘게 이어졌다. 혼자 여행을 온 여성 고객이 술을 좀 많이 마셔서 그런지 화장실을 다녀온다고 일어서는데 잠시 비틀거렸다.

화장실을 간 여성고객이 한참이 되어도 돌아오지 않아 다들 호텔 방으로 들어갔나 생각을 하고 있는데, 여성고객이 자리로 돌아왔다. 그런데 울었는지 눈이 퉁퉁 부어서 온 것이다.

"아니, 무슨 일 있으세요?"

갑자기 모든 시선이 여성 고객에게 집중되었다. 바로 그 순간, 화장실을 다녀온 총각이 여성 고객을 바라보며 "괜찮아요?"라고 물어보았다.

총각이 화장실에 갔는데 누군가가 울고 있어서 바라보았는데 여성 고객이었다고 한다.

"그래서 화장실에서 둘이 있었던 거요?" 일행 중 한 남성 고객이 짓궂게 물어본다.

"아니에요. 화장실에 갔는데 계시길래…"하며 걱정스러운 표정으로 여성 고객을 쳐다보았다.

"죄송합니다. 저는 괜찮아요."하며 여성 고객이 맥주 한 잔을 들이켰다. 어느새 분위기는 처녀, 총각을 맺어주는 분위기로 변해 있었다. 나는 술자리가 여기에서 더 진전되면 안 되겠다는 생각이 들었다.

"자, 내일은 일찍부터 투어가 시작되어야 하니, 오늘은 이쯤에서 자리를 끝내야겠습니다. 모두 이제 술 그만 하시고 각자 방으로 들어가서서 편히 쉬십시오."

이렇게 술자리가 마무리되고 각자의 방으로 돌아갔다.

다음날, 버스 안의 분위기는 갑자기 중매 분위기로 변했다.

"잘 해봐."

"잘 어울리는데, 뭐."

"사람 인연 모르는 거야."

"국수는 언제 먹여 줄 거야?" 등등.

남성고객과 여성고객 두 사람 모두 싫지는 않은 기색이었다.

"그러지 마세요. 우리 아무 사이 아니에요."

이날의 여행은 둘을 골려 먹는 재미로 하루가 끝이 났다. 저녁 식사를 마치고 혼자 여행을 온 여성고객이 커피 한 잔을 하자고 한다.

"가이드님, 가이드님이랑 얘기하고 싶은 게 있어서요."

"네, 무슨 일 있으신가요?"

"아니요, 식사 후 로비에서 기다릴게요."

"네…?, 알겠습니다."

'무슨 일이지?'

저녁 식사 후 로비로 가니 여성고객이 기다리고 있었다.

"많이 기다리셨어요. 무슨 일 있으세요?"

"아니요, 마음이 하도 답답해서요."

여성 고객은 본인의 이야기를 시작했다.

자신을 '돌싱녀'라고 당당히 밝혔다. 그리고는 가이드인 나에게 이렇게라도 이야기를 해야 마음이 후련할 것 같다고 한다. 어젯밤에 일행들과 술을 마시며 부인과 사별하고 결혼하신 고객의 이야기를 들을 때 자신의 모습이 너무 초라함을 느꼈다고 한다. 그래서 이야기를 듣고 화장실에 가서 울고 왔다고 한다. 이번 여행은 전남편과 시어머니를 피해서 온 여행이라고 했다. 결혼을 하고 몇 년이 지났는데도 아이가 생기지 않아 남편과 함께 병원에 갔다고 한다. 검사를 받고 나서 어느 날 시어머니를 찾아갔는데 시어머니께서 이렇게 말했다고 한다.

"얘, 너희 남편에게 병원에 갔다 왔다는 소리 들었다. 그런데 남자한테는 아무 이상이 없다고 하더구나."

여성 고객에게는 시어머니의 말이 '그렇다면 너에게 문제가 있는 것이 아니겠니.'하는 말처럼 들렸다고 한다.

여성고객이 알 수 없는 죄책감으로 하루하루를 지내고 있는데 어느 날 시어머니와 시누이가 집으로 찾아 왔다고 한다.

"미안하지만, 우리 애하고는 이혼했으면 좋겠다."

"어머니, 우리 이혼 안 해요. 정 아이가 생기지 않으면 아이를 입양하기로 했어요."

여성 고객의 말에 평소 그렇게 고상하다고 생각했던 시어머니와 항상 내 편이라고 믿었던 시누이의 행동이 갑자기 돌변했다. 막말이 나오기 시작했다.

"우리 집안 대를 끊어 놓을 년", "신랑 잡아먹을 년."하며 입에 올리기도 민망한 소리를 하더니 나중에는 손찌검까지 했다고 한다.

이야기를 듣는 나 역시 마음이 아팠다.

여성고객은 자기아내 한 사람 제대로 지켜주지 못하는 남편의 행동에 분노했고, 결국 이혼을 선택하게 되었다고 한다. 남편과 시댁에 배신 감을 느껴 이대로는 이혼하지 않겠다고 하니, 시어머니가 소유하고 있던 작은 건물과 살고 있던 아파트를 위자료로 받았다고 한다. 그런데 2년이 지난 어느 날, 시어머니에게서 만나자는 연락이 왔다는 것이다. 여성 고객은 맘이 내키지는 않았지만, 시어머니를 만났다고 한다. 시어머니는 만나자마자 뜬금없이 자신이 잘못했다며 용서해 달라고 했다고 한다.

"내가 그때는 경솔했다. 아들 말만 믿고, 더 확인해 봤어야 했는데, 미안하다. 용서해라."

여성고객과 이혼을 하고 얼마 지나지 않아서 전남편은 재혼을 하였 다. 재혼을 하고 1년이 지나도록 아이 소식이 없자 병원에 가서 검사를 받아 보았는데, 전남편이 무정자증이라는 진단을 받았다고 한다. 처음에 는 정충 수가 부족하다는 진단이었지만, 2년이 지난 지금은 무정자증이 라고 남편이 자기 어머니께 이혼한 아내와의 사이에서도 문제는 자기에 게 있었다며 이실직고를 하였다고 한다.

"아니, 그러면 왜 고객님과 병원에 갔을 때는 자기는 이상이 없다고 그랬데요." 나는 마치 내 일처럼 분개해서 말했다.

전남편은 그때는 오매불망 아이 소식을 기다리고 있는 어머니가 겁 이 나서 본인은 정상이라고 대답을 했다고 한다.

시어머니는 아들이 너를 잊지 못한다고 하면서 다시 재결합을 할 생각이 없냐고 물었다고 한다. 여성 고객이 단호하게 다시 재결합을 할 생각이 없다고 하자, 그때부터 매일 집으로 찾아오고, 만나지 않겠다고 하면 직장까지 찾아온다고 한다. 사랑해서 결혼했던 남편의 무책임한 행동과 남자가 자신의 일을 어린 아이처럼 어머니를 앞세워 행동하는 모습에 다시는 보고 싶은 마음이 전혀 들지 않았다고 한다.

이야기가 끝나갈 즈음에 혼자 여행을 온 남성고객이 지나간다. 살짝 눈인사만 하고 지나갈 줄 알았는데 합석해도 되냐고 물어본다. 이야기 도중 살짝 울었던 탓에 여성 고객의 눈이 벌겋게 변해 있었다.

"가이드님, 무슨 일 있으세요. 혹시 어제도 가이드님이 이 분 울리신 거 아니에요?"

여성 고객이 말했다.

"아니에요. 제가 신세한탄을 한 거예요. 가이드님은 내 하소연을 들어준 죄 밖에 없어요." 여성고객이 말했다.

궁금한 표정을 지으며 남성고객이 자리에 앉으려고 했다가 합석하지 않고 "우리 오늘 술 한잔해요. 제가 살게요."라고 말한다.

우리는 서로 바라보며 동시에 "네…"하고 대답을 했다.

셋이서 호텔 바에서 맥주를 마시고 있는데, 나이 차이가 있는 부부가 들어왔다. 합석을 해서 함께 술을 마셨다. 결혼에 관한 이야기를 하는데, 여성고객이 말릴 사이도 없이 자기는 한 번 결혼을 했다가 지금은 홀로 된 이혼녀라는 사실을 공개적으로 밝혔다. 여성고객이 이혼녀라는 사실에 남성고객이 잠시 당황한 모습을 보였지만, 여성고객을 위로해 준다.

"요즘 이혼은 흠이 아니에요. 세상이 많이 변했잖아요. 나도 젊은 사람이지만 원치 않는 결혼생활을 이어나간다는 것은 서로에게 불행이라고 생각해요." 그러면서 누가 물어보지도 않았는데 자기의 나이를 밝혔다.

"어, 그럼 내가 누나네. 저보다 오빠인 줄 알았는데…."

"그럼, 누님은 올해 연세가 어떻게 되세요?"

호호, 제가 누님이에요. 한 살 더 많아요."

합석한 부부가 두 분이 잘 어울린다며 은근히 둘을 이어주려고 한다.

부부 중 남성고객이 "자, 두 분의 사랑을 위하여!"하며 술잔을 들고 건배를 외친다.

어젯밤 일로 인해 서로를 조금 더 알아서일까. 다음날 두 사람은 한결 가까워 보였다. 서로 사진도 찍어 주고, 식사할 때는 옆자리에서 앉아서 챙겨 주기도 했다.

"저러다가 일 나는 거 아니야."

"두 사람 다 혼자 해외여행을 올 때부터 하늘의 계시가 있었던 아냐, 아무튼 잘 어울린다."

"신혼부부 같아."

주변에 있던 분들이 한마디씩 한다.

"놀리지 마세요. 잘되면 얘기할게요."

이렇게 농담도 주고받으며 여행이 마무리되고 있었다.

몇 달이 지난 어느 날, 혼자 여행을 왔던 남성고객에게 연락이 왔다. 둘이서 좋은 만남을 계속 유지하고 있다고 한다. 그리고 또 몇 달이 지났다.

"가이드님, 우리 결혼해요! 축하해 주세요."

지금은 아들 하나, 딸 하나를 두었다는 소식을 들었다.

예전에는 자주 연락을 하였는데, 오랫동안 그 부부의 소식을 알 수가 없다. 나는 무소식이 희소식이라는 말을 믿는다. 일이 너무 잘돼서 많이 바쁜가 보다.

설명 중에 "에이…"

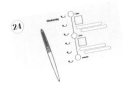

이번 팀은 초등학교 학생들의 엄마 모임과 나머지 일행들이다.

엄마 여섯, 아이들 여섯, 그리고 나머지 일행들.

버스가 달리고 있는데, 초등학생이 질문을 한다. "가이드님, 저 나무는 꼭 우산 같아요. 저게 무슨 나무에요?"

"응, 저 나무는 우산처럼 생겨서 '우산 소나무'라고 해." 하니,

뒤에 있던 남성 고객이 "에이, 가이드님, 저게 무슨 '우산 소나무'야? 우산처럼 생겼다고 해서 '우산 소나무'라고 하면 안 되죠. 학생들도 있는데. 잘 모르면 모른다고 해야지. 안 그래요?"

나는 손님의 말투에 기분이 약간 상했지만 웃으며 말했다.

"진짜예요. 저 나무는 학명이 '우산 소나무'입니다. 지중해 연안 국가에 많이 분포되어 있고, 우리나라에도 있습니다."

"그럼 저 나무는 물고기처럼 생겼으니 물고기 나무겠네."라고 하신다.

"저 물고기처럼 생긴 나무의 이름은 모르겠고, 이 나무는 '우산 소나무'입니다."

"그럼, 저 나무하고 이 나무하고 합치면 딱 연목구어이네." 하신다.

나무에 올라가서 물고기를 구한다는 뜻의 연목구어(緣木求魚)에 관해 조금 설명하다가 "정말 물고기가 나무에 올라갑니다."라고 말했다. 그랬더니 남성 고객이 또 빈정대는 말투로 "에이…, 그러면 고래가 뛰어다니겠네." 한다.

"진짜예요. 물고기가 나무에 올라가기도 해요." 하고 내가 말하니, 또 "에이…, 그럼 상어가 걸어 다니기도 하겠네." 하신다.

"못 믿으시니, 더 설명해 드리지 않겠습니다." 하니, 또 "에이…" 하신다.

그 남성 고객은 내가 다른 설명을 하는데도 말이 끝나기만 하면 "에이…"를 한다. 더 황당한 것은 초등학생들이 뒤쪽에 앉아 있던 남자분이 "에이…" 하면 후렴구로 "에이…" 하고 따라 하는 것이다. 그러면 나머지 고객들이 막 웃는다.

처음에는 별로 신경을 쓰지 않았지만, 자꾸 반복되다 보니 기분이 나빠지기 시작했다. 더 설명하지 말까 하다가 정확하게 알려주지 않으면 괜히 이상한 가이드가 될 것 같다는 생각이 들었다. 그리고 초등학생들이 있으니 얘기를 정확하게 설명하는 좋겠다고 생각했다.

"물고기가 나무에 올라갑니다."

그 고객이 또 "에이…" 한다. 학생들은 또 따라서 "에이…" 한다. 그래서 나는 그 고객이 "에이…" 하든 말든, 그리고 믿든 말든 설명을 했다.

"시골에서 웅덩이나 작은 저수지 옆을 지나가다 보면 갑자기 나무, 특히 버드나무 위에서 아래로 뭐가 뚝 떨어질 때가 있습니다. 대개 뱀이라고 생각할 수가 있는데, 이건 가물치라는 물고기인 경우가 많아요. 아마도 시골에 사셨던 분들은 이런 모습을 본 경우가 있을지도 모르겠습니다. 가물치는 아가미와 인후실 공기로 호흡을 해서 물 밖에 나와 살 수도 있고, 뱀장어, 망둥어는 피부호흡을 하기도 하고, 미꾸라지는 창자호흡을 하기도 합니다. 가물치가 나무 위에 올라갈 때는 기어서 올라가는 것이 아니고 팔딱팔딱 뛰어서 올라가는 것입니다. 가물치는 힘이 세서 그런 거 같아요.”

설명하는데 남자분이 또 “에이…” 한다.

그러면 초등학생들이 따라서 “에이…” 한다.

이렇게 설명을 하였는데도 믿지 않는 것 같아서 말했다. “그럼, 저하고 내기하실래요?” 하니, 손님이 “콜!” 한다.

“그럼 좋아요.” 하며 나는 주머니 속에 있던 돈을 꺼냈다.

“손님도 꺼내세요. 콜(call)은 돈을 걸고 남의 패를 보는 거지, 말로만 하는 게 아니에요.”

자신 있게 나오니 고객이 멈칫한다.

“자신 없으면 인정하세요. 그리고 앞으로 설명하는데 ‘에이…’하지 말던가요.”라고 하니 “걱정하지 마.”라고 대답한다.

남성 고객의 옆 좌석에 앉아있던 부인이 자기 남편이 잠깐 망설이는 모습을 보이니 나를 보며 말했다.

“걱정하지 마세요, 내기해서 저 사람이 돈을 안내면 내가 대신 낼게요. 가이드님도 약속 지키세요.”라고 부인이 대답한다.

부인도 내 말을 도저히 믿을 수 없었나보다. 순간 웃음이 나왔다.

나는 주머니에서 꺼낸 돈을 앞좌석에 앉아 계신 고객에게 맡기면서 말했다.

"제가 틀리면 이 돈을 가지시면 되고, 제가 맞으면 이분에게 제가 내기에 걸은 돈만큼을 드리세요. 그걸로 제가 한 턱 내겠습니다. 자, 고객 여러분들 모두가 증인이에요." 하니, 버스 안의 고객들 모두 박수를 친다.

다음날 버스가 출발하려고 하는데 남자 손님이 보이지 않는다. 어제 앉아 있던 자리에는 부인 혼자만 앉아 있다. 그래서 어디에 있나 보았더니, 남편은 버스 뒤쪽에 누워 있고, 부인은 창밖만 바라고 보고 있다.

나는 남성 고객을 향해 말했다. "어떻게 나무에 물고기가 올라가는지 알아보셨어요?"

남성 고객은 내 말을 못 들었는지 버스 뒤 자석에 누워서 움직이지 않는다.

그때 앞쪽에 있던 초등학교 아이의 엄마가 손을 들면서 말을 한다.

"가이드님 설명이 맞아요." 하면서 어제는 미안했다고 한다. 그러면서 어젯밤에 호텔에 들어가 인터넷으로 검색을 했다고 한다.

나는 이때다 싶어 아이들에게 "또, '에이…' 해봐."라고 하니 다들 고개를 숙이고 있다.

"앞으로는 '에이(A)…'하지 말고 '비(B)…'해" 하니, "네…" 한다.

이제 아이들은 영원히 연목구어(緣木求魚)의 뜻에 대해서 잊지 않을 것이며, 물고기가 나무에 올라갈 수 있다는 사실에 대해서도 알게 되었으며, 특히 남의 이야기에 끼어들어 분위기를 해치는 일은 하지 않을 것이다. 이제는 초등학생들에게 게임에 졌으면 승복할 수 있어야 한다는 것을 보여줄 차례다.

나는 큰 소리로 고객에게 돈을 가지고 오라고 했다. 대답이 없어, 다시 큰소리로 돈을 가지고 오라고 했다. 그래도 반응이 없어 부인을 바라보니 "저 양반이 낼 거예요." 하며 퉁명스럽게 대답을 한다.

다시 한 번 남성 고객에게 "돈 안 가져오실 거면 휴게소에서 먹을 것 사세요."라고 하니 "알았어요."라고 대답한다.

휴게소에 들러 아이들에게 먹고 싶은 거 다 가지고 오라고 했다. 다른 고객들께는 음료수와 먹을 것을 고르시라고 했다. 휴게소 직원에게 한꺼번에 계산할 분이 있다고 말을 하고 남성 고객에게 계산서를 보여주며, 계산하라고 하니 이렇게 많이 나왔냐고 한다.

내가 한마디 했다. "그래도 저한테 주실 것, 반도 안 되잖아요." 하니 떨떠름하게 계산을 하셨다. 나는 속으로 웃음이 나왔다.

전문가 앞에서 잘난 척

가이드라는 직업이 마이크를 들고 고객들에게 이것저것 설명하고 말을 해야 하는 일이다보니 때로는 깊지 않은 지식을 고객들께 아는 척을 하는 경우가 있다. 이 기회를 통해 지면으로나마 죄송스런 마음을 전한다.

더욱 감사드리는 것은 잘못 설명하고 있는데도 이해해주시고, 고객께서 따로 조용히 나의 설명을 바로 잡아 주실 때는 쥐구멍이라도 찾아 숨고 싶었다. 하지만, 이를 통해 한 단계 더 성장하는 것 같아 한편으로는 너무 감사하다.

가이드라는 직업이 때로는,
영양사 앞에서 식품 성분을 이야기하고
요리사 앞에서 음식 이야기를 하고
약사 앞에서 약리작용에 관해 이야기하고
의사 앞에서 암에 관해 이야기하고
한의사 앞에서 동의보감을 이야기하고
목사님, 신부님 앞에서 성경을 이야기하고
스님 앞에서 불경을 이야기하고
소믈리에 앞에서 와인을 이야기하고
바리스타 앞에서 커피를 이야기하고
식물학자 앞에서 꽃과 나무 이야기를 하고
과학자 앞에서 양자 물리학을 이야기하고
역사 선생님 앞에서 세계사를 이야기하고
미술 선생님 앞에서 그림 이야기를 하고
사진작가 앞에서 사진을 찍어 준다고 하고

건축가 앞에서 건축 양식에 관해 이야기하고

디자이너 앞에서 구성에 관해 이야기하고

농장주 앞에서 축산을 이야기하고

농사를 짓는 분 앞에서 곡식에 관해 이야기하고

과수원을 하는 분 앞에서 과일을 이야기하고

동양 철학가 앞에서 사주, 관상, 주역을 이야기하고

인문학자 앞에서 소크라테스를 이야기하고

어르신들 앞에서 인생을 이야기를 해야 한다.

그러고 보니 가이드라는 직업은 아나운서 앞에서 마이크를 잡고 해설을 하는 직업이라는 생각이 든다.

돌이켜 생각해 보니 그분들은 다 알면서도 나의 설명을 조용히 듣고 이해해 주신 마음 항상 감사하게 간직하고 있다.

지금까지 가이드 일을 하면서 내가 하는 설명은 고객을 위해 한 것이었다고 생각을 했는데, 막상 이 글을 쓰며 생각해 보니, 잘난 척을 하려고 한 것은 아니었나? 나의 만족을 위한 것은 아니었나? 하는 생각에 고객들에게 송구하고 감사한 마음을 다시 한 번 깊이 새기게 되었다.

아빠의 미소, 엄마의 미소, 아내의 미소

삼 대가 어찌 이리 똑같을까?

나는 공항 출입구로 걸어 나오는 그 가족을 보는 순간, 아, 삼 대의 한 가족이 해외여행을 왔다는 것을 한 눈에 알아볼 수 있었다. 말로만 듣던 붕어빵 가족이 이 가족을 보고 말한 것이라는 생각이 들 정도였다. 공항에서 서로 웃으면서 반가움의 첫 인사를 했다.

"안녕하세요."

"네, 안녕하세요. 반갑습니다." 악수를 청하신다.

반갑게 웃으면서 인사를 나누며 맞이하는 고객의 웃는 표정은 첫 만남의 약간 긴장했던 마음을 녹인다. 사람의 모습 중 가장 보기 좋은 것이 활짝 웃는 모습이다. 나는 언제나 공항에서 고객들을 맞이할 때 서로 따뜻한 미소를 지으며 만나고 싶다.

투어 중 유적지에서 정명(定命)에 관해 이야기를 하며 할아버지와 아버지 그리고 아들이 정말 많이 닮았다고 했다. 내가 세 사람의 미소가 똑같다고 한 말의 의미는 정명(定命), 태어날 때부터 이미 하늘이 정해놓은 인연이라는 뜻이었다.

삼 대 고객은 웃는 모습이 똑같다. 삼 대의 특징은 모두 웃을 때 왼쪽 보조개가 쏙 들어간다는 것이다. 나는 이 삼 대 고객의 그 모습이 신기해서 웃고 고객들도 내가 웃으니 웃는다.

우리 속담에는 "웃으면 복이 와요.", "웃는 얼굴에 침 못 뱉는다."라는 말이 있다. 또 '행복하기 때문에 웃는 게 아니라, 웃기 때문에 행복하다'는 말도 있다.

고객들을 모시고 여행지를 안내하는 가이드 생활을 하다 보면, 항상 미소를 띤 표정으로 투어를 함께하게 된 일행들과 자연스럽게 어울리는 고객이 있고, 좀처럼 잘 웃지 않아서 왠지 모르게 스스럼없이 대하기가 좀 불편한 무표정의 과묵한 고객도 있다.

웃는 표정이 얼굴에 새겨진 분들의 특징은 무슨 일에도 긍정적이고 자신은 행복한 삶을 살고 있노라고 자주 이야기한다는 것이다. 웃는 분들에게는 나도 모르게 말을 걸고 싶어진다. "뭐가 그리 좋으세요?"라고 물어보면, 웃음에 무슨 이유가 있냐는 듯이 말한다. "그냥, 좋아."

　그렇다. 웃음에는 이유가 없다. 행복하니 웃는 것이다. 또한 항상 웃으니 행복이 떠나질 않는 것이다. 이와는 반대로 과묵하게 아무 말도 하지 않고 있는 분에게는 한 마디 말을 건네기도 조심스럽다. "무슨 일 있으세요?"라고 물어보면, "아니, 없는데."라고 대답을 짧게 하거나, 아예 대답을 하지 않는다. 그러한 분들의 특징은 사사로운 자신의 일에 대해서 남에게 잘 밝히질 않는다.

　웃는 고객들을 대할 때는 마음이 편하지만, 무표정한 고객들은 대할 때는 어딘가 모르게 좀 불편하다. 그러다 보니 말을 하더라도 웃는 고객들과 주로 대화를 하게 되고 커피를 마셔도 웃는 고객들과 더 마시게 된다. 그만큼 웃는 고객들은 상대방의 마음을 편하게 한다.

미소에 대한 이야기를 할 때는 중국의 미인 왕소군이 했던 말이 생각난다. 중국의 삼대 미인이라고 불리는 서시(徽), 우희(초선), 양귀비가 있지만, 그녀들에 버금갔던 낙안 왕소군이라는 또 한 명의 미인이 있다. 낙안(落雁)이 '기러기가 날아가다 땅에 내려앉다'는 뜻인데, 기러기가 땅으로 내려앉은 이유가 왕소군의 미모 때문이라고 하여 생긴 말이라고 한다.

중국 한나라 때 흉노족에게 시집을 간 왕소군이 자기의 처지를 한탄하며 "호지불화초춘래불사춘(胡地不花草春來不似春)"이라고 시를 지어 읊조렸는데, 이 말을 풀어보면 "집안에 미소가 없으니 행복하지 않다."라는 뜻이다. 행복한 가정에는 웃음이 떠나질 않는다.

가정에는 세 개의 미소가 있다. 아빠의 미소, 엄마의 미소, 아내의 미소.

아빠의 미소는 집안의 기본을 상징하며, 아빠의 미소가 있어야 엄마가 아이들과 함께 행복한 가정을 꾸며 갈 수 있다. 집에서 엄마와 아이들이 다정하게 웃고 있는데, 집에 들어온 아빠가 갑자기 화를 낸다면 집안의 분위기는 순식간에 얼음장처럼 돌변할 것이다. 반대로 엄마와 아이들이 어떤 문제로 인해 집안 분위기가 가라앉아 있을 때 아빠가 집에 들어와서 부드러운 말과 온화한 미소를 짓는다면 집안 분위기는 일순간에 바뀔 것이다. 이것이 바로 아빠의 미소가 갖는 힘이다.

엄마의 미소는 가족 모두에게 편안함을 준다.

학교를 다녀온 자녀가 현관문을 열고 들어오면서 "엄마"하고 부른다. 그러나 엄마의 대답이 없다. 집안 어디를 찾아봐도 없다. 갑자기 아이의 마음이 불안해진다. 그때 욕실에서 빨래를 하고 있던 엄마의 목소리가 들린다. "엄마, 여기 있다. 빨래하느라고 사랑하는 우리 딸이 학교에서 돌아온 줄도 몰랐구나."하고 나오신다. 아이의 마음은 순간적으로 불안한 마음이 사라지고 편안함과 안도감이 몰려온다. 끝없는 나락에 떨어지는 것 같은 기분이었지만 다시 천국 같은 세상으로 돌아온 것이다. 이것이 이 세상 그 어떤 것보다도 강력한 힘, 엄마의 미소다.

다음은 아내의 미소다.

아내의 미소는 편안함과 따스함을 주는 온 가족의 휴식처이다. 열심히 일하고 퇴근해서 집에 온 남편에게 들어오자마자 아내가 바가지를 긁는다면 집에 빨리 들어오고 싶은 남편이 어디 있을까?

결국 남편은 회사 주변, 집 주변을 겉돌다 늦게 집에 들어갈 것이다. 그러면 또 늦게 들어온다고 바가지를 긁힌다. 그러다가 부부싸움으로 이어진다. 아내의 미소가 없는, 집에 들어가는 것이 무섭다.

이제부터는 집에 들어온 남편에게 따뜻한 차 한 잔을 준비해서 따뜻한 미소를 띤 표정으로 수고한 남편을 맞이해 보자. 이보다 더 따스하고 편안한 휴식처가 있을 수 있을까? 이것이 바로 아내의 미소가 지닌 위력이다.

가정의 행복은 아빠의 미소, 엄마의 미소, 아내의 미소가 함께 어우러져 만들어가는 것이다.

누에보 다리

오늘은 아침 일찍부터 서둘렀다. 스페인을 방문한 관광객이라면 빼놓을 수 없는 관광코스인 '새로운 다리'라는 뜻의 누에보 다리(Puente Nuevo)를 찾아가는 날이기 때문이다.

누에보 다리는 길이가 약 40m이며, 1753년부터 1793년까지 약 40년 동안의 오랜 시간을 소요하며 만든 다리다.

관광객 중에는 먼 발치에서 처음으로 누에보 다리를 마주했을 때 "겨우 이걸 보러 여기 왔어요?"라고 묻는 분도 있다. 하지만 누에보 다리에 담긴 의미를 알고 나면 세계적으로 유명한 다리를 보러 온 의미뿐만 아니라 그 다리에 담긴 인간의 삶에 대한 의미를 다시 한 번 되돌아보는 시간이 된다고 한다.

다리의 길이가 40m밖에 되지 않는 다리를 만드는데 왜 40년이라는 시간이 걸렸을까?

기술이 발달한 지금 다리를 만든다면 쉽게 만들 수 있겠지만, 옛날에는 지금처럼 현대식 기술이 없었다. 그렇다고 하더라도 너무 오랜 시간이 걸린 것은 아닐까? 왜 중간에 포기하지 않았을까?

누에보 다리는 불과 40여 미터의 사이를 두고 갈라져 있던 마을과 마을을 연결하기 위해 건설된 다리다. 하지만 다리 밑으로는 깊이가 120미터의 험준하고 깊은 계곡이 있다. 이 다리가 완공되기 전까지는 마을과 마을의 소통이 원활하지 못했다. 계곡 건너 마을에 다녀오기 위해서는 계곡 아래로 이어진 위험한 길을 따라 120미터 아래로 위험을 무릅쓰고 내려간 다음, 다시 힘들게 120미터를 올라가야 했다. 한 번 갔다 오는데 약 480미터의 거리지만 그 거리는 목숨을 걸어야만 건널 수 있는 상상도 할 수 없는 먼 거리였다. 사람들은 오랜 세월을 내려가고 올라감을 반복해야 했으며, 정말 많은 사람들이 계곡에서 귀한 목숨을 잃었다.

얼마나 많은 위험과 힘듦을 우리는 반복해야만 하는가?

어떻게 해야 계곡을 사이에 두고 단절된 마을이 원활하게 오고갈 수 있을까?

이러한 생각이 바로 위험과 희생이 따르더라도 다리를 만들게 된 이유였다.

이 다리를 건설하기 위해서 매우 많은 사람들의 희생이 따랐지만 사람들은 다리의 건설을 결코 포기할 수 없었다. 결국, 많은 희생을 겪고 다리는 완공되었다. 양쪽 마을 사람들은 완공된 다리를 바라보는 것만으로도 너무 행복했다.

고객들은 누에보 다리에 관한 가이드의 설명을 듣고 생각에 잠긴다.
많은 사람들의 희생과 고통을 고스란히 간직하고 있는 120미터의
험준한 계곡은 인간관계를 막는 방해물이었을까? 아니면 인간관계의 소
중함을 일깨워주는 촉매제였을까?

기도 후의 기적

투어 중에 '파티마의 손'을 설명하였다. 파티마의 손은 이슬람에서 이용되는 호부의 일종으로 지역에 따라서 '마리아의 손'이라고도 한다. 종교를 설명하다 보면 손에 관련된 이야기가 많이 나온다. 기도나 인사를 할 때 손의 모양이나 손을 놓는 방법, 손의 위치에 따라 의미들이 다양하다. 이슬람의 파티마의 손, 힌두교 시바 신의 천수천족, 불교의 부처님 수인과 천수 관음상, 성경에서 모세가 지팡이를 잡을 때의 손, 예수님이 손으로 환자를 만져 병을 고치고, 관을 만져 죽은 자를 되살아나게 하였던 치유의 기적 등이 있으며, 우리나라의 경우 엄마들이 이른 새벽 장독대 위에 정안수(표준어는 정화수(井華水))를 떠 놓고 두 손 모아 기도하는 모습 등, 이외에도 손에 관련 이야기가 수없이 많이 나온다.

다음의 이야기는 투어 중에 고객의 기도에 의해 은혜를 입은 내용이다.

1) 폐암 3기 고객의 잔기침 사라짐

미팅 첫날 꼭 손님들에게 양해를 구하는 내용이 있다.

"죄송하지만 감기 걸리신 분, 껌 씹을 분, 주무실 분은 버스 뒤의 자석을 이용해 주세요."

예전에 투어를 할 때 감기 걸리신 분이 내가 고객들에게 투어 설명을 하는 바로 앞쪽에 앉아 계속 기침을 하였다. 그래서 고객께 양해를 구했다.

"고객님, 죄송한데 오후부터는 뒤쪽 좌석에 앉으시면 안 될까요?"

"왜?"

"감기에 걸리신 거 같아서요. 제가 감기에 걸리면 설명도 잘 못하고 힘들어서요. 기사도 운전하기 힘들어 해요."

"난 뒤쪽에 앉으면 멀미를 해서 안 돼. 이거 나가는 감기라서 괜찮아. 약 먹었어."라고 하며 기분 나쁜듯한 표정을 지었다.

다음날 손님한테서 나간 감기가 버스 기사와 나에게 옮겨 왔다. 설명 중에도 콧물과 기침이 나와 말하기가 힘들었고, 버스 기사도 운전을 하면서 기침을 하고 짜증을 냈다.

감기를 나와 버스 기사에게 옮겨 놓고 미안하셨는지 다음날부터는 뒤쪽으로 가서 앉으셨다. 가이드의 감기로 인해 설명을 간단하게 하고 좌석에 앉아 쉬면서 갈 수밖에 없었다. 결국, 이 팀은 한 분으로 인해 고객들에게 설명도 많이 해드리지 못했고, 아쉽게 여행을 마무리하였다.

첫 미팅을 하면서 공지를 하였다.

"죄송하지만 감기 걸리신 분, 껌 씹으실 분, 피곤하셔서 주무실 분은 뒤쪽 좌석에 앉아 주세요."

일정이 중간 정도 지나갈 때쯤 뒤쪽에 있던 손님이 앞쪽으로 와서 앉는다. 그러면서 잔기침을 계속한다.

웃으면서 고객에게 "아버님, 감기 걸리셨어요?" 하니

"아니, 나 감기에 걸리지 않았으니까 걱정하지 마. 가이드가 설명하는 게 재밌고 좋아서 앞에서 들으려고 그래. 이번이 내 마지막 여행이 될 수도 있어서…"

그때 부인이 남편의 등을 딱 때린다.

"그런 말 하지 말라고 했지요."

순간 '폐질환을 앓고 계신 분이신가' 하는 생각이 들었다. 나중에 알게 되었지만, 폐암 3기라고 하신다.

오늘의 목적지인 1025년에 지어진 몬세랏 성당에 도착하여 설명하였다.

"이곳은 세계 3대 수도회 중 한 곳이며 베네딕토 수도회 소속입니다. 나라마다 기도가 잘 통하는 곳이 있다고 하는데, 여기가 이 나라에서는 가장 유명한 곳입니다."라고 설명한 후, 기도하실 분은 기도를 드리고

기도가 끝나시거나 기도를 드리지 않으실 고객은 각자 자유 시간을 보낸 후 대기실 앞쪽에서 모이기로 하였다.

대기실 앞쪽에서 기다리고 있는데, 우리 일행의 대화 속에 우리 일행 중 한 분이 기도하는 곳에서 많이 우시고 있다는 소리가 들렸다.

나중에 눈이 퉁퉁 부은 고객이 오셔서 나는 대화 속 그 분이 누구인지 금방 짐작할 수 있었다.

"아니, 눈이 많이 충혈 되셨어요. 어떻게 기도를…?"

"기도를 하는데 저도 모르게 눈물이 나오네요. 종교는 없지만, 남편이 아픈 후부터는 어떤 곳이든 기도를 올리는 곳이라면 기도하게 되네요."

"네, 남편 분께서 아내 분의 정성으로 곧 좋아지실 겁니다."라고 말을 하면서도 마음이 짠했다.

투어 일정 중에는 무릎 기도를 하는 곳도 있다.

"이곳 파티마 대성당은 성모님의 3대 발현지 중 한 곳이며 치유의
기적이 일어났던 곳입니다. 간절히 기도하시면 그 기도를 들어 주신데
요. 여기서부터 저기까지 무릎으로 기도하면서 가는 곳이에요."

설명을 마치고 자유 시간을 가진 다음, 저녁 식사를 했다. 우리 일
행이 머무는 호텔과 성당이 위치한 거리가 가까웠기 때문에 밤에는 각자
자유 시간을 이용하여 개별적으로 기도를 올리고 오는 고객도 있었다.

"내일은 빠듯한 일정으로 인해 새벽에 미팅을 할 것이니 일찍 주무
시도록 하세요."

다음 날 새벽 미팅을 하고 버스가 출발하려는데, 폐암 수술을 했다
던 남편분이 아내를 보며 "여보, 오늘 새벽부터 기침이 나오지 않아. 가슴
도 전혀 아픈 줄을 모르겠어."하는 것이 아닌가.

폐암수술을 한 후 3년 동안 매일 잔기침을 했고, 기침할 때마다 가
슴이 울렸고 심하게 아플 때를 대비하여 가슴에 붙이려고 마약 패치를
가지고 다닌다고 한다. 함께 여행을 온 친구의 부인이 한마디 한다.

"남편들 주무실 때, 우리 아내들이 성당에 가서 무릎 기도하고 왔어
요. 그리고 오늘 새벽엔 ○○ 엄마 혼자 남편을 위해 기도를 하고 왔어

요. 모르셨지요." 그 말에 남편이 아내의 손을 꼭 잡아 준다.

마지막 날, 부인께서 나에게 선물을 주셨다.

"가이드님, 가이드님은 말을 많이 하니까, 목이 아플 때 이거 가슴 위쪽에 붙여 보세요. 그럼, 통증이 사라질 거예요. 남편의 통증에 대비하여 항상 갖고 다니는데 두 개 남았어요. 진짜 아플 때만 붙이세요."

간직하고 있다가 투어 중 목이 아플 때 하나를 시험 삼아 가슴 위쪽에 붙여 보았다. 진짜 통증이 감쪽같이 사라졌다. 하나는 남겨 두었다. 다음에 오시는 고객들에게 이런 분이 계셨다는 걸 알려드리기 위해서.

2) 자폐증 아들의 변화

엄마 뒤에 앉은 아들이 엄마의 머리카락을 손가락으로 돌돌 말아서 확 잡아당긴다. 엄마는 자신의 머리가 뒤로 젖혀지는 데도 가만히 있다. 여행 내내 아들은 꼭 엄마 뒷자리에만 앉는다. 엄마는 맨 앞의 좌석, 아들은 바로 엄마 뒷좌석.

어린아이의 이야기가 아니다. 고등학교 2학년 남학생의 이야기다.

엄마는 항상 일찍 버스에 올라 아들 자리를 자신의 자리 바로 뒤의 좌석을 꼭 맡아둔다. '앞쪽에 앉으면 괜찮을 텐데' 하고 나는 생각했다.

설명을 하는데 아들이 엄마 머리카락을 잡아당기고 있는 것이 보이니 여간 신경이 쓰이는 것이 아니었다. 또다시 엄마의 머리를 당기려고 하길래 내가 혼을 내주려고 하였다. 그때, 아들 옆 좌석에 앉아 있던 아빠가 나에게 긴장된 표정으로 하지 말라는 신호를 보냈다.

휴게소에 도착하여 쉬고 있는데, 학생의 아빠가 나에게 오셨다. "가이드님, 신경 쓰이게 해서 미안합니다. 아들이 자폐가 있어요. 버스 뒤쪽에 앉고 싶지만, 아이가 항상 앞쪽 자리에 앉기를 원해서요. 그리고 자기의 행동을 나무라면 아이는 눈이 돌아가면서 쇼크 증상이 나타나요."

아들이 엄마 머리를 당기는 습관은 어려서부터라고 한다. 엄마 머리를 당기지 못하게 하면 아이가 불안해한다고 한다. 투어 중 아이는 계속 엄마의 머리카락을 손가락으로 말아 당기기를 반복했다. 엄마의 머리카락이 아이의 유일한 오락소품 같았다. 그 모습을 보면서 너무 마음이 아파서 설명 중 갑자기 가슴이 울컥한 적이 한두 번이 아니었다.

목적지에 도착했다. 저녁 식사를 마치고 자유 시간을 가졌다. 성당으로 걸어가는데, 앞쪽에 자폐를 앓고 있는 아들과 함께 부부가 무릎 기도하는 곳으로 걸어가는 모습이 보였다. 엄마는 무릎 기도를 시작하였고, 아빠는 두 손을 모으고 아내의 무릎걸음 속도에 맞추어 옆에서 걷고 있다. 그 모습을 바라보고 있는데, 아들이 달려오더니 엄마의 머리카락을 뒤에서 앞으로 확 잡아당겼다. 엄마는 앞으로 넘어졌지만, 아무 일도 없었던 듯이 다시 일어나 무릎기도를 하였다. 나는 엄마의 기도하는 모습에서 눈을 뗄 수가 없었다. 기도를 마치니 옆에 있던 아들이 엄마를 꼭 안아주었다. 엄마의 흐르는 눈물을 아들이 닦아주며 말했다.

"엄마, 왜 울어?"

"응, 우리 아들이 너무너무 이뻐서…" 그 모습을 보는 나도 갑자기 코끝이 찡하며 눈물이 핑 돌았다. 자식을 키우는 부모의 입장은 누구나 같을 것이다.

버스가 출발할 때 아들이 스스로 엄마의 앞좌석에 앉았다.

엄마, 아빠가 '이게 어찌된 일이지?'하는 어리둥절한 표정으로 나를 바라보았다.

바로 내 앞, 맨 앞자리에 앉은 학생이 갑자기 내 손을 잡더니 말했다. "가이드님, 오늘부터 형하고 싶어요."

"그래, 좋아. 형이라고 불러. 그런데 형한테는 너보다 더 큰 아들이 있단다. 알겠어. 임마."하니, 엄마와 아빠는 좋아서 어쩔 줄을 몰라 하신다.

버스가 휴게소에 멈추었다. 아이의 부모님이 나를 보고 잠깐 이야기를 하자고 한다.

"가이드님, 아들이 가이드님이 마음에 들었나 봐요. 가이드님을 너무 좋아해요. 어젯밤 호텔 방에서도 가이드님 얘기만 했어요. 자기도 가이드님처럼 가이드를 하고 싶다고 하네요. 그래서 오늘 아들이 가이드님이 바로 보이는 앞좌석에 앉았나 봐요."

"그래요. 좋은 후배가 되었으면 좋겠네요."

"가이드님, 감사합니다."

"별말씀을요. 저도 너무 좋은데요. 어머니 머리카락 당기는 걸 보면서 많이 안타까웠는데…"

이야기 중에 아들이 아이스크림을 가지고 왔다. 스스럼없이 함께 아이스크림도 먹고, 젤리도 먹으면서 장난도 쳤다. 이때부터 쉬는 시간이 되면 학생은 부모님과 있는 시간보다 나와 더 많은 시간을 보냈다.

투어가 진행될수록 형과 동생의 관계로 더욱 친해졌다. 함께한 일행들이 학생의 부모에게 아들을 이곳에 두고 가라고 한다.

그러던 중 버스에서 내가 학생의 머리카락을 확 당겨 보았다.

"아, 아파요." 하며 소리를 지른다.

"아프니?"

"네, 그런데 왜 내 머리카락을 잡아당겨요?"하며 나의 행동에 어리둥절한 표정을 지었다.

나는 동생의 눈을 똑바로 바라보며 말했다.

"그럼, 네가 엄마 머리카락을 당겼을 때, 엄마는 아팠을 것 같아? 안 아팠을 것 같아?"

학생은 대답을 하지 못하고 나를 쳐다보았다. 나는 다시 물어보았다.

"엄마는 아팠을 것 같니? 안 아팠을 것 같니?"

"아팠을 것 같아요." 동생은 대답을 하며 울먹였다.

"그럼 앞으로 어떻게 할 거야? 또 엄마 머리카락 잡아당길 거야?"

동생의 눈에서는 굵은 눈물이 흘러내리고 있었다. 그리고 울먹이는 목소리로 말했다.

"아니요. 앞으로는 안 그럴게요."

"그럼, 오늘 밤에 엄마한테 다시는 그러지 않겠다고 약속하고, 내일 아침 형한테 꼭 알려줘."

동생은 "네…"라고 작은 목소리로 대답을 했다.

다음 날 아침 일정을 진행하려고 버스를 타는데, 아이의 엄마가 나를 찾아와서 고맙다고 한다. 아들이 어젯밤에 앞으로는 머리카락을 당기지 않겠다고 약속을 했다고 한다. 학생의 아빠도 가이드님 덕분이라고 너무 고마워 하셨다.

"아니에요. 성모님이 지난번 어머님의 기도를 들어 주신 거예요."

"감사합니다. 그리고 한국 가서도 가이드님과 연락을 해도 될까요? 아들이 가이드님을 너무 좋아해서 계속 연락드리고 싶어요."

"그럼요."

남은 투어 일정을 진행하면서 시간이 될 때마다 동생과 재미있게 놀았다. 헤어질 때 우리는 다시 한 번 약속을 했고, 형과 동생으로 꼭 껴안았다. 동생과 형이 껴안고 있는 모습을 보고 학생의 엄마가 눈물을 흘리셨다.

"가이드님, 한국 가서 꼭 연락드릴게요."

"우리 동생이 엄마 머리카락 당기면 꼭 전화해 주세요."

"네…"

"형, 건강하게 잘 있어, 내년에 또 올게."

지금도 동생은 가끔 연락을 한다. 형아가 보고 싶다고.

정명(定命)과 예정(豫定)

　투어를 하다보면 가이드 입장에서는 마음이 급해서 일찍 서둘러야 되는 날이 있다. 왜냐하면 조금 서둘러서 일찍 투어를 시작함으로써 여러 팀이 몰릴 경우에 대비하여 좀 더 여유 있게 행사를 진행할 수 있게 되기 때문이다.

　첫날의 일정을 마치고 이틀째, 이동시간은 다섯 시간. 고객들은 목적지에 일찍 도착하기 위해 새벽 일찍 잠에서 깼고 아직 시차 적응이 되지 않았기에 매우 피곤해 보였다.

　우리 일행이 버스에 모두 탑승한 것을 확인한 나는 버스에서 마이크를 잡았다.

　"여러분, 잘 주무셨습니까?"

　"아니요. 잘 못 잤는데요. 이건 완전히 노동인데요."

　"하하, 그렇습니다. 우리의 여행 목적은 편하게 쉴 수 있는 휴양이 목적이 아니라 이 나라 각지에 흩어져 있는 유명한 명소를 찾아다니는 여행입니다. 그래서 몸은 피곤하지만 고객여러분께서 조금만 더 힘을 내서서 협조해 주신다면 나중에 한국으로 돌아가서도 후회하지 않는 여행이 될 수 있을 것입니다. 해외여행을 오시면 잠을 자는 곳이 두 곳이 있습니다. 한 곳은 호텔 방이고 한 곳은 바로 여러분이 앉아 계신 버스 좌석입니다. 저기, 뒷좌석에 여행의 요령을 잘 숙지하고 편하게 주무시고 계신 분이 계시군요. 그럼, 오늘의 일정을 말씀드리겠습니다. 오늘은 목적지까지 총 5시간을 버스를 타고 가야 우리를 기다리는 목적지에 도착할 수 있습니다. 그래서 지금부터 두 시간 동안은 숙면을 취하시고, 30분은 휴게소에 들려서 휴식을 취한 후에, 두 시간 반을 또 이동을 하면서 오늘 방문하게 될 유적지에 대해서 설명을 하겠습니다. 자, 이제부터 취침시간입니다."

가이드의 말이 끝나기가 무섭게 모두가 깊은 잠속으로 빠져들었다.

"일어나세요. 휴게소에 도착했습니다. 30분간 휴식을 하고 출발하겠습니다."

"벌써 두 시간이 지났어."

"정말 세상모르게 잠을 잤네."

고객들이 한마디씩 하며 버스에서 내렸다.

고객들은 각자 볼 일을 보고 휴식을 취한 후 버스에 탑승했다. 나는 고객의 인원을 확인한 후 오늘 방문하게 될 관광지에 대해서 설명을 했다.

"자, 잘 주무시고 편히 쉬셨습니까? 지금부터 오늘 방문하게 될 유적지에 대해서 말씀드리겠습니다. 아는 것만큼 보인다는 말이 있습니다. 그렇습니다. 알고 보면 이해할 수 있습니다. 그래서 버스 이동 중에 가이드가 설명하는 것을 잘 들을 필요가 있는 것입니다."

유적지를 관광하기 전에 가이드의 설명을 잘 듣고 보면 더 의미 있고 재미있게 즐길 수 있다. 오늘 돌아보게 될 유적지는 정명(定命)에 관한 이야기를 담고 있다. 따라서 오늘 고객들에게 설명을 드릴 것은 이슬람의 역사와 이슬람 문화에 관한 것이다. 특히 이슬람의 6신 5행 중 '정명(定命)'에 대해서이다. 역사를 알면 전체적인 관점에서 이해하기 편하다. 특히 정명에 관한 이야기는 우리의 삶과 연결되어 있기 때문에 유적지의 의미를 더 깊게 이해할 수 있다.

먼저 역사를 간단하게 손님들께 설명하였다. 역사 이야기는 재미는 있지만 잘못 접근하면 지루하게 느낄 수 있다. 우리나라 역사도 헷갈리는데 다른 나라 역사까지 알려고 하니 말이다. 그래서 먼저 역사의 흐름을 설명해 드렸다.

유럽사를 알려면 그리스를, 그리스를 알려면 페니키아를, 페니키아를 알려면 인도를, 인도를 알려면 중국을, 중국을 알려면 우리나라를, 우리나라를 알려면 나를 알아야 한다.

'뭐야, 왜? 역사를 아는데 나를 알아야 한단 말인가?'하고 생각하는 고객도 있을 것이다. 하지만 자기 자신이 바로 역사의 중심이기 때문이기에 그렇다.

역사를 세 줄기로 분류해서 공부하면 이해하기가 편하다. 첫째, 성경을 기준으로 둘째, 우리나라를 기준으로 셋째, 둘 사이에 해당 국가를 집어넣어 서로 같은 시대에 어떤 사건이 일어났는가를 설명하면 방문한 나라의 역사를 흥미 있게 볼 수 있다. '이 시기에 우리나라에는 이러한 일이 있었다.'라고 하면 이해가 빠르기 때문이다.

예수님이 33년 10월 13일에 돌아가셨고, 313년 콘스탄티누스에 의해 밀라노 칙령이 발표되면서 그리스도교의 신앙이 인정되었다. 570년에는 이슬람교의 창시자 마호메트가 태어났다.

종교의 역사를 알아야 하는 이유는, 정명과 예정의 시발점이 종교이기 때문이다. 특히 오늘 우리가 관광하게 될 유적지는 정명에 관한 이야기가 바탕에 깔려있다. 불교, 유교, 이슬람의 정명론을 이야기할 때는 그리스도의 예정론을 함께 이야기한다. 사실 겉으로 봐서는 각 종교 사이에 별 연결 고리가 없는 것 같지만 깊이 들어가다 보면 종교적 차이점과 유사점이 상충 되는 면이 있기 때문이다.

　운명은 정해진 걸까? 개척할 수 있는 걸까?

　정명과 예정은 무의식의 세계이다.

　둘 다 운명에 관한 이야기지만 정명은 자율과 이성, 자유의지에 따라 스스로 결정하고 결과에 따른 책임이 있으며, 예정은 성경의 예언에 따라 이미 정해져 있던 길을 걸어왔다는 결과론적인 내용을 포함하고 있다.

　나는 길게 유적지에 대한 설명을 마친 후 고객들에게 질문을 했다.

　"사람은 생긴 대로 논다. ㅇ, X 어느 것일까요?"

　대부분의 사람들은 '사람은 생긴 대로 논다.'라고 대답을 한다. 그러나 나는 '아니다'라고 말한다. 사람은 생긴 대로 노는 게 아니고, 행하는 대로 생기기 때문이다. 이것이 정명과 예정의 시작이다.

　어느 한 사람을 자세히 살펴보면 그 사람의 얼굴에서 많은 것이 느낄 수 있다. 선함, 인자함, 못됨, 계산적임 등의 모습을 느낄 수 있다. 상대방에 관한 판단도 대부분 비슷하다. 그러나 상대방의 입장이 있기 때문에 마음속의 자신의 느낌을 상대방에게 함부로 말하지 못한다. 이것은 누구나 마음의 눈높이는 같지만 단지 입의 높이가 다르기 때문이다.

　우리는 상대방에 대해서 "나는 너를 알아."라고 말하지만 천만의 말씀이다. 내가 너를 아는 게 아니고, 네가 나를 아는 것이다. 그래서 '나이 사심이 되면 자기 얼굴에 책임을 져라.'는 말이 있는 것이다.

나의 얼굴은 어떤가?

얼굴은 자신도 모르게 변해가고 있다. 더욱 중요한 것은 자식이 그대로 자기의 얼굴을 닮아 간다는 것이다. 이것이 무의식의 세계다.

어느 날 아들이 학교에 갔다 왔는데, 술에 취한 아빠가 엄마에게 폭력을 행사하고 있는 것을 보았다. 하지만 아들은 아직 어리다 보니 겁이 나고, 힘이 없기 때문에 아빠를 말릴 수가 없다. 아이는 그 모습을 보면서 결심을 한다. "나는 절대 아빠처럼 살지 않을 거야."

부모님이 돌아가시고 어느 날 방바닥에는 술병이 널브러져 있고, 옆에는 한 여자가 쓰러져 있다. 그리고 술에 취해 엎어져있는 자신을 보았다. 가만히 생각해 보니 돌아가신 아버지의 행동을 자신이 똑같이 따라하고 있는 것이다.

그래서 무의식적으로 가장 빨리 학습효과가 나타나는 것이 바로 부모와 자식의 관계다.

아빠와 아들의 모습이 판박이처럼 똑같을 때가 있고, 엄마와 딸의 모습이 똑같을 때가 있다. 아빠와 아들, 잘잘 때 보면 잠자는 모습이 어찌 그리 같을까하고 신기할 때가 있다. 엄마가 그 모습이 너무 사랑스러워서 아들의 잠자는 모습을 사진으로 찍어 놓기도 한다.

시험을 해보았다. 쪼그리고 자던 아빠를 한 달 동안 팔을 벌리고 잠을 자게 했더니, 아들도 한 달 뒤에 팔을 벌리고 잠을 자는 것이다. 이걸 어떻게 과학적으로 설명할 수 있겠는가?

엄마와 딸도 같다. 엄마가 성격이 까칠하면 딸도 성격이 까칠하고, 엄마가 친구가 많으면 딸도 친구가 많다. 그래서 부모를 보면 자식이 보이고, 자식을 보면 부모가 보인다는 말이 있는 것이다.

결혼한 자식들이 낳은 아이들의 노는 모습을 보고 할머니, 할아버지께서 말씀하신다.

"어떻게 하는 짓이 제 아비, 제 어미하고 똑같을까?"

이 말은 결국 내 자식은 누구를 닮았다는 것인가?

들판의 곡식은 농부의 발소리를 듣고 자라지만, 자식들은 부모의 뒷모습을 보고 자란다. 그래서 부모는 자식들의 큰 바위 얼굴이다.

아내의 내조

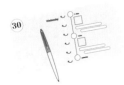

오늘은 새벽 출발이다. 고객들의 요청으로 일출을 보러 가게 된 것이다. 일출을 보기 좋은 자리를 잡으려는 쟁탈전이 심하기 때문에 해가 뜨기 전에 일찍 도착해야 한다.

이곳의 일출은 정말 장관이다. 어둠 속에서 태양이 빨갛게 떠오를 때의 찬란함과 탑 끝에 멈춘 듯 걸려있는 태양의 모습은 경이롭기까지 하다. 우리 일행은 좀 더 일찍 서두른 덕에 다행히 좋은 자리를 잡을 수 있었다. 모든 일행이 마음을 가다듬고 해가 떠오르는 순간을 기다리고 있다.

드디어 해가 떠올라서 탑 꼭대기에 위치하는 순간, 말로는 표현할 수 없는 벅찬 그 무언가가 가슴으로 밀려들어 온다. 사람들은 그 순간을 놓치지 않으려고 분주하게 사진을 찍었지만 우리 일행 중 한 고객은 가부좌를 하고 고요히 앉아 있다.

일출 광경을 보고 난 후 우리 일행은 준비한 도시락으로 아침식사를 했다.

다시 투어 일정이 시작되었다. 유적지 안의 부조에 대해 설명하는 중에, 고객들 사이에서는 아내의 내조에 관한 대화가 펼쳐졌다.

"가이드의 이런 설명을 우리 와이프가 들어야 하는데…"

"야, 네가 잘해봐라. 너의 와이프 같은 사람이 어디 있냐."

옆에 있던 친구가 한마디 하였다

"하긴 그래, 너 같은 놈 데리고 살라고 하늘에서 내리신 분이야. 한국에 돌아가면 잘해드려라."

"아이고, 저 친구가 퍽이나 그러겠다. 술이나 덜 먹으면 몰라도." 하니, 다들 웃음을 터뜨렸다.

다시 유적지의 부조에 대해 설명하는 중에, 해가 떠오를 때 가부좌를 하고 일출을 바라보던 고객이 부조의 한 부분에 새겨진 왕비의 얼굴을 보며 질문을 하였다.

　　"가이드님, 다른 여인들과 다르게 왕비는 이마를 다 드러내고 있네요. 무슨 이유라도 있나요?"

　　"네, 우리나라 말에 '이마가 넓은 여자 치고 못된 신랑 만나는 여자 없다'라는 말이 있습니다. 비슷한 이야기가 이 나라에도 예부터 전해지고 있습니다. 어느 나라나 선조들에게서 전해지는 지혜가 있습니다. 손님께서도 해가 떠오를 때 조용히 앉아서 해의 기운을 온몸으로 받아들이고 계셨지요?"

　　"네, 어떻게 아셨어요?"

　　"고객께서 해의 기운을 온전하게 받아들이려는 그것하고 같은 이유입니다. 해의 기운은 떠오를 때 가장 많이 나옵니다. 그때 해의 기운을 맑은 마음으로 받아들이면 해의 기운이 얼굴의 인당을 통해 들어오게 됩니다. 이때 받은 해의 기운은 차크라, 즉 혈을 순환시켜 단전에 모았다가 부부간에 서로 나누게 되는 것입니다.

　　한 나라의 영부인이나 성공한 사업가 부인들의 얼굴을 보세요. 이마를 덮는 머리모양을 하고 계신 분들은 거의 찾아볼 수 없을 것입니다. 그런 분들은 대개 이마를 가리지 않습니다."

　　이때, 여성 고객 한 분이 이마를 보여주며 "저는 어때요?" 하며 손으로 머리카락을 제치고 이마를 보여 주셨다.

"고객께서는 좋은 이마를 지니고 계신데 왜 이마를 가리시죠. 앞으로는 가능하면 이마를 보이는 헤어스타일을 해보세요."라고 하며 고객들을 바라보며 말했다.

"혹시, 신경과에서 처방하는 약을 받아 보신 분? 손들지 말고 눈만 깜박거려 보세요." 하니, 두 분이 웃으며 눈을 깜박거린다.

"혹시 세로토닌이라는 성분을 아세요? 세로토닌은 신경과에서 처방하는 약 중의 하나인데, 세로토닌 성분은 햇빛을 받으면 이마 안쪽의 전두엽에서 만들어지게 됩니다. 세로토닌이 많은 사람은 얼굴이 밝아 보이고 긍정적입니다. 특히 더운 지방의 사람을 보면 고유의 웃고 있는 표정의 모습과 낙천적인 모습을 볼 수 있습니다. 그것 또한 햇빛과 많은 연관이 있습니다. 그래서 햇빛을 많이 받으면 성격이 밝고 낙천적으로 변하는 것입니다. 즉, 부인이 항상 밝은 모습으로 남편을 내조하니 남편이 잘될 수밖에 없는 것입니다. 우리나라 말에 '집을 구할 때는 낮에 구하고, 집을 내놓았을 때는 밤에 보여줘라'라는 말도 이와 비슷한 맥락입니다. 집에 햇볕이 잘 드느냐의 유무를 보는 것이지요. 그래서 아이들을 보면 햇빛이 잘 드는 집에서 자란 아이와 햇빛이 들지 않는 집에서 자란 아이가 성격이 다르다고 하잖아요."

"와, 가이드님은 모르는 게 없네요." 하시며 어머니 한 분이 손뼉을 친다. 설명을 듣던 여자 손님들이 머리카락을 이마 뒤로 넘기며 자기 모습을 확인하기 위해 손거울을 본다. 한 남편분이 아내에게 "당신도 내일부터 이마 까고 다녀. 알았어."하니 "알았어요, 서방님!" 하며 대답을 한다.

성경에 남에게 대접받고자 하는 대로 대접하라는 말씀이 있다. 그래서 내가 왕의 대접을 받고자 한다면 부인을 왕비로 만들면 되는 것이다. 특히 부부가 서로 기를 살려주면 밖에 나가서도 자신감이 생기지만, 서로 흉을 보게 되면 서로의 얼굴에 침을 뱉는 격이 된다는 것을 명심해야 한다. 풍선은 한쪽을 누르면 다른 쪽이 올라가지만, 사람은, 특히 부부간에는 한쪽을 누르면 다른 쪽이 올라가는 것이 아니고 터져 버리게 된다. 부부간에 서로를 인정해주고 대우해주는 것이 부부의 기본인 것이다.

"맞아, 애들 앞에서는 남편 흉을 보면 안 돼!" 어머니 한 분이 이야기하니, 같이 온 친구가 한마디 더 거든다.

"얘기를 들어보니, 애들 앞에서는 동기간에도 흉을 보면 안 되겠어."

이와 같이 유적지의 부조 속에는 우리가 깨달아야할 많은 교훈이 담겨 있다.

우리 일행 중에 항상 다정하게 손을 잡고 다니는 부부가 있다. 60대 초반의 부부였지만, 보기에는 50대 중반으로 보였다. 항상 웃음 띤 얼굴로 서로를 챙겨 주는 모습이 참 보기 좋았다.

우리 고객들은 이제 어느 정도 안면을 트고 정이 들었는지 농담이 오고 간다.

"신혼부부는 아닌 거 같고, 재혼했나?"

이에 앞 쪽에서 걷고 있던 다정부부의 아내가 한 마디로 응답한다.

"우리는 30년 차 신혼부부랍니다."

일행들이 동시에 웃음이 빵 터졌다.

다정부부의 아내는 일행들이 모두 들을 수 있도록 큰 소리로 말했다.

"우리 부부는 결혼 30주년 여행을 왔는데, 너무 잘 온 거 같아요. 저희는 학교에서 아이들을 가르치고 있는 교사부부입니다. 가이드님의 이야기처럼 부모들이 먼저 잘하면 자식들은 그대로 따라오는 것 같아요. 제가 이렇게 남편과 손잡고 다니니까, 딸하고 사위가 손을 잡고 다니더라고요. 그 모습이 너무 예뻐 보여요.

말이라도 이것저것 '해라'가 아니고, 부모가 행동으로 보여주면 일일이 설명할 필요가 없을 것 같아요. 가이드님의 설명 중 특히 왕비의 내조가 마음에 많이 와 닿았어요."

옆에 계시던 어머니 한 분이 "우리 선상님 말씀이 딱 맞네!" 하신다.

나는 '이때가 기회다'라는 마음으로 우리 일행들을 뒤돌아보며 말했다.

"자, 우리 일행들은 부부끼리 손을 잡고, 서로 눈을 바라보면서 저를 따라 하세요."

서로 손을 잡고 눈을 마주 보니 어색해 하시지만 용기를 내어 모두 손을 잡는다.

가이드인 내가 선창을 하니, 모두 같이 따라 한다. 마치 유치원 학생들이 선생님의 구호를 따라하는 것 같다. 하지만 해외여행 관광지에서 경험을 해보지 않으면 언제 이렇게 할 수 있겠는가.

"지금까지 못 해줘서 미안해." (모두 함께) 지금까지 못 해줘서 미안해."

"지금까지 잘해줘서 고마워. (모두 함께) 지금까지 잘해줘서 고마워."

"앞으로도 잘 살자, 사랑해. (모두 함께) 앞으로도 잘 살자, 사랑해."

"자, 여러분 이제 서로 안아주세요." 하고 내가 말을 하니, 어느 고객 부부 중 부인이 눈물을 글썽거리면서 말했다.

"가이드님, 사람을 왜 울려요. 가이드님, 고마워요!"

꼭 안아주는 남편의 마음, 남편 품에서 눈물을 보이는 아내.

행복해 보였다. 서로 미안해하고, 감사해하고, 서로를 사랑하는 마음, 이것이 외조, 내조가 아닌가.

관상

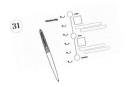

친구들의 부부동반 여행을 안내하게 되었다. 버스로 이동 중에 동양사상과 서양사상에 대한 비교가 있었다. 오늘 방문하는 곳이 동양문화의 바탕 위에 서양문화가 잘 어우러져서 이곳의 문화로 자리 잡고 있기 때문이었다.

"여러분, 세계 4대 성인이 누구누구인지 다 알고 계시죠?"

"예, 부처님, 공자님, 예수님, 소크라테스. 이상입니다!"

고객 중 한 분이 마치 교관의 질문에 신병 교육대의 훈련병이 답하듯이 씩씩하게 손을 들고 말했다.

"예, 잘 알고 계시는군요. 그렇다면 세계 4대 성인 중에 세 분은 동양인이고, 한 분은 서양인이라는 사실도 알고 계시겠죠."라고 내가 말을 하니,

"두 분은 동양인, 두 분은 서양인 아닌가요?"

"많은 분들이 그렇게 알고 있지만 사실은 소크라테스만 그리스인이

고, 나머지 세 분은 아시아인입니다. 부처님은 인도, 공자님은 중국, 예수 님은 서남아시아인입니다. 종교의 발상지 또한 대부분 동양입니다. 조로아스터교, 그리스도(가톨릭과 개신교), 힌두교, 불교, 유교, 이슬람 등 대부분 종교의 시발점이 동양에서 시작된 것입니다. 단지 그리스도의 초기 전도의 확장이 페니키아에서 그리스로, 그리스에서 로마로 흘러갔기 때문에 그리스도교가 서양에서 시작되었다고 알고 있지만 시작은 동양입니다. 특히 동양에서 시작된 종교의 공통점은 마음을 다스리는 것에 있습니다. 그리스도의 성경, 이슬람의 코란, 불교의 불경, 힌두교의 베다, 유교의 사서삼경 등을 읽어 보면 쉽게 알 수 있습니다. 그런데 이 마음의 다스림이 얼굴에 표현된다는 것입니다. 이것을 일반적으로 재미있게 풀어낸 것이 우리가 이야기하는 관상입니다. 그래서 얼굴을 보면 그 사람이 보인다고 하는 것입니다."

설명 중에 한 고객이 질문을 하였다.

"가이드님, 그럼 관상 볼 줄 알아요?"

"아니요, 하지만 누구나 조금씩은 다 관상을 볼 줄 아는 능력을 이미 갖고 있는 것 아니겠습니까. 제가 얼굴 얘기 조금만 해드릴까요?" 하고 물으니 모두 좋다고 하며 호기심을 보이셨다.

"얼굴은 얼(정신)이 들어갔다 나왔다 하는 굴(구멍)이라는 뜻입니다. 정신이 굴속으로 들어갔다 나왔다 하면 굴 입구에 정신의 흔적이 남습니다. 즉 삶의 흔적이 남는 것이지요. '삶'은 그 사람이 살아온 모습을 한 글자로 표현한 것으로 그래서 '얼굴을 보면 그 사람의 삶이 보인다.'라는 말이 있는 것입니다.

면상(面相) : 얼굴만 보는 것.

인상(人相) : 그 사람의 모습을 같이 보는 것.

관상(觀相) : 그 사람의 주변까지 보는 것이라고 합니다.

어느 한 부분만 보고서 사람을 판단하는 것은 매우 위험한 일이죠. 사람은 한쪽이 부족하면 다른 쪽에서 그것을 채워 주거든요. 종종 우리는 '선무당이 사람 잡는다'라는 말을 합니다. 이것이 바로 제가 앞에서 말한, 사람은 누구나 이미 어느 정도 관상을 볼 수 있는 능력이 있다고 한 것입니다. 하지만 이 어느 정도라는 말은 정말 위험한 말입니다. 섣부른 판단은 누군가를 살리고 죽일 수 있는 힘을 갖고 있기 때문에 그렇습니다. 또한 얼굴에서 유래된 말도 많이 있습니다. '두각을 나타낸다.'에서의 두각은 양쪽 이마를 나타내며, '미련스럽다'에서의 미련은 눈썹이 가까이 붙어 있다는 말입니다."

나는 이 외에도 관상의 기본인 3정(3등분), 4독(4개의 구멍), 5악(5개의 산), 6요(빛나는 곳 여섯 군데), 마지막으로 12궁에 대해 간단히 설명을 했다.

관상에 대한 설명을 마쳐 가는데 고객 한 분이 말씀하셨다.

"가이드 양반, 내 관상 한 번만 봐 줘. 맞히면 복비 후하게 줄게."

"네, 그럼 맞아도 맞는다고 얘기하지 말고, 틀려도 틀렸다고 얘기하지 마세요."하니 손님께서 좋다고 하셨다.

관상을 볼 때 맞다고 하면 기고만장 할 수 있고, 틀렸다고 하면 서로가 무안하여 분위기가 바뀔 수 있는 위험이 있기에 투어 진행이 힘들어질 수 있기 때문에 그런 약속을 한 것이다.

나는 다짐을 받은 후에, 손님의 얼굴을 보면서 말했다.

"하나만 말씀 드릴게요. 우리 고객님은 장가를 세 번은 가네요."하고 말을 하니 친구들이 옆에서 웃으며 "야, 너는 좋겠다."라고 한다. 옆에 있던 부인이 "가이드님, 그럼 저도 봐주세요."라고 하며, 맞추면 복비를 많이 주겠다고 한다. 나는 손님의 얼굴을 보며 "우리 고객님은 시집을 딱 두 번 가네요."하고 내가 말하니, 동시에 친구들이 손뼉을 치고 난리가 났다.

다른 친구들이 말하기를 정말로 남자 분은 세 번째, 여자 분은 두 번째 결혼이라고 한다. 복비를 진짜 많이 받았다.

그때, 뒤에 있던 친구 분이 "나도 좀 봐 주쇼?"라고 했다.

그래서 "고객님은 이제 부인 속 좀 그만 썩이셔야겠네요."하고 내가 말했더니 친구들이 크게 웃으며 말했다. "저 친구 때문에 이번 여행 취소될 뻔했어. 여행 오기 며칠 전에 딴 짓하다 들켰잖아." 하면서 신통방통하다며 갑자기 모두가 관상을 봐달라며 줄을 서는 바람에 선생님 앞의 학생들처럼 길게 줄을 서는 진풍경이 만들어졌다. 투어 중에 갑자기 관상을 보는 '관상 투어 행사'가 열린 것이다.

"고객님의 관상을 보니, 고객님의 복은 고객님의 아내한테서 나오고 있습니다. 그래서 하는 일이 잘 되실 것 같네요. 부인께 충성하세요."라고 하며 부인의 얼굴을 바라보았다. 굳은 표정으로 있던 아내분이 남편을 슬쩍 흘겨본다. 남편이 부인을 바라보며 "미안해, 앞으로 다시는 속 썩이지 않을게."한다.

일정에 없던 '관상 투어 행사'를 마치고 투어 진행 중에 부인이 다가와 고맙다고 하며 자기에게 복이 있다는 내 말이 진짜냐고 물어보았다. "그럼요, 진짜예요."

부부의 복은 제로 섬 게임이다. 부부의 복은 하나가 될 때 완성되기 때문이다. 어떤 일을 할 때, 남편이 95%의 복이 있다고 해도 부인의 5%가 더해져야 100%가 되고, 반대로 부인이 95%의 복을 가지고 있어도 남편의 5%가 더해지지 않는다면 제대로 복이 이루어지지 않는다. 종종 우리는 이런 말을 한다. "저 친구는 마누라 복이 있어서 일이 잘 풀리는 것 같아.", "저 집은 남편이 복이 많게 생겼어." 이것은 복의 경중의 차이로 생기는 것이다. 하지만 서로의 많고 적음이 합쳐져야 복이 완성이 되는 것이다. 그래서 관상을 볼 때도 부부가 함께 보면 좀 더 재미있게 볼 수 있다.

관상은 앞날의 길흉화복의 예측보다는 내가 지금 무엇이 부족한가를 찾는 것이다. 그래서 좋은 것은 더 발전시키고, 부족한 것은 더 노력하여 채워 나가는 것이다. '한동석의 우주 변화의 원리'라는 책에 보면, 인생을 바꾸는 다섯 가지 요소에 관해 설명하고 있다.

첫째, 덕(德)을 베푸는 것이요.

둘째, 스승(師)을 잘 만나는 것이요.

셋째, 기도(祈禱)를 많이 하는 것이요.

넷째, 책(册)을 많이 읽는 것이요.

마지막으로 자기의 사주팔자를 빨리 아는 것이다. 이것이 얼굴에 나타나고 관상에 포함되는 것이다.

장서지간과 고부지간

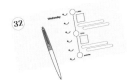

장서지간과 고부지간 중 어느 사이가 더 편하고, 불편할까?

부모님과 함께 해외여행을 오시는 분들을 보면 장모, 장인, 사위와 딸인 경우가 많다.

이번 투어 이야기는 한 버스를 타고 투어를 한 일행 중 두 가족의 특성을 잘 알게 된 내용이다.

장인, 장모님을 모시고 해외여행을 온 팀이다. 관광지에서 즐겁게 웃고 즐기며, 사진도 찍고, 재미있는 시간의 일정을 마치고 호텔로 가던 중 버스에서 사위의 핸드폰이 울렸다.

"네, 엄마, 저 잘 지내고 있어요. 애들하고 밖에 나와 있어요. 나중에 전화 드릴게요."하며 재빨리 전화를 끊는 사위의 얼굴에서 왠지 당황함과 어색함이 느껴졌다.

옆 자리에 앉은 아내가 남편을 바라보며 퉁명스럽게 물었다.

"어머니는 갑자기 왜 전화를 하셨대?"

아내의 퉁명스러운 말투에 남편 또한 신경질적인 반응으로 응수한다.

"당신, 무슨 말을 왜 그렇게 해."

남편의 말에 아내는 다시 퉁명스럽게 말한다.

"왜, 어머니는 시도 때도 없이 전화를 하냐고!"

조금 전까지 다정하게 손가락 하트를 내밀며 사진을 찍어대던 다정했던 그 부부가 맞나 싶었다.

옆 좌석에 있던 장모님이 조용히 하라며 딸을 나무란다. 장인은 말없이 창밖만 바라보고 있다.

순간 정적이 감돌았다.

분위기를 바꾸려고 내가 마이크를 켜고 말했다.

"여러분, 오늘 즐겁게 여행을 하셨습…"

"가이드님, 호텔 갈 때까지 그냥 조용히 가면 안 되나요?"

"네, 알겠습니다."

사위의 제안에 마이크를 끄고 아무 말 없이 호텔로 갔다.

버스 이동 중 이러한 상황을 모두 지켜본 한 고객이 호텔 의자에 앉아있는 나에게 버스 안에서 일어났던 일이 생각났는지 말했다.

238

"가이드님, 요즘 한국에서는 할아버지, 할머니라는 말의 의미가 바뀌고 있어요. 예전에는 할아버지, 할머니, 외할아버지, 외할머니의 호칭이 지금은 어떻게 바뀌었는지 알아요?"

"아니요, 잘 모르겠습니다."

"요즘은 할아버지, 할머니는 친할아버지, 친할머니로 바뀌었고, 외할아버지, 외할머니는 할아버지, 할머니로 바뀌었어요."

그러면서 그 분은 "가이드도 아들이 있다고 하니까, 아들이 할머니, 할아버지를 부를 때 어떻게 부르는지 잘 들어봐요."라고 말했다.

그 분은 한국에서 한글 공부 모임에서 회원들과 함께 오신 일행 중 한 사람이었다.

"어제 가이드님이 '정명'에 대해서 설명하며 '무의식'이 정말 중요하다고 했지요."

"네…"

"그 말은 정말 맞는 말입니다. 아이들은 모든 것을 의식하지 못하는 중에 배우게 되죠. 예를 들어 부모들이 처갓집 식구들하고만 여행하게 되면, 아이들은 '여행은 아내의 집 가족들하고 다녀야 하는구나.'라는 생각을 하게 되죠. 공교롭게도 함께 여행을 하게 된 우리 일행 중에는 양쪽의 모델이 모두 있어요. 나는 저기 저, 양가 부모님을 모시고 온 가족을 보면서 저 가족이 너무 부럽다는 생각을 했어요. 저렇게 아이들과 함께 양가 부모님들을 모시고 여행을 하면, 아이들이 의식하지 않으면서도 배우게 되는 것이에요. 우리 가이드님은 잘 하겠지만, 아내와 상의해서 아이들과 함께 양가 부모님을 모시고 여행을 가보도록 해봐요. 그래야 아이들이 할아버지, 할머니, 엄마, 아빠와도 같이 여행을 가는 사람으로 성장하겠죠. 내 말 명심해요. 나중에 후회하지 말고."

순간 나는 얼굴이 화끈거렸다. 고객들 앞에서는 마이크를 잡고 부모님, 가족, 형제, 친구들에게 잘하자고 하면서도 정작 스스로는 실천하지 못하고 있는 나의 모습을 돌아보았기 때문이다.

투어가 어느 정도 끝나갈 무렵, 양가 부모님을 모시고 여행을 오 고객 가족과 우연히 자리를 함께 하게 되어서 물어보았다.

"사위와 장모, 며느리와 시어머니가 여행하게 되면, 사위가 불편할까요? 아니면 며느리가 불편할까요?"

의외로 장모님이 바로 대답을 하였다.

"장모인 내가 더 불편해. 자기들끼리 가라고 하는데도 사위가 꼭 같이 가자고 해요. 그것도 안 사돈하고 함께 말이요. 처음엔 사돈이라 불편했는데, 이젠 안사돈과 친구가 되어서 애들 빼고 우리끼리도 잘 다녀요." 하며 사위 자랑을 한다.

이번엔 시어머니가 며느리 칭찬을 한다.

"나는 며느리 참 잘 봤어. 착하고, 살림 잘하고, 내 아들 아껴주고, 우리한테도 너무 잘해요. 어디 버릴 것이 하나도 없어요!" 하니, 장모님이 옆에서 "아니요, 우리 사위가 더 예뻐요." 한다.

시어머니와 장모님의 칭찬이 이어지자, 옆에 계시던 시아버지께서 한마디 한다.

"우리가 애들을 따라오는 게 아니야, 우리가 모시고 다니는 거지.

항상 고마워. 애들이 너무 잘해." 하신다.

이야기 속에 웃음이 저절로 나오고, 행복이 저절로 쌓인다.

점심때가 되어 식당에 도착하였다. 점심 메뉴에 닭요리가 나왔다. 고객 한 분이 "가이드, 어제 저녁 메뉴도 닭이었는데, 오늘 점심도 닭이야?" 한다.

"죄송합니다. 앞으로 닭요리는 없을 거예요." 하니

그때 장모님이 한마디 하신다.

"난 좋은데, 우리 사위한테 씨암탉도 못 해주는데. 여기서라도 많이 먹읍시다. 많이 먹고 우리 딸한테도 잘 해주고." 한다.

사위 닭 그릇을 앞쪽으로 당겨 손수 뼈를 발라 주시며, "날개는 안 돼." 하며 다른 그릇에 옮겨 담는다. 내가 그 모습을 보고 장모님께 한마디 하였다.

"사위한테는 닭 날개를 주셔야 해요."

"왜? 바람나라고?" 하신다.

"아니요, 닭의 날개에는 옥타코사놀이라는 성분이 있는데, 이것은 지구력 증진과 지방을 분해하여 근육을 튼튼하게 해줘요. 까치가 사과를 쪼아 먹을 때 햇빛을 많이 받아 제일 맛있게 익은 곳을 먹는다고 하잖아요. 거기에 이 성분이 가장 많이 들어 있기 때문이에요."

이야기를 듣던 장모님이 "그래!" 하면서 다른 그릇으로 옮겨 둔 닭 날개를 슬며시 사위 그릇으로 옮겨 놓는다.

"그래서 처갓집에 가면 사위한테 씨암탉을 해주는구나. 나는 좋다고 하니까, 그냥 해주었는데. 그래서 죽을 때까지 사람은 배워야 해." 하신다.

옆에 있던 시아버지도 며느리를 챙겨 준다.

일행들이 부럽다며 "거, 옆에 있는 사람 질투 나니까 너무 티내지 마세요. 나도 다음에 사위랑 며느리랑 여행 올 거야." 한다.

사위 사랑은 장모요, 며느리 사랑은 시아버지라는 말이 딱 맞다. 서로 챙겨 주려는 따뜻한 마음. 이것이 진정 행복이 아닐까.

결혼을 하게 되면 부모님이 더 생긴다. 남편의 부모, 아내의 부모가 아니라, 내 부모가 되는 것이다. 며느리가 시부모님을 불편하다고 생각하면, 사위 또한 장모님, 장인어른을 불편해 한다. 누가 더 편하고, 누가 더 불편하고의 문제가 아니다. 우리 모두 결혼을 하면 자신을 세상 무엇보다 사랑할 부모님이 생기게 되는 것이니 이보다 더 큰 인생의 보탬이 되는 일이 어디 있겠는가.

이번 여행을 통해 새삼 네 분의 부모님에 대한 고마움을 느낀다.

요양원에 집어넣을 거야

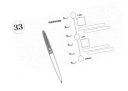

초등학교 같은 반 학생들의 엄마 모임의 고객들을 안내하게 되었다. 엄마와 아이들이 예쁘게 추억을 만들어 가는 모습 속에서 자식에 대한 부모의 사랑을 느껴본다. 오늘 관광할 유적지는 아들이 어머니를 위해 온갖 정성으로 모셨던 효에 관한 내용이 담겨있는 곳이다.

"가이드님, 여기 너무 잘 온 것 같아요. 가이드께서 마치 선생님처럼 이런 것들을 잘 설명해주시니 아이들이 많이 느끼는 것 같아요. 저희도 다시 반성하게 되고요."

한 학생의 엄마가 감사하다고 한다.

이곳 유적지 곳곳에는 부모에 대한 효, 형제간의 우애, 친구들 간의 우정, 가족의 화목 등 이야깃거리가 참 많은 곳이다.

설명을 마치고 자유 시간을 가졌다. 아이들은 한쪽에서 친구들끼리 장난도 치고, 사진도 찍고, 엄마들은 나무 그늘에서 쉬면서 이야기를 하고 있었다. 무엇이 그리 좋은지 엄마들의 웃음소리가 떨어져 쉬고 있던 나에게까지 들려왔다. 한참 즐겁게 대화를 나누던 엄마 중의 한 고객이 나에게 오라고 손짓한다.

"뭐가, 그렇게 재미있어요?"

"학교에 가서 여기로 여행 가라고 추천하려고요."

"네, 감사합니다."

그러다가 한 엄마가 갑자기 생각났다는 듯이 나에게 물었다.

"가이드님, 아까 설명해 주신 왕의 이야기가 진짜인가요?"

내가 좀 전에 유적지에서 설명한 왕의 전설을 말하는 것이다.

"기록으로 전해지고 있으니 맞겠죠. 그 왕은 자신의 어머니를 위해 보석으로 만든 방을 꾸밀 때도 신경을 많이 썼다고 합니다. 특히 붉은 보석을 많이 사용했다고 하는데, 그 이유는 붉은색 보석이 여자에게 좋은 기운이 미치기 때문입니다. 인도에 가면 여자들이 이마에 '빈디'라는 것을 붙입니다. 시집가기 전에는 빈디를 각자 좋아하는 색으로 하지만, 혼인을 하게 되면 빈디를 붉은색으로 하는 것도 이런 이유 때문입니다. 우리나라의 경우, 결혼예물로 반지를 할 때 여자는 붉은색 보석인 루비로, 남자는 푸른색 보석인 사파이어로 맞추는 것도, 여성분들이 나이가 들수록 붉은색 옷을 선호하는 것도 마찬가지 이유입니다. 또한, 마지막에 관광하신 지성소는 어머니의 건강을 기원하기 위해 만든 기도하는 곳이잖아요. 어쨌든 효심이 지극한 왕이었데요. 그런데 아들이 효자면 며느리가 힘들다고 하던데…" 하니, 엄마들이 까르르 웃는다.

그때 한 엄마가 "우리 어머니는 치매가 와서 온 식구들이 다 힘들어해요."라고 말했다. 그때 옆에서 이야기를 듣고 있던 다른 엄마가 "나 같으면 치매가 오면 요양원에 집어넣을 거야."라고 했다.

그 말을 들은 나는 '어떻게 아이하고 함께 여행을 온 엄마 입에서 저런 말이 나올까?'하는 생각에 갑자기 머리를 망치로 한 대 얻어맞은 듯 내 귀를 의심했다.

"지금 뭐라고 하셨어요?"

조금 전까지만 해도 아이들에게 교육적으로 좋은 곳이니, 다른 사람들에게 이곳으로의 여행을 추천하겠다느니 하셨던 분이 어떻게 저런 말을 할까? 라는 생각이 들어 가이드로서의 본분을 잊고, "어머니, 아무리 그래도 그렇지. 어떻게 부모를 요양원에 '집어넣는다.'라는 말을 해요 '모신다.'도 아니고."

뒤에 있던 한 엄마가 "너, 그렇게 말하다가 언젠가 한번은 혼날 줄 알았어. 오늘이 그 날인 것 같다." 한다.

나는 속으로 '이 분은 이런 말을 자주 하였나 보다'라는 생각이 들었다.

"어머니, 저기 놀고 있는 아들에게 '만약에 나중에 엄마가 아프면 엄마를 요양원에 집어넣을 거예요?' 하고 물어볼까요?" 라고 내가 그 어머니를 보고 말했다.

"가이드님, 어떻게 그런 말을 해요." 하면서 화를 내신다.

갑자기 분위기가 썰렁해졌다.

휴식을 마치고 이동 중에도 내가 한 말에 화가 풀리지 않았는지 엄마들이 뒤에서 한마디씩 한다. 나는 모른 척하고 앞으로 걸어갔다.

그 손님은 다음날 일정을 진행하는 데도 아는 척을 하지 않는다. 나는 그러건 말건 내 할 일만 열심히 했다.

점심을 먹고 휴식을 취하고 있는데, 내가 한 말에 화가 났던 고객이 다른 고객과 함께 와서 나에게 잠깐 이야기를 하자고 한다. 괜한 소란거리가 생기면 안 되겠다는 생각이 들어 나는 먼저 어제 일에 대해 미안하다고 하며 "제가 성격이 못돼서 그런 거니까 이해해 주세요."라고 사과했다.

그런데 그 고객은 진심 미안한 표정으로 말했다. "아니에요, 제가 더 죄송하고 미안해요."

어제 그 일이 있은 후, 호텔에 가서 친구랑 한참을 이야기했다고 한다. 이번 일을 통해 부모님에 대한 고마움과 자신에 대한 부끄러움을 알수 있는 시간이 되었다고 한다. 잠을 자는 아들을 바라보면서 자신 스스로 너무 창피한 마음에 눈물까지 흘렸다고 한다.

나는 대단한 사람은 아니지만 가이드로서 마지막 한 명까지도 여행을 통해 의미를 찾아가도록 하고 싶다.

　　다시 말하지만 부모님이 연로하셔서 몸이 아프게 되면 요양원에 집
어넣는 게 아니고, 모시는 것이다.

수욕정이풍부지(樹欲靜而風不止)

나무는 조용히 하고자 하나 바람이 멈추지 않고

자욕양이친부대(子欲養而親不待)

부모에게 효도하려고 하나 부모는 기다려주지 않는다.

왕이불가추자연야(往而不可追者年也)

지난 시간은 되돌릴 수 없고

거이불견 자친야(去而不見者親也)

돌아가신 부모는 다시 볼 수 없다.

한시외전(漢詩外傳) 9권에서

편견은 금물

웃고는 있지만 어딘가 모르게 어색한 모습을 보이는 네 가족과 몇 쌍의 부부, 그리고 친구들과 함께 온 어머니 그룹이 한 팀이 되어 한 버스를 이용하여 투어를 진행했다. 특히 아들과 딸 그리고 부모와 함께 여행을 온 네 명의 가족에 대한 이야기다. 이 가족은 부부 두 사람만 있을 때는 참 행복해 보인다. 하지만 아이들과 함께 있을 때는 표정은 웃고 있지만 어딘가 모르게 어색하다.

투어 중 부부에 관한 이야기를 하는데,

"남자, 다 똑같지 뭐. 그놈이 그놈이야. 있는 서방이나 잘 간수해. 그래도 당신 신랑 같은 사람이 없어."한다. 어머니 팀의 한 고객이 남편이 자신을 너무 힘들게 한다고 하면서 남편을 바꿨으면 좋겠다고 한 것에 대한 함께 여행을 온 친구 분의 대답이었다.

"그래도 우리 남편보다는 낫겠지."

"아, 남자란 동물이 다 거기서 거기래도 그러네. 도긴개긴이야."라고 하니, 일행 모두가 웃음을 터뜨린다. 그러면서 젊은 사람들은 마음에 맞지 않으면 바로 갈라선다고 하며 "힘들어도 참고 살아야 하는데 말이야."한다.

"예전에는 힘들어도 자식 땜에 참고 잘 살았는데, 요즘은 이혼이 무슨 벼슬인 줄 아나 봐."하시며 스스로 묻고 스스로 결론을 내리신다.

부부가 함께 살기 힘들면 갈라서서 서로의 행복을 찾아 떠나야 하는 것이 현명한 건지? 아니면 아무리 힘들어도 참으며 사는 것이 현명한 것인지? 그리고 아이가 있다면 아이의 입장은 어떻게 정리해야 하는 것인지?

이런 저런 대화 끝에 고객들의 이야기 방향은 아이들 때문이라도 이혼은 하지 말자는 쪽으로 분위기가 흘러갔다.

"그래, 알았어. 내 입이 방정이지."라고 하시면서도 친구 중에 재혼을 한 친구가 있다고 하며,

"걔는 재혼을 해도 똑같은 놈을 만났어."라고 하며 또 말을 꺼낸다.

"그래서 내가 도긴개긴이라고 했잖아. 있는 남편 잘 다독이면서 살아야 해."

재혼이 모두 부정적인 면만이 있는 것은 아닐 텐데, 이야기가 너무

한쪽으로만 치우쳐 생각하고 말을 하는 것 같다는 생각에 내가 한마디 하였다.

"지금 시대는 예전하고 많이 바뀌었으니 고정된 사고방식보다는 유연한 생각을 하셔야 해요. 그렇지 않으면 서로에게 상처가 될 수 있어요."

고객들의 이야기가 계속 이혼, 재혼 쪽으로 흘러가니, 한 고객이 듣기에 거북했는지 나를 보며 말했다. "가이드님, 다른 좋은 얘기합시다."

나 역시 마음속으로는 고객들의 이야기를 중단하고 싶었지만 함부로 끼어들 입장이 아니라서 사실 불편한 마음으로 고객들의 대화를 듣고 있을 수밖에 없었다. 그래서 그 고객의 대화의 주제 변경 요구가 내심 반가웠다.

"네, 알겠습니다."

유적에 대한 설명으로 주제를 바꾸었다. 설명하고 버스에서 내려 걸어가는데, 화제를 돌리자고 제의한 손님이 자신의 말을 들어주어서 고맙다고 하며 자신은 얼마 전에 재혼했다고 한다. 아이들과 처음으로 함께 하는 여행이라고 하면서 아내와 아이들이 있는 데서 듣기가 거북하여 이야기했다고 한다.

"죄송합니다. 그런 줄도 모르고, 앞으로는 조심하도록 하겠습니다."

나중에 알고 보니, 딸의 성이 달랐고, 사진을 찍을 때도 모녀, 부자, 부부지간에만 사진을 찍고, 네 명이 함께 사진도 잘 찍지 않았다. 다닐 때도 부부는 같이 다니지만, 딸과 아들은 따로따로 다닌다. 한번은 가족끼리 사진 찍을 기회가 있어 네 명을 한자리에 세웠다. 어색해 하는 모습이 역력하다.

주변에 있던 일행들이 "식구들끼리 왜 그래?" 하니, 남편분이 "애들이 저 나이 때는 함께 사진을 잘 안 찍으려고 해요."하며 아이들을 변호한다.

내가 나서서 아이들과 함께 사진을 찍게 되었다. 이것이 계기가 되었는지 이후로는 가는 곳마다 스스럼없이 네 명의 가족이 사진을 함께 찍었고, 함께 어울리는 시간이 많아졌다.

여행 마지막 날, 부부가 차 한잔하자고 한다.

"가이드님, 고마워요. 이번 여행이 애들하고 많이 친해지는 계기가 되었어요. 가이드님이 가장 큰 역할을 해주셨어요." 하며 선물을 주셨다.

가이드인 내가 이 가족에게 조금이라도 마음의 벽을 허무는 계기가 되었다고 하니 기분이 좋았다.

친구를 위한 친구들의 여행

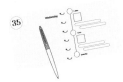

여고 동창 일곱 명이 여행을 왔다. 여자 일곱 명이 모이니 어딜 가나 왁자지껄 소란과 웃음이 끊이질 않는다. 첫 미팅부터 투어가 끝날 때까지 그 여고 동창 모임 고객들은 우리 팀의 분위기 메이커였다. 그녀들은 자신들이 학교 다닐 때부터 소문난 칠공주였다며 칠공주 팀이라고 불러 달라고 했다.

아침 미팅을 마친 후 투어 장소로 이동하기 위해 버스를 탔다.

"오늘은 다섯 시간 반, 그리고 한 시간, 그리고 또 두 시간. 총 여덟 시간 반을 버스로 이동합니다. 그래서…"

내 말이 채 끝나기도 전에 손님들이 "큰일 났다."며 아우성을 친다. "그럼 버스로 가지 않으실 분은 내려서 걸어오세요." 하니 칠공주 중 한 명이 "가이드님, 그럼 가는 동안 재미있는 이야기 많이 해주세요." 한다.

사실 이번 투어는 칠공주 고객들이 우리 일행의 분위기도 잘 맞추어 주었고, 안내에 잘 호응을 해주어서 버스를 여덟 시간 반을 타도 문제가 없을 것이라고 생각했다.

"네, 걱정하지 마시고, 대신 졸지 마세요. 지금부터 다섯 시간 동안 쉬지 않고 이야기할게요. 대신 한 명이라도 졸면 이야기를 멈추겠습니다." 하니, "그런 게 어디에 있어요. 우리가 졸면 그건 가이드님 책임이죠."

투어 목적지를 향해 버스가 출발하였고, 이야기는 시작되었다.

"혹시, 어제 유적지에서 설명한 것 중 궁금한 거 있으세요?"라고 말을 하니,

어제 '색깔'에 대해 이야기하던 것을 더 해달라고 한다.

마침 투어 일정 중 미술관을 방문해야 하기 때문에 색깔에 관한 설명을 할 필요가 있었고, 특히 오늘 가는 도시가 울긋불긋 여러 가지 색깔이 조화롭게 어우러진 곳이라서 잘됐다고 생각했다.

먼저, 색에 관련된 이야기를 나열한 다음, 한꺼번에 정리하기로 했다. 손님들에게 질문을 하였다. "한국 사람들이 옛날부터 좋아했던 숫자, 두 개만 골라 보세요." 하니, 몇 가지를 대답한다.

"여러분들이 대답한 숫자 중 '7'이라는 대답이 가장 많이 나왔군요. 하지만 우리나라 사람들이 '7'이라는 숫자를 행운의 숫자로 인식하게 된

배경은 서양 문화의 영향 때문입니다. 우리나라 사람들이 좋아한 숫자는 예부터 '3'과 '5'입니다. '3'으로 시작하는 말과 '5'로 시작하는 말을 살펴보면 이러한 사실을 바로 알 수 있죠. 특히 '5'로 시작하는 숫자는 색깔과도 많은 연관성을 가지고 있습니다. 그럼 '오'자로 시작하는 말에는 어떤 것들이 있을까요?"라고 질문을 했다.

오장육부, 오곡백과, 오복, 오륜, 오방색, 오행 등 이외에도 다양한 대답이 나왔다.

사실, 이것만 설명해도 다섯 시간이 훌쩍 지나갈 수 있을 것이다. 이것을 글로 정리하면 다음과 같다.

오장은 몸의 장기 중, 간장, 심장, 비장, 폐(장), 신장이고

오곡은 곡식 중 쌀, 보리, 조, 콩, 기장이며

오복은 수, 부, 강녕, 유호덕, 고종명이고

오방색은 녹색, 빨강, 노랑, 흰색, 검정이고

오행은 목, 화, 토, 금, 수를 상징한다.

이것은 서로 다른 이야기인 것 같지만, 조금만 관심을 갖고 들여다보면 모두가 하나로 연결되어 있음을 금방 알 수 있다.

"나이가 들면 어르신들이 어떤 색을 많이 입나요?" 손님들에게 물어보면 대개 "빨간색이요."라고 답을 한다. 어르신들이 빨간색을 선호하는 것은 이유가 있는 것이다.

"이번 여행에는 젊은 엄마들이 많이 오셨으니, 색깔과 관련된 음식을 설명해 드려도 될까요?" 하니 좋다고 하신다.

"지금부터 위의 이야기를 종합해서 설명해드릴 테니, 나중에 미술관을 가서나 또는 오늘 방문하는 도시의 풍경을 볼 때 많은 도움이 되었으면 좋겠습니다. 위의 다섯 가지 중 오행을 바탕으로 설명을 들으면 이해하기가 편하실 거예요."

설명을 시작하였다.

목, 화, 토, 금, 수 오행 중, 목(木)은 몸에서 간장을 상징하는 것이고 녹색을 의미한다.

간이 건강하지 않을 때 그 증상이 신체에 나타나는 기관은 눈이다. 녹색을 보면 눈이 좋아진다고 하는데, 사실은 간이 좋아지는 것이다. 그래서 간에 좋은 음식이 대개 녹색이다. 예를 들어 미나리, 녹즙, 곰취, 다슬기 등이 있다.

화(火)는 사람의 신체에서 심장을 상징하고 빨간색을 의미한다. 심장이 건강하지 않을 때 사람의 신체에 나타나는 기관은 혀다. 심장의 열기로 인해 침이 말라 혀가 건조하면 심장이 건강하지 못하다는 것이다. 그래서 심장(혈액)에 좋은 음식은 붉은색이 많다. 예를 들어 양파의 페쿠진, 홍삼의 사포닌, 토마토의 라이코펜, 붉은 고추의 캡사이신, 당근의 베타카로틴, 팥 중에서도 붉은색 팥의 사포닌, 비트의 베타인 등이 있다.

토(土)는 몸에서 비장을 상징하는 것이고 노란색을 의미한다.

비장이 건강하지 않을 때 사람의 신체에 나타나는 부분은 양쪽 볼이다. 양쪽 볼에 주근깨가 많이 생긴다. 비장은 소화기 계통을 관장한다. 소화기에 좋은 음식은 노란색이 많다. 예를 들어 좁쌀, 호박, 배추의 노란 고갱이, 파인애플의 브로말린, 무의 디아스타제 성분 등이 있다. 특히 아기가 탈이 났을 때 엄마들이 아기에게 보리차를 끓여 먹인다. 그 이유는 보리차의 열량으로 아이의 탈진을 막는 것도 있지만, 소화기를 안정시키는 성분이 있기 때문이다.

금(金)은 몸에서 폐(장)을 상징하는 것이고 흰색을 의미한다.

폐가 건강하지 않을 때 사람의 신체에 나타나는 기관은 코다. 비염 등 기관지 계통의 질환이 많이 생긴다. 폐에 좋은 음식은 흰색이 많다. 배, 무, 도라지, 마 등이 있다.

수(水)는 몸에서 신장을 상징하는 것이고 검은색을 의미한다.

신장이 건강하지 않을 때 사람의 신체에 나타나는 부분은 피부이다. 신장이 건강하지 않으면 몸이 잘 붓거나, 피부가 검게 변하기도 하며, 신주발(신장은 머리카락의 주인이다)이라는 말이 의미하듯 샤워할 때 머리카락이 잘 빠진다. 신장에 좋은 음식은 검은색이 많다. 검은 콩, 흑임자(검은깨), 검정팥 등이 있다.

위의 이야기들을 살펴보면 '오'자로 시작하는 오행을 기본으로 오방색, 오장, 오복, 오곡과도 연관되어 있음을 알 수 있다. 먹는 것으로 몸을 건강하게 하는 것도 있지만, 보는 것으로써 몸을 건강하게 만드는 것도 있다. 각자 자기 방의 옷장을 열었다고 상상을 해보자. 옷장 속에 걸려있는 자신이 입은 옷의 색깔을 한번 눈여겨보라. 어떤 색이 많은가? 나에게 어울리는 색은 단지 몇 가지일 것이다.

이것이 보(補)와 사(瀉)의 원리이다.

음식으로 보면 '돼지고기와 개고기, 닭고기'를, 옷으로 보면 '색깔'을 이해하면 금방 이해가 간다.

"개고기와 닭고기는 주로 어느 계절에 많이 먹나요? 또한 돼지고기는 주로 어느 계절에 많이 먹나요?"

"이 문제의 답은 너무 어렵기 때문에 시간 관계상 제가 설명하기로 하겠습니다."라고 말한 후 고객들에게 설명했다.

개고기와 닭고기는 열성 음식이라 찬 음식을 많이 먹는 여름에 먹고, 돼지고기는 찬 성질이라 뜨거운 음식을 많이 먹는 겨울에 주로 먹는 것이다. 우리말에 '여름에 돼지고기는 잘 먹어야 본전이다'라는 말도 있지 않은가? 또한, 돼지고기는 고추장이나 고춧가루로 양념을 하고, 소고기는 간장으로 양념을 하는 이유도 마찬가지이다.

옷의 경우, 아침에 입었던 옷의 색깔이 저녁에 어울리지 않고, 오늘 잘 어울렸던 것이 다음날 어울리지 않을 때가 있다. 그 이유는 몸의 어떤 장기가 좋지 않을 때, 그 장기에 어울리는 색이 필요했기 때문이다. 등등.

"지금까지 설명한 것을 바탕으로 오늘 여러분이 방문하는 도시에서 눈에 제일 먼저 눈에 띄는 색이 무엇인지 한 번 찾아보시고, 미술관에 가서 그림을 볼 때도 어떤 색이 눈에 제일 먼저 들어오는지 느껴보시기 바랍니다."

어느덧 세 시간이 훌쩍 지나갔다. 세 시간 동안 조는 손님이 한 명도 없었다. 휴게소에서 잠깐 쉰 다음 다시 목적지를 향해 출발했다. 버스가 출발한 후에는 해당 도시에 대한 설명과 서양 미술사에 대해 정리를 하였다. 설명을 마치니 식당에 도착하였다. 다섯 시간 반이 금방 지나갔다며 손님들이 아쉬워했다.

점심 식사 후, 광장에서 자유 시간을 갖고 휴식을 취하고 있는데, 갑자기 사방에 흩어져 있던 칠 공주들이 한자리에 모인다.

"왜? 힘들어? 괜찮아?" 칠공주 중 한 친구가 바닥에 주저앉아 있다.

"왜 그러세요? 어디 아프세요?"

"가이드님, 괜찮아요. 우리가 알아서 할게요."

힘들어하는 친구와 근처의 카페로 갔다. 아픈 친구와 한 명은 카페에서 휴식을 취하고, 나머지 다섯 명은 아무 일 없다는 듯 앞쪽에서 사진을 찍었다. 나중에 알았지만, 친구가 암 수술을 했고 지금도 상태가 좋지 않다고 한다. 조금만 무리를 해도 무척 힘들어하기 때문에 여행 내내 아픈 친구 모르게 친구들끼리 돌아가며 당번을 정하여 아픈 친구의 상태를 지켜보았다고 한다. 그런데 이번 여행에서는 한 번만 빼고는 특별히 힘들어하는 모습을 보이지 않았다.

"저 친구는 웬만해서는 힘들어도 내색을 하지 않아요. 나 역시 저 친구의 그런 모습을 보면 마음이 아파요. 그런데 저 친구가 미술을 전공했는데, 가이드님이 버스에서 설명할 때 무척 좋아했어요. 저 친구는 아프기 전까지 미술관에서 큐레이터를 했거든요." 한다.

카페에 들러 손님의 상태를 확인하는데 좀 전까지 힘들어 하던 고객이 나를 보며 물었다. "가이드님, 미술 전공하셨어요?"

"아니요, 동양학에 나오는 것을 바탕으로 설명해 드린 거예요. 그림은 잘 모르는데, 보는 것은 좋아해요." 하니,

"버스에서 서양 미술사와 색과 오행의 관계에 관해 설명할 때 깜짝 놀랐어요." 하며, 버스에 앉아 나의 설명을 듣는 시간이 무척 유익한 시간이었다고 한다.

이야기 도중 친구들이 하나둘씩 카페로 모였다.

아픈 친구가 "너희들 사진 많이 찍었니?" 하고 물어보니,

"응, 안 찍으면 너한테 혼날까 봐, 커피도 못 마시고 많이 찍었지." 하며 웃는다.

칠 공주는 여행이 끝날 때마다 좋은 추억을 남기기 위해 앨범을 만든다고 한다.

"친구야, 나 죽으면 이 앨범 같이 묻어 줘." 갑작스러운 친구의 말에 분위기가 싸늘해졌다.

"이 계집애야. 무슨 소리를 그렇게 해."

"너희들하고 같이 한 여행이 너무 좋아서 저승에 가서도 보려고 그런다. 왜, 이 계집애야."하며 밝게 웃는다.

분위기를 바꾸려고 다른 친구가 한마디 한다.

"우리, 다음 여행은 어디로 갈까?"

그 친구가 말했다. "응, 난 요단강으로 가볼까 하는데."

그러면서 칠 공주들은 크게 웃었지만, 웃는 그녀들의 얼굴 속에서 또 다른 슬픈 얼굴이 보였다.

투어 일정 중에 칠공주 팀의 몸이 아팠던 그 고객과 그림에 관해 많은 이야기를 나누었는데, 그때 그 고객이 들려주셨던 이야기들이 나에게는 많이 도움이 되고 있다.

빨리 건강을 회복하여 다시 여행을 오고 싶다고 한다. 건강한 모습으로 다시 만나 뵈었으면 좋겠다.

세상에는 정말 많은 모임이 있다. 그리고 사연도 많다.

수술 받고 여행 온 여학생

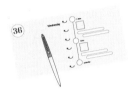

자식이 있는 부모의 마음은 누구나 다 같은 마음일 것이다. 뭐든지 다 해주고 싶고, 커 가는 모습만 봐도 대견하고, 자랑스럽다. 그래서 부모들은 지갑 속에 자식의 사진 한 장씩은 꼭 지니고 다닌다.

한 부부가 딸과 함께 여행을 왔다. 엄마, 아빠는 딸에게 다른 사람이 보기에 과하다고 생각할 정도로 신경을 쓴다. 그러나 딸은 엄마와 아빠를 향해 "나한테 신경 쓰지 마." 하며 자신을 과잉보호하는 엄마 아빠에게 투정을 부린다.

나는 어느 별나라에서 귀한 공주님을 모시고 왔나 싶었다.

가게 앞을 지나가면 "이거 살래? 저거 살래?"하며 사주고 싶어 했고, 맛있어 보이는 것이 있으면 어떻게든 딸에게 사 먹이고 싶어 했다. 그럴 때마다 딸은 "필요 없어.", "먹고 싶지 않아."라고 대답을 할 뿐이다.

엄마와 아빠는 딸의 뒤만 졸졸 따라다니기만 한다. 그래도 사진은 잘 찍는다. "엄마, 아빠하고 여기서 사진 찍자." 하면 100미터 달리기하듯 달려가 사진을 찍는다.

어느 종교 시설 앞에서 자유 시간을 갖게 되었다.

"가이드님, 이곳에 기도하는 곳이 어디 있어요?"라고 엄마가 묻는다.

"네, 저쪽에 있어요. 그런데 가이드님은 종교가?"

"저는 그런 거 상관 안 해요." 하면서 기도하는 장소로 간다. 한참 후에 엄마가 나오셨다. 눈이 퉁퉁 부어 있었다. 기도하다가 우셨나 보다 생각을 했다.

기분 전환을 시켜드릴 생각에 내가 웃긴 이야기를 해도 하늘만 보고 계신다. 그러면서 눈물을 닦는다.

"무슨 일 있으세요?" 물으니 "저 아이가 너무 불쌍해서요." 하며 우신다.

딸이 고등학교 2학년인데 유방암에 걸렸다고 한다. 엄마 자신도 유방암 진단을 받았고, 이모도 유방암 진단을 받아 치료 중인데, 의사 선생님이 유전성이 있으니 딸 역시 조심하라고 했다고 한다. 딸이 어느 날 가슴에서 뭐가 만져진다고 하여 병원에 가서 진단을 받아 보니 딸도 유방암이라는 판정이 나온 것이다. 엄마로서 정말 미안하고 엄마 때문에 유방암에 걸린 거라며 죄책감에 하루도 마음 편한 날이 없었다고 한다.

그때 남편이 왔다.

"아이고, 당신 또 울었어. 그러지 마." 하면서 아내의 어깨를 가볍게 두드려 준다.

"애 앞에서 안 그러기로 했잖아."

"응, 미안해요."

그 부부의 모습에 어떤 말도 할 수가 없었다. 부부가 함께 걸어가는 뒷모습에 마음이 저려왔다.

아빠와 사진을 찍고 있던 딸이 엄마한테 오더니,

"아이고, 울 엄마 또 울었어?" 하면서 엄마를 놀린다.

"엄마, 나 괜찮아, 엄마가 그러면 내가 더 힘들어." 하며 엄마를 꼬~옥 안아 준다. 그 모습을 보고 있는데, 눈물이 나도 모르게 흘러내렸다.

투어 첫날 건강에 관한 이야기를 했었다.

"건강은 언제 지켜야 하나요?"

"건강은 건강할 때 지켜야지." 하고 어느 고객께서 대답을 했다. 그래서 내가 다음과 같이 말했다.

"사람들은 건강은 건강할 때 지켜야한다고 말하지만 실제 행동은 전혀 그렇지 않습니다. 자신은 언제까지나 건강할 것이라고 자신만만해 할 뿐, 건강을 위한 습관은 웬만큼 아프고 나서도 잘 지키지 않습니다. 다만 지키는 척만 할 뿐이지요. 건강의 소중함을 깨달을 때는 정말 죽을 만큼 아파봐야 정신을 차리고 지키게 됩니다. 다만 아쉬운 것은 그때는 이미 늦었을 경우가 많다는 것입니다."

내가 이렇게 말하니, 대답을 한 고객은 과연 그렇다고 하면서 웃으셨다.

내가 이 말을 할 때, 듣고 있었을 그 부모의 마음은 얼마나 아팠을까? 그 가족의 사연을 진작 알았다면 이런 질문을 하지 않았을 것이다. 정말 미안했다.

여행을 마치고 헤어질 때 그 여학생이 씩씩하게 웃으며 "가이드 선생님, 건강하세요." 했던 모습이 아직도 눈에 선하다.

Well being - Well dying - Healing - Anti aging

"힐링(Healing)하러 여행 왔어요."

손님들께 "왜 여행을 오셨나요?"라고 물어보면, 문화 체험, 유적지 관광, 다른 문화의 이해 등등 이유가 많지만, 가장 많은 대답은 "Healing 하러 왔어요."이다.

대한민국의 국민들도 1989년 1월 1일 해외여행 자유화가 되면서 해외여행에 눈을 뜨게 되었다. 국내 여행에 국한되었던 여행이 해외여행으로 확대되면서 색다른 경험으로 이어진 것이다. 우리 생활과 다른 나라 사람들의 일상을 직접 보고 체험하면서 좋은 추억을 만들고, 다양한 경험을 하게 된 것이다.

"어때요? 여행을 통해 힐링이 되었나요?"

"네, 생각했던 것보다 너무 좋아요. 많이 배우고, 많이 느끼고, 많이 반성했어요."

"한국에 돌아가서도 여행지의 이름은 몰라도 가이드님 이름은 쉽게 잊히지 않을 거예요."

나를 예쁘게 봐주시는 손님들의 마음이 너무 고맙기도 하고 여행을 통해 힐링도 되고 많은 것을 얻었다고 하는 고객들에게 감사할 따름이다.

Healing이라는 말이 언제부터 우리에게 회자되기 시작하였을까? Healing이라는 말이 나오기 전에는 무슨 말이 있었고, Healing 다음으로 우리의 삶에 나올 말은 무엇일까?

Healing이라는 말이 나오기 전에는 Well being과 Well dying이라는 말이 유행했었다.

Well being은 1970년대 말에서 1980년대 중반에 비로소 우리에게도 익숙한 말이 되었다.

1970년대 이전에는 먹고 살기에 바쁜 힘든 시기였다. 1970년대 중반, 공업화가 시작되면서 먹고 사는 문제가 어느 정도 해결되니 사람들의 삶에 여유가 생기면서 따라서 외식 사업이 발달하였고 외국 상표를 단 외식 업체의 식료품들이 물밀 듯이 국내로 반입되기 시작하였으며 이에 우리의 입맛도 서구화되기 시작했다. 처음에는 외국 상표의 외식 업체들을 비난을 하면서도, 그 외식 업체에 가서 식사했다는 것만으로도 자랑거리가 되기도 했다.

자랑거리가 되기도 했다.

집안에서 손님들을 초대하여 대접하던 한국 음식문화가 곳곳에 생기는 외식업체에서 모임을 갖는 등 외식문화가 자리 잡기 시작했다.

"너 거기에 있는 식당에 가서 식사해 봤니? 정말 맛있더라."

"우리 다음 모임은 그 가든에서 코스 요리로 하기로 하자."

고기와 튀김, 밀가루 음식, 패스트푸드, 설탕과 초콜릿을 기본으로 하는 음식들. 그런 음식들이 우리들의 입맛을 바꿀 정도로 맛이 있을지 언정 우리의 체질에는 좋지 않은 결과를 초래하기도 했다. 지금까지 한국 사람들은 채소를 중심으로 한 음식들을 주로 섭취하였고, 새롭게 우리의 입맛을 유혹하는 서양음식은 육류를 중심으로 한 음식이다.

서구 음식이 한국인의 체질에 좋지 않다는 것을 알면서도 배고픈 시기의 잠재된 욕구는 무분별하게 서양 음식을 받아들였고 한국인의 체질이 이것을 거부하고 있다는 것을 깨닫지 못했다.

우리는 '먹고 죽은 귀신은 때깔도 곱다.'라는 말을 하며 정신없이 먹어댔다.

그래서 때깔은 고와졌는지 몰라도 Well being으로 몸은 병들어 가기 시작했다. 진정한 Well being의 의미는 한국인의 체질에 맞는 좋은 음식을 먹는 것인데, 입에 맞는 음식으로 착각했던 것이다. 입에는 좋았지만, 몸에는 맞지 않았던 음식. 이로 인해 한국인에게 잘 없던 병이 생기기 시작한 것이다.

Well dying은 1980년대 중반에서 1990년대 중반, 무분별한 웰빙으로 인해 부작용이 나타났던 시기에 유행했던 말이다. 성인들만 걸린다고 하여 '성인병'이라는 말이 생겨났지만, 곧 어른이건 아이이건 누구나 걸리는 병이 되어 성인병이란 말은 사라지고, 곧 '식원병(食原病)'으로 바뀌었다.

이 식원병의 대표적인 것이 '혈관계 질환과 암'이다. 물론 그런 병이 한국인에게 없었던 병은 아니었지만 음식이 서구화되면서 갑자기 증가한 병이다. 한문의 癌(암)자를 풀어보면, 질병 엄자에 입 구(口)자 세 개, 그 아래 뫼 산(山)자를 쓴다. 입 세 개로 산처럼 많이 먹어서 걸리는 병, 이것이 바로, 암(癌)이다. 암이나 혈관계 질환에 걸려 힘들어하는 모습을 보고 나온 말이 '99-88-23-4'이다.

이 숫자를 풀어보면 '99세까지 88하게 살다가 2, 3일만 아프다 죽자'라는 뜻이라고 한다.

우리 몸에서 암에 걸리지 않는 곳 세 곳이 있다. 심장, 소장, 비장이다. 왜 암에 걸리지 않을까? 이 세 곳은 우리 체온보다 평균 1.5~2도 정도가 높다. 그럼 암이 제일 잘 걸리는 온도는 몇 도일까? 평균 체온보다 1도가 낮을 때라고 한다. 그래서 체온 1도를 높이면 면역력이 500배가 증가한다고 한다. 아프지 않고 행복하게 살다 천수를 다하는 것이 Well dying이다.

Healing은 1990년대 중반에서 2000년대 지금 많이 사용하는 말이다. 이 좋은 세상, 왜 병에 걸려 치료만 받다 죽어야 하나? 건강하게 즐기면서 살아야지 해서 나온 말이 Healing이다.

식원병을 이겨 내기 위해 사회 각계각층의 노력이 시작되었다. 건강과 질병, 행복에 대한 인식이 변화를 가져오면서 각종 대중 매체에서는 좋은 먹거리, 건강한 상차림 등이 자주 소개되고 있다. 대표적인 것이 삼백 식품인 흰 밀가루, 흰 설탕, 흰 쌀을 줄여서 먹고, 잡곡을 많이 먹자는 것이다. 방송에서는 수많은 힐링에 관한 프로그램이 제작되기도 하였고, 이러한 영향으로 인해 많은 건강 보조 식품 회사들이 생기면서 건강에 좋은 많은 제품이 만들어졌다. 지금은 어디서든 쉽게 구매할 수 있을 정도로 대중화되었고, 2000년 초부터는 다양한 요양병원이 만들어지기 시작하였다. 이러한 노력으로 인해 2001년 일산 국립암센터가 개원되었다. 암은 정복하는 것이 아니라 극복하는 것이다.

좋은 것을 많이 섭취하고, 꾸준하게 운동하고, 정기적으로 건강 체크하여 치료 잘 받고. 하지만 과연 이것만이 힐링일까?

이런 말이 있다. "하루가 즐거워지려면 목욕을 하고, 한 주가 즐거워지려면 머리 손질을 하고, 한 달이 즐거워지려면 쇼핑을 하고, 일 년이 즐거워지려면 여행을 하라."라는 말이 있지 않은가.

많은 사람들이 여행을 통해 더 많은 Healing이 되었으면 좋겠다.

그럼 Healing 다음으로 나올 말은 무엇일까? Anti aging이라고 한다.

Anti aging은 지금부터라고 한다. 이제 인간의 평균 수명은 100세를 바라본다. 성경에도 인간의 수명은 120세라고 나와 있지 않은가.

하지만 오래 사는 게 중요한 것이 아니고, 건강하고 행복하게 사는 것이 중요하다.

십자가가 보일 때마다 기도하는
초등학교 2학년 딸

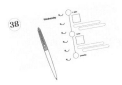

　달리는 버스에서 설명을 하던 중 기도하는 초등학생의 모습이 보였다. 아이는 부모님과 함께 여행을 왔다.

　두 손 모아 기도하는 모습이 너무 예뻐서 아이의 아빠에게 "따님의 기도하는 모습이 너무 예쁩니다. 언제부터 이렇게 기도를 하게 되었나요?"하고 물어보았다. 남편은 아내를 바라보며 "이 사람 때문일 거예요."라고 말했다. 엄마의 얼굴은 매우 창백해 보였다.

　한참 버스가 달리고 있는데 뒤에서 얌전히 앉아 있던 딸이 나에게 질문을 했다.

　"가이드님, 저기 보이는 십자가는 십자가 위에 왜 닭이 있는 거예요?" 한다.

십자가 위에 닭이 있는 것을 보고 그 이유가 궁금했나 보다. 아이의 물음에 나는 십자가 위의 닭에 대해서 다음과 같이 설명했다.

'예수님께서 잡혀가시기 전 제자들에게 "너희는 모두 나를 모른다고 부인할 것이다."라고 말씀하셨다. 하지만 제자 베드로는 자신만은 그러지 않을 것이라고 말했다. 그러자 예수님은 "오늘 밤, 닭이 세 번 울기 전에 너는 세 번이나 나를 모른다고 할 것이다."라고 예고하셨다. 베드로는 예수님이 잡혀 가자 예수님께서 말씀 하신대로 닭이 세 번 울기 전에 세 번이나 예수님을 모른다고 했다. 그런 후에야 베드로는 예수님께서 하신 말씀이 생각이 나서 슬피 울었다.

이 일에서 알 수 있듯 믿음을 지키는 일은 어려운 일이다.

십자가 위 닭장식의 의미는 깨우침과 회개의 상징이며 예수님께서 세상에 다시 오실 때 가장 먼저 닭의 울음소리로 아침을 여는 소식을 알려주실 것이란 희망의 상징이기도 하다. 십자가 위의 닭 장식은 이것을 상기시키기 위하여 새겨 놓은 것이다.'

이렇게 내가 알고 있던 십자가 위의 닭 장식에 대하여 설명을 해 주니, 딸은 설명해주셔서 감사하다고 하며 다시 두 손 모아 기도를 했다. 나는 아이가 기도가 마친 후에 물어보았다.

"십자가가 보일 때마다 왜 열심히 기도를 하니?"

딸이 잠시 머뭇거리더니 말을 했다.

"엄마가 많이 아파요. 저를 낳다가 수술이 잘못되어 아프세요. 엄마한테 너무 미안해요. 제가 태어나지 않았으면…" 하면서 말을 잇지 못한다.

딸의 말을 옆에서 들은 엄마, 아빠가 깜짝 놀라면서 말했다.

"아니 얘가, 그게 무슨 말이야. 누가 그래? 그렇지 않아."

"아니야, 지난번 할머니하고 이모가 하는 얘기 다 들었어." 하며 울음을 터뜨렸다. 전혀 생각지도 못했던 아이의 말을 들은 아빠와 엄마는 그런 것이 아니라고 하며 우는 딸을 달랬다. 옆에서 이야기를 듣던 손님 한 분이 아이의 모습이 애처로운 듯 말했다.

"에고, 어린 게 혼자서 얼마나 맘이 아팠을까?"

엄마가 딸을 꼭 안아준다. 엄마는 딸이 이렇게 생각하고 있다는 것을 모르고 있었나 보다. 계속 딸에게 미안하다고 하면서 마음 아파하신다.

휴게소에 들려 쉬고 있는데, 아빠가 커피를 가지고 오셨다. "가이드님, 고맙습니다. 덕분에 딸아이가 저런 생각을 하고 있다는 것을 알게 되었습니다."

어른들이 아무 생각 없이 하는 말이 아이의 마음에 상처가 될 수 있다는 사실을 새삼 깨우치게 되었고, 어린 마음의 아픔에 나 역시 마음이 아팠다.

아이는 투어 일정 중에도 십자가가 보이기만 하면 기도를 하고, 성당 안에서는 제대 앞에 앉아 조용히 기도를 한다. 나 또한 딸의 기도로 엄마가 빨리 회복되길 바라는 기도를 했다.

쪽배를 기부한 개척교회 목사님들

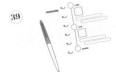

개척교회 목사님들이 여행을 오셨다. 공항에서 호텔에 도착하여 방 열쇠를 나눠주고 헤어지려는데, 고객 세 분이 나에게 잠시만 이야기를 하자고 한다. 그중 한 분이 나에게 봉투를 주면서 말했다.

"가이드님, 조금밖에 못 넣었어요. 받으세요."라고 한다.

"아닙니다. 투어는 걱정하지 마시고, 나중에 필요할 때 쓰세요. 저에게는 이런 거 안 주셔도 됩니다."

한사코 거절해도 주머니에 넣어주신다.

"가이드님, 다름이 아니라, 저희가 드릴 말씀이 있어서…"

"예, 무슨 말씀이신데요?"

느낌이 왔다. 이렇게 미리 팁을 주시고 부탁하는 것은 대개 두 가지 경우이다.

하나는 투어 중에 더 열심히 해달라는 것, 아니면 앞으로 일어날 일에 대해 미리 방어막을 치는 것. 내 생각에는 두 번째 경우인 것 같았다.

"가이드님, 저희는 개척교회 목사들입니다. 이곳에 올 때 교회 식구들이 한푼 두푼 모아 보내준 여행이라서 돈이 별로 없어요. 그래서 선택 관광할 때 저희는 참여하지 못할 것 같아요. 이해해주세요."

처음부터 이렇게 말씀하시니 난감했다.

"걱정하지 마세요. 요즘은 선택 관광을 강요하지 않습니다."

"우리도 다 알아요. 미안해서 그래요."

잠시 침묵이 흘렀고 목사님들은 방으로 올라가셨다. 집으로 돌아오는 길에 바지 주머니 속이 불편하여 손을 넣어 보니 조금 전 목사님들이 주신 봉투였다. 돌려드리려고 했는데, 얼떨결에 가지고 온 것이다.

오전 일정을 마치고, 오후에는 수상마을이 있는 호수에 가는 일정이다.

황톳빛 호수 위에 떠 있는 수상마을.

멀리서 보면 한가롭고, 멋진 풍경이다. 하지만 가까이 가서 그들의 삶을 보면 애처롭고 안타깝기 그지없다.

인간이 왜 이렇게 살아가야 할까? 왜 이렇게 살아야만 하나?

수상 마음에 사는 사람들은 배 위에서 모든 것을 해결한다. 한쪽에서는 밥을 하고, 한쪽에서는 용변을 본다. 이 모습을 관광이라는 명목으로 찾아오고, 본다는 것이 항상 마음에 걸렸다.

목사님들에게 호수와 수상마을 사람들에 관한 설명을 하는데, 우리가 타고 있는 버스는 한국 사람들이 와서 봉사 활동을 하고 있는 ㅇㅇ 공동체라는 한글간판이 걸려 있는 사무실 앞을 지나고 있었다.

"가이드님, 여기에도 우리나라 사람들이 와서 좋은 일을 많이 하네요."

"네, 외국에 와서 봉사활동을 하시는 거 보면 우리 한국인들 참 대단해요. 보통 사명감으로는 쉽지 않은 일인 데도요."

나는 공동체의 봉사활동과 이곳의 생활상에 대해 설명하였다. 버스가 선착장에 도착하여 배를 타기 위해 준비하고 있는데, 수상마을의 아이들이 몰려와서 "원 달러", "원 천원"이라고 외치면서 달려들었다. 아이들의 옷은 너무 낡아서 입었다는 말보다는 걸치고 있다는 표현이 맞는 것 같다. 아이들의 몸에서는 냄새도 많이 났다.

"저리 비켜."

내가 소리를 질렀지만, 아이들은 더 달라붙었다. 그때 목사님 한 분이 아이 한 명을 번쩍 안아 들었다. 주변에 있던 분들이 깜짝 놀라서 동시에 외쳤다.

"목사님!"

목사님은 아이들을 바라보시더니, 메고 있던 가방 속에서 과자와 먹을거리를 꺼내 하나씩 나누어 주셨다. 아이들에게 모두 나누어주고 가방 속이 텅 비었지만 아이들은 목사님 주변을 떠나지 않았다.

이후 호수를 관광하기 위해 배를 타고 있었지만 목사님들은 조금 전 아이들 생각에 활짝 웃으며 풍경을 즐길 마음이 없는 것 같았다. 총무를 맡고 계신 목사님이 나에게 물었다.

"가이드님, 이 아이들에게 지금 가장 필요한 것이 뭐라고 생각하세요?"

나는 이곳의 아이들을 볼 때마다 마음속에 움텄던 나의 생각을 말했다.

"제가 생각할 땐, 원 달러씩 주는 것보다 살 방법을 알려주는 것이 좋을 것 같아요. 그 가장 좋은 방법이 체계적인 교육환경을 세우는 것이라고 생각합니다."

그때 배 한 쪽에서 꼬마가 고무함지박을 타고 배로 접근하면서,

"원 달러, 원 천원"하고 외친다.

목사님 한 분이 천 원짜리 한 장을 주니, 덥석 받아가면서 한국말로 "감사합니다."라고 하며 좋아한다.

"가이드님, 이렇게 천 원짜리 한 장을 주는 것이 맞는가요?"라고 물어보며 마음이 아프다고 하신다. 나 또한 처음 이런 모습을 보았을 때는 마음도 아프고, 이러면 안 되는데 생각을 많이 했는데 자주 겪다 보니 익숙해졌던 것 같다.

　호수를 관광하고 있는데, 앞쪽에 한글로 갈릴리 교회라고 쓰여 있
는 수상교회가 보였다. 목사님들이 수상교회를 방문하고 싶다고 한다.
배를 운전하는 사람에게 부탁하여 배를 멈추고 교회를 방문하였다. 외지
인의 갑작스러운 방문이라 그런지 교회에 있던 현지 사람들이 모두 어리
둥절한 표정이었다. 교회는 낡아 있었고, 우리가 안으로 들어서자 서툰
한국말로 찬송가를 부르기 시작했다. 그러면서 사진 찍는 자세로 줄 맞
추어 앉는다. 교회에 있던 분들은 우리가 기부하러 왔다고 생각하였던
모양이다. 순간 목사님들이 미처 생각하지 못한 상황에 어쩔 줄을 몰라

한다.

"가이드님, 어떻게 해야 해요?"라고 목사님이 묻는다.

나 또한 순간 뭐라고 대답을 해야 할지 알 수 없었다. 그때 옆에 계시던 목사님 한 분이 봉투를 기부함에 넣으며, 교회의 책임자에게 지나가던 중에 잠시 방문하게 되었다고 말했다. 다 같이 기도를 하고 밖으로 나오는데, 교회의 한 젊은이가 물고기에 쓰인 글자를 가리키며, 무슨 뜻이냐고 물어본다.

ICTUS(익투스)라는 글자였다. 목사님이 설명을 해주니, 서툰 한국말로 고맙다고 한다.

수상교회 방문을 마치고 돌아오는데, 목사님 한 분이 나를 바라보며 말했다.

"가이드님, 저 배는 색깔이 통일되어 있네요? 우리나라 국기도 그려져 있고…."

"네, 저 배는 한국에서 기부한 배입니다. 배를 기부하면 기부한 나라의 국기와 옆에 기부자의 이름을 넣어 드려요. 저기 보세요."

"ㅇㅇㅇ" 한글 이름이 선명하게 보였다.

목사님들은 관광을 마치고도 수상 마을의 어린이들이 머릿속에서 떠나질 않는가보다. 저녁 식사 전 기도를 하시는데도 기도의 내용이 수상마을 어린이들을 위한 기도였다.

오늘은 쇼핑하러 가는 일정이다. 목사님 한 분이 쇼핑은 한군데만 가고, 다른 곳에 가면 안 되냐고 물어보신다.

"쇼핑센터 가도 돈이 부족해서 물건을 못살 것이고, 또 물건을 안사면 미안하기도 해서요."

목사님은 나에게 미안한 듯 두 손을 공손히 앞으로 모으고 말씀하셨다.

"물건 안 사서도 괜찮습니다. 일정에 잡혀 있는 것이니 부담 없이 둘러보세요. 이 곳 사람들은 어떤 물건을 주로 거래하는지도 살펴보시고 이 곳 사람들의 생활하는 모습도 한 번 보세요. 그런 것이 정말 관광이지요."

다들 창밖만 바라보신다. 가이드 입장에서는 이때가 참 어색하다.

쇼핑센터 몇 군데를 둘러보았지만, 구매한 것은 1인당 말린 망고 다섯 봉지가 전부였다. 한국에 돌아가 교회 식구들과 나누어 먹기 위해 구입했다고 한다. 사실 목사님들께서는 수중에 돈이 없었다. 덥고 갈증이 나는데도 유적지에서 야자수 하나를 사서 마시지 못하셨다. 이동 중에 로컬 가이드를 시켜 야자수를 준비해 달라고 부탁을 했다. 큰 것은 두세 분이 마셔도 충분하지만, 일인당 한 개씩 준비하라고 했다.

"가이드님, 고맙습니다. 진짜 마시고 싶었는데." 하며 단숨에 빨대로 쭉 빨아 드신다. 목사님들에게 작은 것이라도 대접해 드리니 기분이 너무 좋았다. 사실 며칠 전 받은 봉투 때문에 마음이 불편했다. 다음날 돌려주려했지만, 한사코 받지 않으셨다.

저녁 식사 후 목사님들에게 우리 집으로 초대하고 싶다고 하니 매우 좋아하셨다. 사실 내 동생도 성직자이다 보니 스님, 목사님, 신부님, 수녀님들이 오시면 남 같지 않고 항상 마음이 짠하다.

집으로 초대하여 목사님들과 일행들에게 열대 과일과 커피를 대접하였다. 이야기 도중 같이 온 일행 중 한 분이 수상교회에서 젊은이가 무슨 질문을 하였냐고 물어보았다.

"ICTUS(익투스)에 관해 물어보더군요."

"저 역시 ICTUS(익투스)에 대하여 잘 모르고 있습니다. 그게 무슨 뜻입니까?"

목사님이 웃으면서 말씀하셨다.

"그리스어로 '하나님의 아들 구세주 예수 그리스도'를 뜻합니다. 그리스어의 첫 글자를 붙여 읽은 것으로, 두 개의 곡선을 겹쳐 만든 물고기 모양입니다. 교회나 성당에 가시면 물고기 그림이나 물고기 모양이 걸려 있는데, 그것이 바로 '익투스'입니다. 중세 교회가 핍박을 받을 때 '그리스도를 믿고 있는 사람이다.'는 암호 중 하나였습니다."

목사님은 중세교회의 핍박에 대하여 길게 설명을 하셨다.

다과를 마치고 목사님들을 모시고 호텔에 도착했다. 인사를 하고 호텔을 나서려는 나를 목사님들이 잠시 이야기를 나누자고 하시며 회장 목사님이 말씀을 하셨다.

"사실 어제 우리 일행이 회의를 했어요. 여기에 여행 온 기념으로 의미 있는 일을 하자고 말입니다. 그래서 우리가 쪽배 하나를 어제 방문한 교회에 기부하려고 합니다. 가이드님이 삼십 만원이면 구입할 수 있다고 해서 우리들이 각자 성의껏 이렇게 모았습니다. 가이드님이 돈에 맞게 쪽배 하나 구입하여 교회에 기부를 해 주십시오. 부탁드립니다. 우리 이름은 넣지 말고, 쪽배가 잘 전달 되었나만 확인 부탁드립니다. 그리고 가이드님, 미안해요. 쇼핑을 많이 못 해서, 오늘 집까지 초대해 주셔서 너무 감사했습니다."

선물 살 돈으로 쪽배를 교회에 기부하신다고 말씀하셨다.

'선물은 조금이라도 사시겠지'하고 생각했던 나 자신이 너무 부끄러웠다.

뒤쪽에 계시던 다른 목사님이 큰 비닐봉지를 나에게 내밀며 말씀하셨다.

"이건 우리가 가지고 왔던 옷가지인데, 이것도 같이 기부해 주세요. 이럴 줄 알았으면 더 많이 가져 왔을 텐데…"

"네, 알겠습니다. 꼭 전달하도록 하겠습니다."

쪽배 기부 봉투와 옷이 담긴 비닐봉투를 보면서 부끄러움과 민망함에 몸을 어디에 둘지 몰랐다.

집에 돌아와 책상 위에 놓아두었던 첫날 받은 봉투를 열어보았다. 목사님들이 한국으로 돌아가시는 날 공항에서 돌려드리려고 생각하고 있었다.

다음 날 아침 목사님이 주신 봉투 속의 돈에 내 돈을 조금 더 보태 열대과일 말린 것과 몇 가지를 더 준비해서 한국으로 떠나시는 목사님들께 선물로 드렸다. 한사코 받지 않는다는 것을 총무님 손에 들려 드리고 왔다.

공항에서 목사님들을 배웅하고 돌아오는 버스 유리창에 비친 내 얼굴을 보며 "신민우 잘했어."라고 스스로 칭찬했다.

투어 중에 '아버지 학교'를 가다

투어 일정 중 현지 지인의 소개로 아버지 학교에 등록하게 되었다. 일정을 마치고 고객들을 호텔까지 모셔다 드린 후에 참석하는 야간 일정으로 조금만 부지런을 떨면 참석할 수 있었다.

처음에는 바쁘다는 핑계로 등록을 망설였지만, 지금은 아버지 학교에 등록하지 않았다면 무척 후회했을 것이라는 생각이 든다. 특히 아버지 학교 마지막 수업 시간은 나에게 '아버지의 의미'를 깨닫게 해준 정말 소중한 시간이었다.

마지막 시간, 모든 아버지 학교 학생들의 마음을 울렸던 선생님의 이야기는 아직도 기억에 생생하다.

다음의 이야기는 아버지 학교 마지막 수업 시간에 선생님께 들은 이야기다.

〈이불 속의 컵라면〉

사랑하는 사람과 열렬한 연애를 한 후, 결혼을 하고 하루하루를 행복한 나날을 보냈다. 다음해엔 아내가 임신을 하였고, 앞으로 태어날 아기의 옷과 신발을 준비하는 등 꿈같은 나날이었다. 그러나 아기를 낳을 산달이 되어가는 아내가 아프다고 하여 병원에 가서 검진을 받아 보았으나 특별한 증상은 나타나지 않았다. 드디어 산모의 진통이 시작되어 병원으로 갔다. 아내는 분만실에 들어갔고, 대기실에서 기다리고 있는데, 좀처럼 마음이 안정이 안 되고 불안했다. 분만실에서 의사가 나오더니 긴장하고 있는 남편에게 산모가 위험하다는 말을 전한 후, 다시 수술실로 들어가더니 소식이 없다. 벙어리 냉가슴 앓듯 발만 동동 구르고 있는데, 분만실에서 나온 의사가 지금 산모의 상태가 매우 위중하고 이대로 두면 아이까지도 위험하다고 하며 응급수술 결정을 나에게 하라고 한다. 결국 아내는 아이를 출산한 후, 하늘나라로 갔다.

그렇게 출생한 아이는 엄마 없이 자랐지만 반듯하게 자랐고 공부도 잘했다. 아이가 초등학교 2학년 어버이의 날.

학교 수업시간에 직접 부모님의 가슴에 달아드릴 카네이션을 만들었다. 카네이션을 하나만 만드는 모습을 본 선생님께서 "하나는 아빠한테 달아드리고, 하나를 더 예쁘게 만들어서 엄마 사진에도 달아드려야지." 하고 말씀하시면서, 아빠에게 감사의 편지를 써서 카네이션과 함께 드리라고 한다. 아이가 편지를 쓰고 있는데 선생님이 물어보았다.

"아빠께 무슨 선물을 할 생각이니?"

"아직 정하지 못했어요."

"그럼, 아빠가 제일 좋아하는 게 뭐야?"

아이는 잠시 생각하더니 "컵라면이요."라고 말했다.

아이는 아빠가 늦게 집에 오셔서 항상 저녁 식사로 컵라면을 먹는 것을 보았기 때문에 아빠가 가장 좋아하는 것이 컵라면이라고 생각했던 것이다.

"용돈 모아 놓은 거 있니?"

"네, 조금 있어요."

"그럼, 제일 크고 맛있는 컵라면을 사서 아빠께 선물해 드려라."

"네..."

아이는 수업시간에 만든 카네이션과 편지를 가지고 집으로 왔다. 집에 돌아와 돼지 저금통에 들어 있던 동전으로 컵라면 두 개를 샀다. 아빠가 돌아올 시간에 맞추어 끓인 물을 컵라면에 붓고 아빠를 기다렸는데, 오늘따라 아빠가 늦게까지 들어오시지를 않았다.

"컵라면이 식으면 안 되는데...."

아이는 컵라면을 식지 않게 하기 위해 따뜻한 아빠 침대 속에 넣고 기다려야겠다고 생각했다.

아이는 아빠를 기다리다 그만 식탁에 엎드려 잠이 들었다. 늦게 집에 들어온 아빠는 피곤했는지 방으로 들어가 가방을 책상 위에 두고 침대에 벌러덩 누운 순간 깜짝 놀라 자리에서 일어나 소리를 질렀다. "아니, 이게 뭐야? 이게 누구 짓이야!"

아빠의 고함 소리에 놀란 아이가 아빠 방으로 가니, 아빠가 화가 많이 나 있었다.

"아빠한테 이게 무슨 짓이야?" 하며 아빠는 크게 화를 내셨다.

아빠를 기다리지 못하고 잠이 든 자기를 원망하며 아이는 자기 방으로 가서 침대에 누웠다.

아빠는 라면 국물에 젖은 이불과 침대를 정리한 후에 잠을 자려고 침대에 누웠지만 잠이 오지 않았다.

"아들이 왜 침대 속에 컵라면을 넣어 두었을까? 하나도 아니고 왜 두 개씩이나? 나는 항상 컵라면을 하나만 먹는데..."

아빠는 이런 생각을 하며 잠이 들었다. 그리고는 늦잠을 잤다. 깜짝 놀라 일어나 보니 아이는 벌써 학교에 가고 없었다. 출근 준비를 하는데 식탁 위에 카네이션과 편지, 아침상이 차려져 있다. 아빠는 아들에게 고마우면서도 미안한 마음에 마음이 아팠다. 아들 방을 정리하다가 책상 위에 있던 일기를 보게 되었다. 일기의 내용은 다음과 같다.

'내일은 어버이날.

아빠에게 카네이션과 아빠가 제일 좋아하는 컵라면을 선물하고 싶었다. 아빠랑 같이 먹으려고 컵라면 두 개를 사서 아빠가 집에 돌아오실 시간에 맞춰 물을 부어 놓았는데, 아빠가 오지 않아서 컵라면이 식을까봐 아빠 침대 속에 넣어 두었다. 깜박 잠이 들었기 때문에 아빠가 오시는 소리를 듣지 못했다. 내가 잠이 들지 않았더라면 아빠와 함께 컵라면도 먹고, 카네이션도 달아 드렸을 텐데.

앞으로는 절대 아빠가 오시기 전에는 잠을 자지 않고 아빠를 기다려야 겠다. 또 용돈을 많이 모아 내년 아빠 생일에는 더 많이 컵라면을 사드려야지.'

눈물 자국으로 얼룩진 일기장을 가슴에 안고 아빠는 한참을 울었다.

그날 아빠는 회사 일을 마치고 일찍 집에 들어와 아들이 좋아하는 자장면, 탕수육을 시켜 놓았다. 아빠는 집에 들어온 아들을 보자마자 꼭 껴안아 주며 말했다.

"아빠가 어제 우리 아들 마음을 몰라 줘서 정말 미안해."

"아니에요. 아빠, 미안해요."

그렇게 둘은 맛있게 저녁을 먹고 함께 아빠의 침대에서 자게 되었다.

"아들아, 엄마 많이 보고 싶지?"

"난 세상에서 엄마가 제일 싫어요." 하며 아들은 아빠의 품에 안겨 한참을 울었다.

얼마나 엄마가 그리웠으면... 아이를 안고 아빠도 말없이 눈물을 흘렸다. 그 아이가 군대 가기 3일 전 급성간염으로 시작된 간 질환으로 인해 엄마 품으로 갔다. 지금 아이는 아내 옆에 나란히 잠들어 있다.'

"이건 제 아내와 아들의 이야기입니다. 40년 전에 떠난 아들이 지금도 정말 많이 보고 싶습니다. 지금 저는 회사를 퇴직하고 아버지 학교 강사로 출강하여 여러분을 만나고 있습니다. 제가 할 수 있는한, 최선을 다해 사는 것이 아버지로서 아들에게 부족했던 것을 조금이나마 갚는 일이 아닌가 생각합니다.

지금 이 자리에 참석한 아버지들께서도 '아버지로서 부족한 것이 무엇이고, 자식들 눈에 아버지로서 어떻게 보여 지고 있는가?' 자신을 되돌아보는 시간이 되었으면 합니다.

그럼, 그 마음을 담아 아버지로서 자녀들에게 하고 싶은 말을 글로 쓰는 시간을 갖도록 하겠습니다. 아빠의 편지를 읽는 자녀들은 느낌이 많이 다를 거예요."

선생님의 이야기를 들으면서 나는 눈물을 많이 흘렸다. 그리고 아들에게 편지를 썼다. 며칠 후 아들에게 전화가 왔다. 아들은 말은 못 하고 "아빠, 아빠." 하며 부르기만 한다. '아빠'라는 한마디에 아들의 하고 싶은 모든 말이 다 들어 있음을 알 수 있었다. 아들의 목멘 목소리에 '응' 하면서 아들의 이름을 부르며 수화기를 내려놓았다. 한마디를 더 하면 가슴에 쌓아두었던 그리움이 목울음이 되어 터질 것 같아서였다.

지금도 그때 아버지 학교 선생님을 생각하면 눈물이 고인다. 보고 싶은 선생님.

제사, 차례 상차림

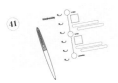

버스는 쌩쌩 달리고, 가이드는 열심히 설명하고, 손님들은 귀를 쫑 긋하고 듣는다. 그때 한 손님이 질문한다.

"가이드님, 여기는 산불이 크게 났었나 봐요?"

"몇 년 전에 산불이 났는데, 아직도 회복되지 않고 있네요."

산불이 난 자리에는 군데군데 나무들이 심어져 있고, 잡초들이 제법 자라기도 했다.

"가이드님, 제가 문제 하나 낼까요?"

"네, 그러세요."

"문제를 맞히면 제가 커피 한잔 살게요."

"좋아요, 그러면 저한테만 사지 말고 우리 모두에게 쏘세요."

고객은 내 말에 잠시 머뭇거린다.

"좋아요, 가이드님이 맞히면 제가 다 쏠게요."

그 말에 나도 오기가 발동했다. 내기는 공평해야 하지 않는가.

"무슨 문제인지 잘 모르지만 내가 못 맞히면 나 또한 커피를 사겠습니다."

버스 안의 고객들은 누가 문제를 맞히든지 어차피 공짜 커피를 먹게 되었으니 응원전이 치열했다.

다들 무슨 질문을 할까? 고객의 질문에 귀를 기울인다.

"가이드님, 산불이 나면 모든 게 잿더미가 돼요. 그런 다음 산불이 난 자리에서 처음으로 다시 솟아나는 식물이 무엇일까요?"

고객은 문제를 내고는 다른 고객들에게 조용히 하라고 눈치를 준다.

나는 속으로 '나를 어떻게 보고 이런 쉬운 문제를 내.' 바로 대답을 하고 싶었지만 모른 척하며 뜸을 들였다.

그리고 종이에 답을 적어서 손님에게 건넸다.

"가이드님, 답을 알고 있었죠. 모를 줄 알았는데…" 한다.

정답은 "고사리"였다.

"커피 쏘시는 거예요."라고 하니 고객께서는 "네, 휴게소에서 제가 우리 일행들에게 화끈하게 쏠 테니 맛있게 드세요." 하며 일행들에게 손을 흔드신다. 이때 "주문은 미리 받겠습니다."라고 말하며 한 여학생 고객이 웃으면서 메모장과 볼펜을 들고 주문을 받겠다고 한다. 주문을 다 받은 후에 내가 마이크를 켜고 말했다. "그렇다면 제가 커피 값은 해야죠."

고사리에 대한 설명을 하였다.

"형식이나 방법의 차이가 있을 뿐, 이 나라도 우리나라처럼 제사를 지냅니다. 조상님을 위해 제사를 지내는 것은 우리와 같습니다. 그런데 이 나라 사람들은 고사리를 먹지는 않습니다. 그럼, 여기서 제가 질문을 하나 내겠습니다. 우리나라 제사상에 올라가는 반찬 중에 반드시 올라가는 반찬이 있습니다. 그게 무엇일까요?"

그때 커피 주문을 받았던 여학생이 손을 번쩍 든다.

"고사리 반찬이요."

"빙고, 어떻게 알았어?" 하니 수줍게 웃기만 한다.

"그럼, 고사리 반찬이 왜 올라가는지 알아?"

"네, 불이 난 곳에서 제일 먼저 고개를 내밀고 올라오는 것이 고사리인데, 고사리처럼 자손이 끊이지 않고 대대손손 이어지길 바라는 마음에서 제사상에 올리는 거예요."라고 말하고 자기 친구들에게 손가락으로 V를 한다.

버스 안의 고객들은 "와, 대단하네." 하고 박수가 쏟아진다. 이때 고객 한 분이 이 나라의 장례문화에 대해 질문을 한다.

"네, 이 나라는 가톨릭 국가이기 때문에 매장 문화 풍습이 있습니다. 하지만, 지금은 화장해서 납골당에 모시기도 하죠. 우리나라와 많이 비슷하죠? 우리나라도 예전에는 땅의 용, 혈, 사, 수(龍, 穴, 砂, 水)를 따져서 조상이 묻힐 명당자리를 잡았지만, 지금은 화장하여 납골당에 많이 모시지요."

이때 여학생이 손을 들어 질문한다.

"가이드님, 제사, 차례상에 올라가는 음식의 의미에 대해 알려 주실
수 있나요? 궁금해서요."

"설명할 수는 있는데, 이런 얘기를 모든 고객들이 좋아하실지 몰라
서 그러는데, 고객 여러분 그럼 지금부터 제사, 차례상에 올라가는 음식
에 대해 간단하게 설명해드려도 될까요?"

"네!"

열흘 정도만 있으면 추석이다. 그래서인지 고객들은 모두 듣고 싶
어 했다.

제사, 차례상은 반드시 북쪽을 향해 놓는다. 이유는 돌아가신 분의
머리가 북쪽을 향해 있기 때문이다. 지관이 패찰을 놓고 시신의 머리는
정북을 향하게 한다. 그래서 북망산 간다는 말이 있는 것이다. 북쪽을 바
라보고 서면 왼쪽이 서쪽이 되고, 오른쪽이 동쪽이 된다.

제사음식에는 고춧가루를 사용하지 않는다. 귀신이 붉은색을 싫어
하기 때문이다. 그러나 붉은색 과일은 올린다.

홍동백서(紅東白西) : 붉은색(紅)은 동쪽에, 흰색(白)은 서쪽에

어동육서(魚東肉西) : 생선(魚)은 동쪽에, 고기(肉)는 서쪽에

두동미서(頭東尾西) : 머리(頭)는 동쪽으로, 꼬리(尾)는 서쪽으로

좌포우혜(左脯右醯) : 포는 좌측에, 식혜는 우측에

포(脯)는 자손의 허물을 상징하고, 식혜(醯)는 삭힘을 상징한다. 포를 떠서 식혜에 삭혀 없애 달라는 것이다.

조율이시(棗栗梨柿) : 과일은 대추, 밤, 배, 곶감 순으로 놓는다.

조(棗)는 대추다. 익으면 붉다. '어, 붉은 것은 동쪽에 놓는데 왜 서쪽에 놓지? 그 이유는 대추가 왕을 상징하기 때문이다. 왕의 용포가 붉은색이며, 대추의 씨는 하나이기 때문이다. 나라의 임금(王)도 하나이다.

율(栗)은 밤이다. 밤송이를 까면 밤알이 세 개다. 삼정승을 상징한다.

이(梨)는 배다. 배는 씨가 여섯 개다. 육판서를 상징한다.

시(柿)는 감이다. 감의 씨는 여덟 개다. 팔도 관찰사를 상징한다.

조상님께 정성과 예(禮)를 갖추어 제사를 지내면서, 대대손손 대가 이어지길 바라며, 자손들의 입신양명을 바라는 마음으로 조상을 모시는 것이다.

"제사는 언제 지낼까요? 돌아가신 전날? 아니면 당일?"

"돌아가신 전날이요." 고객들은 십중팔구 이렇게 대답한다.

"아니에요. 제사는 돌아가신 당일 날 지냅니다. 돌아가신 날 제일 빠른 만남이 밤 12시이기 때문에 그때 제사를 모시는 거예요. 제사음식을 전날 준비하기 때문에 전날 제사를 지내는 것으로 알고 있는 것입니다."

요즘은 바쁜 현대인들의 생활 때문에 제사를 돌아가신 전날 저녁 시간에 지내기도 한다.

"제사를 일찍 지내도 될까요?" 고객들이 우물쭈물한다.

"조상님들은 제사 음식을 귀신같이 찾아내고, 귀신같이 찾아옵니다." 하니, 다들 웃는다.

"서비스로 하나 더 설명해드릴게요?"

"네, 재미있어요."

예전엔 상주들은 흰색 상복을 입었다. 그러나 지금은 대부분 검은색 상복을 입는다.

"혹시 상복의 흰색과 검정의 차이를 아시는 분, 손들어 보세요."

"…" 아무도 손을 드는 고객이 없어서 상복의 색에 대해 설명을 했다.

흰색은 윤회 사상을 따른다. 다시 태어난다는 것을 전제로 한 동양 사상의 영향이다. 검은색은 한번 죽게 되면 천국을 가든, 지옥을 가든 그걸로 끝이라는 서양사상을 따른 것이다.

여행이 끝나고 집에 돌아가면 이번 추석의 차례 상을 자신이 직접 상 위에 음식을 올려 보겠다는 여학생이 대견스러웠다. 추석이 없는 이곳의 달도 그 날은 크고 둥글다.

너무너무 고마운 고객

칭찬은 고래도 춤추게 한다는 말이 있지만 가이드도 춤을 추게 한다. 공항에서의 첫 미팅, 처음 보는 사이인데도 가이드와 고객은 웃으면서 반갑게 인사를 한다.

"우리 가이드님, 실물을 보니 인상이 너무 좋으세요."

"감사합니다. 손님은 저보다 더 인상이 좋으신데요."

서로 칭찬을 하며 버스에 올랐다.

"가이드님, 얘기 많이 들었어요."

"아니, 누구한테요?"

"아는 방법이 다 있지요."

손님들이 처음부터 칭찬을 하며 나에 대해서 좋은 말을 들었다니 나도 좋다. 호텔에 도착해서 간단한 공지 사항을 안내했다.

"고객 여러분, 방에 들어가셔서 혹시 문제가 있으면 다시 로비로 와 주세요. 제가 이곳에서 10분 정도 기다리고 있겠습니다."

"네!"

고객들은 각자 배정 받은 방으로 올라갔다. 10분이 조금 지나 나도 내 방으로 가려고 하는데, 젊은 부부가 나를 부른다.

"가이드님, 잠깐만요."

"네, 무슨 일 있으세요?"

"다른 게 아니고, 드릴 게 있어서요."

"저한테요?"

고객이 나에게 쇼핑백을 건네며 말했다.

"별것은 아닌데요, 친정엄마가 가이드님께 전해드리라고 해서요. 멸치 볶음이에요. 가이드님 입맛에 맞을지 모르겠어요."

나는 좀 의외라는 생각이 들었지만 감사한 마음으로 받았다.

"너무 감사합니다. 정말 한국 멸치볶음 먹고 싶었는데, 어떻게 아시고? 맛있게 먹겠다고 어머님께 꼭 전해주세요."

방에 가서 포장을 열어보니, 멸치가 종류별로 여섯 가지가 있었다.

굵은 멸치, 중간 멸치, 잔멸치. 이것을 두 종류로 볶았다. 하나는 고추장을 넣어 빨갛게 볶은 거고, 하나는 맑게 볶은 것이었다. 너무 고마웠다.

멸치볶음을 넣은 가방 안에는 편지 봉투가 들어 있었다. 간단한 인사말과 그리고 신혼여행을 간 딸의 부부에게 신경 써달라는 내용과 좋은 추억 많이 만들 수 있도록 부탁한다는 글이었다. 친정어머니가 어떤 분인지 알 것 같았다.

요즘은 인터넷이 잘 발달되어 있다 보니 무슨 정보든 금방 확인할 수가 있다. 여행하기 전 여행지의 정보뿐만 아니라 먼저 여행을 다녀온 고객들의 여행후기 등을 통해 가이드의 정보까지도 알 수 있다. 나 역시 여행을 가면 어떤 가이드가 나올까 항상 궁금하다.

투어 중 관광지에 대해서 설명하고 나서 자유시간을 가졌다.

젊은 여성 두 분이 시원한 커피를 나에게 건네주며 말했다.

"가이드님, 설명 너무 고마웠어요."

"감사합니다. 잘 마시겠습니다."

"우리 여행 오기 전에 가이드님과 함께 여행한 사람들의 여행후기 읽고 왔어요. 그래서 어떤 분인지 많이 궁금했어요." 한다.

같이 오신 분이 한마디 더 하신다.

"날씨도 더운데 그렇게 오래 서서 이야기하시면 힘들지 않으세요. 열심히 설명해 주시면 우리는 좋지만, 가이드님은 목이 아프시겠어요."

간혹 여행후기를 읽고 오시는 분들을 만나게 되면 부담스러울 때가 있다. 고객의 기대치보다 더 높은 안내를 해 드려야 하는데, 때로는 몸이

아프거나 아니면 다른 상황으로 인해 컨디션이 좋지 못할 때, 여행 분위기가 정말 안 좋을 때 등이 있기 때문이다.

"가이드님, 가이드님의 컨디션이 좋아야 우리가 좋은 거잖아요. 그래서 우리가 홍삼을 준비했어요. 홍삼 드시고 힘내세요. 파이팅!"

갑작스러운 선물에 어찌할 줄 몰랐다. 받아도 되는 건가? 결국은 받았다. 홍삼 선물 세트는 모임에서 준비를 하였다고 한다. 팁으로 줄까, 선물로 줄까 하다가 홍삼을 준비하셨다고 한다. 이야기를 들으면서 괜히 쑥스러웠다. 그 일행 중에 목소리가 커도 너무 큰 고객이 말했다.

"지난번 여행 갔을 때 우리 가이드가 아파서 여행을 다 망쳤어요. 그래서 홍삼을 준비한 거니, 드시고 아프지 마세요."

"감사합니다. 매일 하나씩 먹고 아프지 않을게요."

고객들의 정성이 고마워서라도 가이드는 아프면 안 되겠다는 생각이 들었다.

이외에도 많은 사례가 있지만 생략하고 여행 잘하는 법을 하나 소개하면 다음과 같다.

가이드도 공항에서 고객을 처음 만나기 전까지는 설렘, 떨림, 불안이 교차한다. 그것은 여행을 온 고객 또한 마찬가지일 것이다. 이러한 불안과 어색함을 빨리 떨치는 방법이 첫 만남에서의 첫인사다. 서로 간에 가장 빨리 친해지는 방법 또한 첫인사의 분위기다. 첫인사의 첫인상이 투어기간 내내 이어지는 경우가 많기 때문이다.

각 나라 사람들의 공항에서의 첫 인사방식을 살펴보면, 중국 사람들은 어느 여행지를 가나 깃발을 들고 나온다. 중국 사람들은 자신들을 안내할 가이드를 마치 전부터 잘 아는 사이처럼 공항에서 만나자마자 시끌벅적하게 인사를 한다.

일본 사람들은 서로 조용히 인사를 한다. 가이드가 설명할 때도 조용히 듣는 편이다.

유럽 사람들은 가이드를 만나자마자 악수를 하거나 볼 키스를 한다. 각 나라의 인사 스타일이 모두 개성이 있고 각양각색이다.

그렇다면 우리나라 사람들의 경우는 어떤가?

대한민국의 고객들은 공항 입국장에서 나오면서부터 인사는 하지 않고 눈동자가 위, 아래로 왔다 갔다 한다. 눈동자 돌아가는 소리가 들리는 것 같다. 어떤 가이드가 나왔나? 하고 간⑦을 보는 것이다. 가이드도 사람이다 보니 그걸 느낄 수가 있다. 경험상 고객들이 먼저 인사를 하는 경우가 많지는 않다.

고객들의 모습을 보면서 가이드도 똑같이 따라 한다. 가이드도 눈동자를 위에서 아래로 굴린다. 어떤 손님들이 오셨나? 하고 고객들과 마찬가지로 고객들의 상황을 살피는 것이다.

사람은 감정의 동물이다. 장시간 비행으로 인해 피곤함과 첫 만남의 어색함도 있겠지만, 누가 먼저이든 따뜻한 미소로 만남을 기뻐하면 더 좋지 않을까 하는 생각이 든다.

가이드와 고객은 단 며칠 동안이지만 동고동락하는 한 팀이다. 하룻밤에도 만리장성을 쌓는다는 말이 있지 않은가. 가이드와 고객이 맘이 맞으면 십만 리 장성, 쌓을 수 있다.

커피 이야기

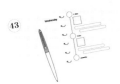

커피 원산지는 에티오피아다. 커피를 처음 발견한 것은 목동이다. 목동이 양과 염소를 치고 있는데, 염소가 어딘가를 다녀오면 좋아서 팔딱팔딱 뛴다. '저 놈이 어디서 무엇을 먹는데 다녀오면 힘이 넘치듯이 왜 저렇게 뛰지?'

그래서 목동은 염소가 무엇을 먹나 뒤를 따라 가보니, 나무에 달린 빨간 열매를 따 먹는 것이었다. 그래서 목동도 그 열매를 먹어보았다. 그랬더니 머리가 맑아지고 항상 더부룩하고 불편했던 배가 시원해지는 것이었다.

그래서 그 열매를 집에 가져다 놓고 먹는데, 열매가 상할 것 같기에 씨는 빼서 한 곳에 모아두고 열매를 끓는 물에 삶아서 물을 마시니 효과가 너무 좋았다. 그래서 또 씨를 끓여 마셔 보니 씨를 끓인 것이 효과가 더 좋다는 것을 알게 되었다. 이때부터 로스팅이 시작된 것이다.

이 나무가 무엇인지 매우 궁금했던 목동은 이맘(이슬람의 종교 지도자)에게 찾아가 이 나무가 무슨 나무냐고 물어보았다. 이맘이 하는 말씀이 카파 지방에서 온 사람들이 심었던 나무라고 하여 카파 나무라고 하였다. 카파나무가 유럽 등의 나라로 옮겨지면서 커피나무가 된 것이다.

당시 에티오피아는 이슬람권이었다. 커피는 성직자들만 마셨던 음료이다. 커피를 마시면 정신이 맑아지고 잠도 오지 않아 늦게까지도 수행을 할 수가 있었다. 이 커피가 유럽 및 다른 나라로 전해지게 된 계기는 동로마 제국의 멸망이다. 1453년 당시 콘스탄티노플을 중심으로 있던 동로마 제국이 오스만튀르크 제국에 의해 멸망을 한다. 오스만튀르크는 이 기세로 오스트리아까지 밀고 올라갔다가 후퇴를 한다. 이때 커피콩을 가지고 갔던 이슬람 군대가 커피콩을 버리고 후퇴하게 된 것이다. 전쟁 당시 오스트리아와 이슬람 사이에서 무역하던 오스트리아 무역상이 스파이 노릇을 하여 전쟁에 공을 세우게 된다. 이 무역상이 전쟁의 공을 세운 대가로 이슬람 군대가 버리고 간 커피콩을 달라고 한다. 당시 유럽에서는 커피가 잘 알려지지 않은 시기였다.

무역상은 이 커피콩을 유럽 사람의 입맛에 맞게 커피 물을 내리고 그 위에 생크림과 꿀 또는 설탕을 뿌려 비엔나(빈) 거리에서 팔기 시작하였다. 이것이 비엔나커피의 원조이다.

이 커피가 이탈리아로 넘어간다. 커피를 부드럽게 먹기 위해 우유를 타서 먹는다. 이것이 까페라떼다.

커피에 잘 정제되지 않은 우유를 넣어서 먹으니 우유 비린내가 난다. 그래서 찐하게 내려 먹은 것이 에스프레소이다.

특히 커피를 수도승들이 좋아했다고 한다. 수도승들이 입고 다니는 진한 갈색 옷을 '카푸친'이라고 한다. 커피에 우유 거품을 내서 시나몬(계피) 가루를 뿌려 먹으니 커피색이 수도승들이 입고 다녔던 카푸친하고 비슷하다고 하여 카푸치노가 된다.

에티오피아에서 생산된 커피는 예멘의 항구에서만 수출하였다. 그 항구의 이름이 모카 항이다. 여기에서는 커피콩을 통째로 푹 삶은 물을 마셨다. 그래서 나온 커피가 카페 모카다. 그러면 아메리카노는 어떻게 나왔을까?

아메리카노는 1773년 보스턴 차 사건으로부터 시작된다. 당시 영국에서 각국으로 차를 수출했다. 차를 독점적으로 수출하던 영국은 갑자기 예고도 없이 이익을 많이 남기기 위해 차에 관세를 많이 붙인다. 이에 성난 보스턴 사람들이 배에 실려 있던 차를 보스턴 항구에 버린다. 이 사건은 1755년 미국의 독립 전쟁 발단이 되었다. 전쟁이 끝나면서 미국 사람들은 영국 사람들이 즐겨 마시는 차를 마시지 않고 그 허전함을 커피로 대체를 한다. 커피를 찐하게 내려 먹다 보니 너무 써서 물을 타서 연하게 마시게 된다. 이것이 아메리카노이다.

커피 중 제일 비싼 커피는 루악커피다. 사향 고양이가 커피콩을 먹고 배설한 것에서 채집한 것이다.

당시 유럽에서는 커피를 이슬람 인들이 마시는 커피를 '이교도의 음료', 커피를 내리면 검은색이었기에 '악마의 음료'라고 해서 커피를 먹는 것을 금하였다. 그러나 수도승들이 이 커피를 좋아하였고, 특히 클레멘스 8세 교황도 커피를 좋아했지만, 이교도의 음료를 마음대로 먹을 수는 없었다. 그래서 커피에 세례를 내려 커피를 마시게 된 것이다.

프랑스 시인 탈레랑은 커피 예찬론자이며 커피에 관한 다음과 같은 시를 지었다.

커피는 지옥보다도 뜨겁고,
커피는 악마보다도 검고,
커피는 천사보다도 아름답고,
커피는 사랑보다도 달콤하다.

커피 세계 제일의 생산지는 브라질이고, 두 번째가 베트남이다. 커피의 종류는 아라비카(70%), 로부스타(28%), 리베리카(1~2%)가 있다. 특히 아라비카는 로부스타보다 단맛, 신맛, 감칠맛이 풍부하고 1,000~2,000미터의 고산지대에서 재배된다.

우리가 마시는 커피는 단일 종류만 마시는 것이 아니고, 브랜딩을 한 커피를 마시는 것이다. 브랜딩이라는 말은 '섞는다'라는 뜻으로 몇 가지를 섞어 맛을 낸다는 것이다.

　지구 촌 모든 사람들의 삶이 그윽한 커피 향과 같이 부드럽고 풍요
로웠으면 좋겠다.

소매치기 조심하세요

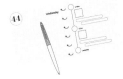

손님 한 분이 달러(dollar)에 관해 질문을 했다.

"가이드님, 왜 미국 달러($)에 세로로 두 줄이 들어가나요?"

"달러(dollar)는 본래 보헤미아(체코) 지방에서 쓰던 탈러(thaler)에서 유래된 것입니다. $가 보기에 한자 弗과 닮았다고 해서 '불'이라고도 불리는 것이고, S자는 아메리카 대륙을 발견한 스페인의 머리글자 S자에서 따왔습니다. S자를 세로로 가로지르고 있는 두 줄은 스페인 지브롤터 해협에 서 있는 스페인의 상징, 헤라클레스의 두 기둥인 '지브롤터'와 '세우타'를 상징합니다. 그리고 S자에는 PLUS ULTRA(더 먼 곳으로)라는 글자가 쓰여 있어요."

달러에 대한 설명을 마친 뒤 손님들에게 "여기는 소매치기가 많으니 가방을 조심해야 합니다. 소매치기들은 돈 냄새를 정말 잘 맡습니다."

하고 내가 말을 하니, 고객 한 분이 말했다.

"가이드, 이제 알았으니 소매치기 조심하라는 말, 그만 좀 해. 촌놈 겁주는 것도 아니고 귀에 딱지 앉겠어." 하며 신경질을 내셨다.

버스가 호텔 앞에 멈추었다. 나는 습관이 되어 버스에서 내리는 고객들에게 일일이 "가방 조심하세요."라고 말했다.

체크인을 하기 위해 호텔에 들어가는데, 외국인 세 명이 따라 들어온다. 고객들에게 가방을 조심하라고 말하고 싶었지만, 또 한 소리 들을까 봐, 내 주위에 가까이 있는 분들에게만 조심하라고 살짝 눈치만 주고 방 배정을 하였다.

잠시 후 방 열쇠를 나눠주고 나도 내 방으로 올라가려고 하는데, 우리 일행 중 고객 한 분이 "내 가방 어디 있어?"라고 누군가에게 묻는 소리가 들려왔다.

"난, 몰라. 나는 열쇠 받으러 갔다 왔잖아. 가방은 당신이 가지고 있었잖아."

순간 '아차' 싶었다. 그대로 밖으로 뛰어나가 사방을 둘러보니 아무도 없었다. 로비에 있던 외국인 두 명이 우리 고객의 손가방과 함께 순식간에 사라졌던 것이다. 외국인 한 명은 호텔의 숙박 손님이었고, 두 명이 의심을 피하기 위해 외국인 옆에 바싹 붙어서 따라 들어온 소매치기였던 것이다. 경찰에 신고를 한 후, 여권이라도 찾을 수 있을까 해서 주변의 휴지통과 버려질 만한 곳을 뒤져 보았지만, 아무것도 찾지 못했다.

가방을 잃어버린 분은 내가 소매치기 조심하라고 했을 때, 자주 화를 내셨던 분과 같이 오신 일행이었다.

내일이 한국으로 돌아가야 하는 날인데, 이건 보통 큰일이 아니다. 가방 속에는 여권, 지갑, 핸드폰 등등 여러 가지가 들어 있었다. 고객의 말로는 현금도 꽤 있었다 하고, 잃어버린 가방도 명품이라고 한다.

"가이드, 여권 없으면 어떡해? 나 한국 못 들어가?"

"네, 못가세요. 내일 대사관에 가서 임시여권을 발급받으셔야 해요."

"대사관이 어딘데?"

"여기에서 머니까, 직원이랑 같이 다녀오시면 돼요. 너무 걱정하지 마세요."

손가방을 소매치기 당한 고객은 어찌할 줄 몰라 하며 한숨만 쉰다.

"내일 새벽에 여권 만들러 가야 하니 방에 들어가셔서 일찍 주무세요."

다음날 새벽, 직원과 손님은 택시를 타고 기차역으로 갔다.

"최대한 빨리 돌아오셔야 해요. 그렇지 않으면 비행기 놓칠 수 있습니다."

나는 신신당부를 하였다. 조금만 지체되면 비행기를 타지 못할 수도 있는 상황이었다. 택시를 태워 보내고, 방으로 돌아가는데 누가 나를 불러서 뒤를 돌아보았다. 소매치기 조심하라고 할 때, 화를 내던 고객이

다. "가이드, 어제는 미안했어." 한다.

그 분 역시 친구가 소매치기 당한 일로 매우 상심하고 있었다.

마지막 날 투어 일정을 시작하였지만, 일행의 분위기가 가라앉아 있다. 나는 여권을 재발급 받기 위해 함께 대사관으로 간 직원에게 자주 연락을 취하였다.

직원에게 여권을 발급 받아서 돌아오는 길이라는 연락이 왔다. 버스 안 모든 고객들이 다 같이 손뼉을 쳤다. 그 소식을 듣고서야 친구 분도 얼굴에 화색이 돈다. 기차 도착 시각을 보니 우리가 공항에 도착하는 것보다 약간 늦을 것 같았다. 공항에 도착하여 수속이 다 끝나 가는데도 직원과 고객은 도착을 하지 않고 있었다. '어디쯤 오고 있을까?' 나는 마음속으로 무사히 제시간에 도착하기를 마음속으로 빌었다.

드디어 택시에서 두 명이 내려 뛰어오는 모습이 내 눈에 들어왔다. 같이 오신 친구 분이 소리를 지르며 뛰어간다. 견우와 직녀의 만남이 따로 없었다.

돈은 돈 대로 들어갔다. 2명의 왕복 기차비, 4번의 택시비, 2명의 밥값, 수고비, 여권 만드는 비용, 가방 속의 많은 현금(달러)과 비싼 선물, 화장품, 목걸이, 반지, 휴대폰과 기타 등등. 거기에 비싼 명품가방까지.

해외여행을 준비하는 사람이라면 머릿속에 다음의 숙지사항을 꼭 잊지 말아야 한다.

'여행 중에 가방을 옆으로 메면 옆 사람 것, 뒤로 메면 뒷사람 것이다. 외국의 치안을 한국처럼 생각하면 큰 오산이다. 많은 나라를 다녀봤지만 한국은 치안만큼은 정말 세계 최상의 자랑스러운 나라다.

소매치기의 수법도 가지가지라서 외국의 소매치기들은 달인의 경지다. 이제는 소매치기를 넘어 강도질까지 하니 문제가 더욱 심각하다. 스스로가 조심하는 수밖에 없다.

투어 중에는 가방을 어깨에 걸어 앞쪽으로 멘다. 오래 메고 다니면 어깨는 아프지만 그러나 어쩌겠는가. 가방을 잃어버리면 더 아픈걸.

여행 중에 당했던 몇 건의 소매치기 사건

1) "식당에서 가방으로 자리 맡지 마세요."

"아침 식사를 할 때는 가방을 어깨에 꼭 메고 음식을 가져오셔야 해요. 그리고 가방으로 자리맡아 놓지 마세요. 부부간에도 가방을 맡기지 말고 각자 자기 가방은 자기가 갖고 다니도록 하세요. 부모님들은 아이들에게 가방을 절대 맡기지 마세요. 특히 친구 간에도 절대 맡기지 마세요."

그래도 맡긴다. 내 것은 괜찮겠지 하고 말이다. 결국, 가방을 잃어버렸다.

"내 가방 좀 보고 있으라고 했잖아."

"나도 음식을 먹느라고 신경을 못 썼어. 미안해."

'미안해'라고 해서 끝나면 좋으련만, 외국에서의 가방 분실은 절대 미안하다고 끝날 일이 아니다. 잃어버린 순간부터 해야만 할 많은 일들이 기다리고 있다.

2) 버스에 캐리어를 싣고 있었다. 한 손님이 캐리어를 버스 옆에 두고 버스에 탑승한다.

"항상 본인 캐리어가 버스 짐칸에 실리는지 확인하세요. 저렇게 두시고 타시면 누군가 귀신도 모르게 가져가 버립니다. 저 가방 누구 거예요?"

대답이 없다. 분명 저 손님 것 같은데.

기사가 눈에 보이는 나머지 가방을 다 싣고 출발한다. 일정을 마치고 호텔에 도착했는데, 손님의 캐리어가 없다고 한다. 본인은 분명히 버스에 실었다고 한다. 그런데 나는 알고 있다. 버스 옆에 두고 그냥 버스에 올라탄 것을. 기사에게 물어보니 모른다고 한다. 출발 전에 분명히 아무것도 없었다. 출발 전 밖을 확인하고 출발하였다. 나도 확인했으니까. 전날 묵었던 호텔에 전화했다. 그랬더니 주차장에 캐리어가 하나 있다고 한다. 확인해 보니 손님 것이었다. 중요한 것은 다 가져가고 가방 안에 옷만 몇 개 있다고 한다.

가이드 주제에?

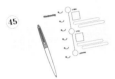

　　설명 중에 고객이 내 말을 자르고 끼어들어 말을 한다. 그리고 본인이 설명을 추가로 더 오래 한다. 한두 번이 아니다. 설명 중 아무 때나 불쑥불쑥 끼어들어서 설명할 때 긴장이 되었다. 그 고객은 전에 이곳을 한번 방문한 경험이 있다고 한다. 이곳이 좋아 다시 방문을 했고, 오기 전에 공부도 많이 했다고 한다. 그래서 이곳을 많이 아신다고 한다. 처음에는 그 고객을 일행들이 좋아했다. 가이드의 말보다 같은 일행이 이야기를 해주니 더 믿음이 간 것 같았다.

　　"가이드님, 가다가 마트에서 버스 좀 세워줘요."

　　"이 근처에는 마트가 없으니 나중에 알려드릴게요. 뭐 필요한 거 있으세요?"

　　"아니 더워서 시원한 맥주 하나 마시려고."

옆에 있던 부인이 "당신, 맥주는 안 돼요."하고 말했다.

"어허, 이사람. 하나 정도는 괜찮아. 그리고 여기 맥주가 맛있어."

"나 그만 고생시키고 차라리 콜라를 마셔요."

남편이 통풍으로 고생을 한다고 한다. 통풍 때문에 좋아하는 고기도 못 먹고, 맥주도 마시면 안 된다고 한다.

"아버님, 통풍에는 매실, 올리브, 식초가 좋아요." 하고 내가 말했다.

"나도 알아, 매일 아침 먹고 있어. 내가 통풍 박사야" 하신다. 통풍 때문에 공부하다 보니, 박사가 되었다고 하며, 일행들에게 통풍을 조심하라며 통풍에 대해 이야기하신다.

"통풍은 요산이 몸 밖으로 배설되지 않고 혈액 내에 있다가 관절에 쌓여 생기는 병이야. 요산이 쌓여 있는 부위에 바람이 지나가다 건드리기만 해도 아프다고 하여 통풍이라고 하지.

요산이란, 핵산의 구성 성분인 퓨린(단백질)이라는 물질이 간에서 대사되면서 생기는 최종 분해 산물인데, 퓨린 함유량이 높은 음식은 간, 콩팥 등 내장류, 청어, 고등어, 멸치, 등푸른생선 등이 있어. 요산은 산성이다 보니 알칼리성 식품 매실, 식초 등을 먹으면 좋아."

나 또한 고객께서 통풍에 대해 너무 잘 알고 계셔서 깜짝 놀랐다.

일행들이 손뼉을 치며 "진짜 통풍 박사님이네요." 한다.

"아버님, 그런 걸 어떻게 아셨어요?" 하니,

"한번 아파 봐. 그럼 그 분야에 박사가 돼." 하신다.

이때부터 이 고객의 호칭은 '박사님'이 되었다.

"가이드, 버스 냉장고에 시원한 콜라 있어?"

"네, 기사가 시원하게 준비해서 팔아요."

"그럼 시원한 거로 하나만 줘. 그런데 얼마야?"

기사에게 파는 가격을 물어봐서 고객에게 알려주니,

"뭐가 그리 비싸. 안 마셔." 하신다.

"보통 버스에서 이 가격으로 다 팔던데요." 하니

"가이드, 나 마트 운영하는 사람이야. 내가 들어오는 가격을 다 아는데. 가다가 마트 나오면 알려주기나 해." 하면서 비싸다고 투덜댄다. 내가 그러면 물이라도 드시라고 하니, 물도 안 마신다고 한다.

옆자리에 앉은 부인이 "나와서까지 티를 내요." 하면서 콜라를 하나 가져다 달라고 한다. 그랬더니 남편이 화를 내면서 안 마실 거니까 그만두라고 한다.

통풍 박사님은 투어 중 매장에 들렀을 때도 계속 원가 얘기를 했다. 자신이 이 나라에 대해 잘 안다며 음식이든, 매장 방문이든, 선택 관광이든 가는 곳마다 모든 일에 '감 놔라, 대추 놔라' 끼어들었다.

처음에는 웃어넘겼지만 계속 얘기를 하시기에 안 되겠다 싶어, 웃으면서 한마디 했다.

"사장님, 사장님도 물건을 받아다가 원가에 파세요?" 하니 대답을 못 하신다. 그러면서 눈을 감고 가만히 앉아 있다.

점심을 마치고 이동 중에 한 분이 질문을 하였다.

"가이드님, 여기는 가톨릭 나라라고 알고 있는데, 식당에 부처님상과 달마대사가 있네요. 그러면 이 나라에 절도 있나요?"

"네, 이 나라는 90%가 가톨릭을 믿고 있지만, 종교의 자유가 있습니다. 절도 있고, 이슬람 사원도 있습니다. 그리고 식당 앞에 있던 상은 달마대사가 아니고…" 하는데,

통풍 박사님이 또 끼어들며 "그런 건 나한테 물어봐." 하신다. 나는 설명 중에 발언권을 또 박사님에게 넘겼다. 말씀하시는 것을 가이드만큼이나 좋아하시나 보다고 생각했다. 하지만 맞게 설명을 해주시는 것도 있지만, 다르게 설명하는 부분도 있었다. 서로 다른 책을 보았기 때문에 다르게 설명을 할 수도 있겠거니 했지만, 주제에서 너무 빗나가고 있었다. 나는 안 되겠다 싶어서 "박사님, 이건 제가 설명해드릴게요." 하니 약간 언짢아하시는 표정이다.

"식당에 있던 걸려 있던 그림에 있던 분은 달마대사가 아니고, 포대화상입니다. 그리고 우리가 알고 있는 부처님(고마타 싯다르타)은 부처님 중 28대 부처님입니다. 종교학자들이 볼 때 불교는 종교가 아닙니다. 종

교의 기준은 신(神)이 계신가? 계시지 않은가? 신의 유무로 구분하죠. 불교에는 신이 계시지 않아요. 부처라는 뜻은 깨우침을 구한 자입니다. 그래서 누구나 깨우치면 부처가 될 수 있다고 하는 것입니다.

불교에서는,

맨 위에 부처님이 계시고, 그 아래

3부처 : 아미타불, 약사여래불, 미륵불

5보살 : 관세음보살, 대세지보살, 보현보살, 문수보살, 지장보살

나 한 : 16 나한, 500 나한이 있고, 4쌍 8배

스 님 : 대사, 국사, 스님(비구승:결혼 X, 대처승:결혼 O)

거 사 : 출가는 하지 않고 불경을 공부하는 일반인이 있습니다."

질문했던 손님이 "와, 가이드님은 믿고 있는 종교가 뭐예요?"라고 물어본다. 그냥 웃음으로 대답을 하니,

"전에 설명하는 것을 봐서는 하나님을 믿는 거 같고, 어떨 때는 동양 철학을 하는 거 같고, 지금 보니 불교인 거 같고, 알 수가 없네." 한다.

선택 관광을 선택할 때도 마찬가지였다. 내가 다 해봤으니까 알아서 할 테니 본인만 믿으라고 한다. 몇 고객이 그 분이 정해준 데로 하지 않고 따로 선택한다고 하니 언짢아하신다.

사람마다 느끼는 것이 다를 텐데. 내가 경험을 통해 느꼈던 것을 상

대방 또한 똑같이 느낄 것이라는 보장은 없다. 박사님이 추천했던 것으로 선택 관광을 진행했던 분들의 불만이 제기되었다. 고객들은 박사님 앞에서는 이야기를 못하고, 가이드한테 와서 불만을 이야기한다. 그래 봤자 소용이 없다. 이미 진행되었기 때문이다.

결국, 버스에서 사건이 터졌다.

설명하는 데 박사님이 또 끼어든다. 중간에 앉아 있던 학생이 한마디를 하였다.

"좀 조용히 하시면 안 돼요. 가이드님 이야기 듣게요."

갑자기 분위기가 싸해졌다.

"학생, 지금 뭐라고 했어?" 박사님이 한마디 한다.

옆에 있던 박사님의 친구가 "자네도 좀 가만히 있어. 자꾸 끼어들지 말고."

분위기가 험악해졌다. 뒤쪽에서도 학생 편을 드는 몇 분이 조용 하자고 하니 박사님이 뒤쪽을 힐끔 쳐다본다.

나는 한 팀의 분위기가 이래서는 안 되겠다는 생각이 들어 마이크를 켜고 말했다.

"잠깐만요. 지금부터 제가 진행을 할 테니 서로 기분 푸세요. 학생도 이해해주고, 박사님도 이해해주세요."

이때 갑자기 폭탄 같은 말 한마디가 날아온다.

"가이드 주제에… 뭐?"

뒤통수를 한 대 딱 맞은 기분이다. 말은 안 나오고, 눈물이 핑 돌 것 같았다.

"지금 뭐라고 하셨어요?" 하니 옆자리에 있던 친구 분이 나를 바라보며 말했다.

"가이드, 아무것도 아니야. 그냥 기분이 상해서 그런 거니까." 하면서 참으라고 눈치를 준다. 한마디 하고 싶었지만, 더하면 좋은 모습이 나오지 않을 것 같아 꾹 참고 자리에 앉았다.

기분이 좋지 않다고 하여도 상대방에게 해야 할 말이 있고, 하지 말아야 할 말이 있다. 고객이라는 이유만으로 이런 소리를 듣고 참아야 하는가?

나도 언젠가는 그분의 마트에 손님으로 방문할 수도 있는데.

그 고객께서는 처음에는 일행들에게 박사님으로 인정을 받아 좋았지만, 결국 일행들에게조차도 외면을 받았다. 그런 모습을 보니 나 역시 한편으로는 마음이 씁쓸했다.

언젠가 아는 목사님으로부터 받은 메시지가 생각났다.

'없는 것을 있는 척하지도 말고, 있는 것을 없는 척하지도 말고, 할 수 없는 것을 할 줄 아는 척하지도 말고, 할 수 있는 것을 못하는 척 빼지도 말고, 억지로 착한 척하지도 말고, 사람을 의식하면서 뭘 하지도 말라.'

VIP 대접받고 싶은 관계자의 지인

사람은 누구나 인정받고 싶어 한다. 나도 그렇다. 하지만 다른 사람은 나를 더 잘 안다. 인정해줄 것인지? 말 것인지?

내가 상대방을 잘 알 것 같지만, 실은 상대방이 나를 더 잘 알고 있다. 서로의 입장 때문에 단지 상대방에게 말을 하지 않을 뿐이다. 외면을 아무리 잘 꾸며도 내면까지 감출 수는 없다. 허술해 보일지라도 내면이 꽉 차 있다면 언젠가 그의 진가는 드러나는 것이다. 사자성어에 낭중지추(囊中之錐:주머니 속의 송곳)라는 말도 있지 않은가.

투어를 하다 보면 '사람 위에 사람 없고, 사람 밑에 사람 없다.'라는 말이 틀렸다고 느낄 때가 있다.

대접만 받고 싶어 하는 분이 있다.

자신이 스스로 너무 잘 났다고 생각해서 일까?

대접만 받고 살아서 아예 대접하는 방법을 모르는 것일까?

영어로 VIP는 Very Important Person이다. 번역하게 되면 '매우 중요한 사람'이다. 그런데, 누구에게 중요한 사람인가가 더 중요하다. 소개를 한 사람한테는 그 사람이 매우 중요한 사람일 수도 있지만, 나에게는 다른 일행과 똑같은 한 분의 고객일 뿐이다.

그렇지만 그 분을 소개한 사람이 나에게 중요한 분이기 때문에 나 또한 중요한 분이라고 생각할 수도 있다. 그렇게 생각하면 중요하지 않은 사람이 어디에 있겠는가? '두세 다리만 건너면 한국 사람은 다 안다'라는 말도 있지 않은가.

사실 진정한 VIP들은 티를 내지 않는다. 진정한 VIP는 자신을 소개한 사람에게 실례가 되지 않을까? 더 조심한다.

한번은 회사 관계자로부터 전화를 받았다. 회사의 ㅇㅇ의 지인분이 VIP 손님으로 오신다는 내용이었다.

"네, 알겠습니다. 성의껏 하겠습니다."

며칠 후 회사 관계자로부터 연락받은 그 분에게 전화가 왔다.

"잘 부탁드립니다. 현지에서 뵙겠습니다."

그리고 그 지인이라는 분이 현지에 도착해서 인사를 하며 회사로부터 연락을 전해 들었다는 말씀을 드렸다. 지인이라는 그 분은 나에게 이렇게 말씀하셨다.

"절대, 그러지 마세요. 우리도 같은 여행객일 뿐이에요. 저 때문에 가이드께서 부담을 갖는다면, 제대로 여행을 하지 못합니다."

"네, 알겠습니다."

그 지인 분이 포함된 일행들과 투어 일정이 시작 되었다.

투어 첫날 아침 그 분이 버스로 과일바구니를 들고 나오셨다.

"호텔 방에 이게 있어서 가지고 왔어요. 누가 잘못 넣어 두었나 봐요. 같이 먹어요." 하면서 나눠 주신다.

사실 과일바구니는 여행사에서 미리 준비를 했던 것이다.

여행은 즐겁게 마무리가 되었다. 며칠 뒤 전화가 왔다.

"VIP 분이 너무 여행을 잘 다녀왔다고 합니다. 신경 써주셔서 감사합니다."

"아닙니다. 평소 제가 하던 데로 똑같이 했는데요. 그렇게 생각해 주시니 감사합니다."

그 분은 끝까지 진정한 VIP 고객이었다.

또 다른 경우이다.

"가이드, 내가 누군지 알아?"

"네…?"

회사 관계자로부터 미리 연락을 받은 터였다. 회사 관계자의 지인이다. 하지만, 고객의 행동에 실망한 나는 그의 행동에 크게 신경을 쓰지 않고 투어를 진행했다. 일정이 어느 정도 마무리되어 가고 있는데, 한국 여행사로부터 전화가 왔다.

"가이드님, 혹시 회사 관계자의 지인 분께 서운하게 하신 일 있으셨나요?"

"아니요, 그분하고 말도 잘 나누지 않았는데요. 왜요? 뭐라고 하세요?"

"지인분이 좀 기분이 나쁘셨나 봐요. 미안하지만 조금 더 신경 써주세요."

"제가 특별히 그 분께 기분 나쁘게 해드린 게 없는데. 아무튼 알겠습니다."

사실 VIP라는 분과 그 일행들이 했던 행동을 전화가 걸려온 김에 얘기하고 싶었지만 참았다.

다음 날 아침 일명 VIP 고객들을 만났다. 어제 전화 통화도 했고 해서 먼저 다가가 인사를 깍듯하게 했다.

"어, 가이드, 잘 잤어?"

"네, 편히 쉬었습니다. 잘 주무셨어요?"

무슨 일인지 기분이 좋아 보였다. 나중에 알았지만, 여행사에서 나에게 전화를 한 후에 손님들에게 다시 전화해서 가이드에게 알아듣게 얘기했으니 잘할 것이라고 했다고 한다. 기분이 썩 좋지는 않았다.

"가이드, 내가 회사의 ○○ 친구야."

"네, 그러셨어요. 처음부터 말씀하시지."

○○의 친구라면 친구를 위해서라도 더 잘해야 할 텐데, 하지만 행동의 변화는 없었다. 자기들 맘대로 행동하고, 단체 행동에서도 꼭 따로 움직이려고 한다.

"가이드, 미안한데, 손님들 먼저 호텔에 태워드리고, 다시 우리 일행을 데리러 올 수 있어? 우리끼리 좋은데서 한잔 더 하려고."

"네, 그렇게 해드릴게요." 웃으면서 대답을 했다.

'그래, 회사의 관계자 지인이라니까, 신경 써 드리자. 어차피 내일이면 가니까.' 나는 마음을 다잡고 이렇게 다짐했다.

다음 날 아침, 밤늦게까지 술을 마셨는지 VIP 고객들은 늦게 내려오셨다.

나는 예약된 투어 일정이 있기에 마음이 급했다. 서둘러 체크아웃을 하고 출발하려는데, 화장실에 다녀온다고 한다. 안 그래도 늦어서 짜증이 났는데, 더 짜증이 났다.

"가이드, 이렇게 늦을 거면 우리한테도 늦게 나오라고 하지."

먼저 내려와서 기다리고 있던 고객들도 짜증이 났는지 돌려서 말을 한다. 결국, 예약된 곳은 약속 시간에 도착하지 못하여 오후에 시간을 정해 다시 일정을 진행하였다.

오전 일정을 마치고 점심시간에 결국은 사건이 터지고 말았다.

어제 과음을 해서 속이 불편하니 죽을 준비해달라는 것이었다. 나는 다시 한 번 다짐을 해야 했다.

'그래, 해주자. 오늘만 지나면 가니까. 그리고 관계자의 지인이니까.' 식당에 죽을 준비해 달라고 전화를 했다.

잠시 후 재촉하는 전화가 왔다.

"가이드, 죽 준비됐어?" 그러면서 본인이 투어를 따라다니기 힘이 드니 일정을 빨리 마치고 식당으로 가자고 한다.

아, 이런 내가 다시 한 번 다짐하고 참았어야 했는데…, 나는 참으려고 했는데 내 입이 가만있질 못했다.

"손님, 여기는 무조건 얘기한다고 다 준비되는 게 아니에요." 지인이 갑자기 당황한다.

"저도 고객님의 친구라는 그분 잘 알아요. 어느 부서에 근무하는지도 알고요."

"…" 대답이 없다.

"그 친구라는 분은 제가 잘 아는 분이랑 같이 근무하세요. 제가 아는 분이 고객님 친구 분의 상사에요. 친구 분한테 한번 확인해 보세요."

배려와 양보, 이해는 본인과 관계자(지인)와의 인간관계의 위상을 더 높여 주는 정말 좋은 기회이며, 또한 자신의 인격을 나타내는 필수 요소다.

고객들의 리액션에 방언이 터지다

투어 중 고객들에게 설명하다 보면 무의식적으로 나오는 말이 있다. 신경을 쓰고 말을 해도 갑자기 툭툭 튀어나온다. 이제는 이 말을 하지 않으면 음식에 양념이 빠진 듯 말할 때 밋밋한 느낌이 나 스스로 들기도 한다.

설명을 한참 하였는데도 손님들이 멀뚱멀뚱 내 얼굴을 쳐다보기만 한다.

호응을 해주시면 더 신나게 설명을 할 텐데 하는 마음이 들 때가 있다. 그럴 때는 강제로라도 대답을 하라고 시킨다.

"안다 캐요! 그래야 신이 나서 더 얘기하지요. 그냥 멀뚱멀뚱 계시면 말하는 사람 맥빠진다아닙니까." '몰라도 안다고 해요.'를 빠르게 하면 '안다 캐요.'가 된다.

가이드와 고객이 한 팀이 되어 하루 이틀 지내다보면, 설명하다가 고객들에게 "알았죠?"라고 하면 "안당께."라고 호응을 해주신다.

　내가 가이드 입장에서 고객을 부를 때 주로 하는 호칭이다. 나는 일반적으로 나이가 나보다 위라고 생각하면 주로 '선생님'이라고 부른다. 때로는 '선생님'이라고 부르면 분위기가 너무 엄숙한 쪽으로 갈 때가 많기 때문에 처음부터 고객들의 상황에 맞추어 '언니, 오빠, 형아, 엄마, 아빠'라고 부르겠다고 동의를 구한다. 그러면 고객들께서는 거의 승낙을 한다. 우리나라 사람 중에 '언니, 오빠, 엄마, 형아, 아빠'하면 통하지 않을 사람이 누가 있겠는가. 이렇게 부르면서 진행을 하고 듣기에 거북하다고 하면 그때부터는 '고객님, 손님, 선생님'이라고 부른다. 일부러 무거운 목소리 톤으로 '선생님'이라고 부르면 "우리가 무슨 선생님이야?" 하면서 편하게 부르라고 하신다.

같은 일정으로 시작된 여행이지만 시간과 장소, 대상에 따라 여행의 에너지가 다르게 느껴진다. 설명할 때 잘 호응해주시는 고객들과는 신이 나서 기억의 저편에 있던 말까지 생각나고, 조금 더 심하면 방언까지 터지곤 한다. 내가 말을 하면서도 신기할 때가 있다. 어떻게 내가 이런 말을 하고 있지 스스로도 놀란다. 이야기가 끝나고 내가 한 말이 신기해서 내가 했던 말을 노트에 기록해 놓기도 한다.

투어가 중반을 넘어가다 보면 손님들이 한마디씩 한다.

"며칠 사이에 내 말투가 가이드를 따라 하고 있어."

"가이드 닮아서 다 물든 거 같아."

"집에 가서도 똑같이 할 거 같아."

"저 소리 못 들으면 금단증상이 올 것 같아."

"집에 가면 저 소리 듣고 싶으면 어떡하지."

이외에도 투어를 진행하다 보면, 가이드뿐만 아니라 같이 온 일행들까지 어리둥절하게 만드는 해프닝이 발생할 때가 있다. 그런데 이런 해프닝이 때로는 일행들에게 커다란 웃음을 선사한다.

1) 남대문 사건

자유시간이 지난 후 고객들이 하나둘씩 약속한 장소로 모이기 시작했다. 인원을 파악하는데, 한 여성분의 바지 지퍼가 열려 있다. 이 사실을 직접적으로 바로 말했다가는 고객을 망신을 주는 것 같아, 엉뚱한 곳을 바라보며 "누구 지퍼가 열렸어요!" 했다. 그랬더니 동시에 고개를 숙이며 자기의 어딘가(?)를 바라본다.

"고객님, 가방 지퍼가 열렸다고요." 하니

"아이고 깜짝 놀랐잖아!" 하신다.

바지 지퍼가 열렸던 분은 아닌 척하며 씩 웃는다. 나중에 그 여성분이 오시더니 "고마워요"라고 한다.

2) 얼굴의 휴지(休紙)

땀이 나서 얼굴을 닦을 때는 가능하면 손수건으로 닦아야 한다.

고객의 얼굴에 하얀 종이가 붙어 있다. 다들 그 모습을 보았는데도 말해 주기가 민망했나 보다.

"가이드님, 아까부터 저분 얼굴에 휴지가 붙어 있는데, 아직도 붙어 있어요."

"직접 가서 떼어 드리세요." 하니,

"아니에요, 가이드님이 말해 주세요. 저희는 말 못 해요." 하며 웃기만 한다.

고객에게 다가가 조용하게 거울 한번 보시라고 했다. 거울을 꺼내 보시더니, 왜 진작 얘기해주지 않았냐고 웃으며 소리를 친다.

"저도 지금 봤어요."라고 하니

"아이고, 우리 가이드밖에 없어."라고 하신다.

3) 판다 곰이 된 여인

"기념품은 이동할 때 사지 말고, 자유 시간을 드리면 그때 사세요."

시내 이동 중 고객 한 분을 잃어버렸다. 그 고객은 걸어서 이동 중에 맘에 드는 기념품을 발견하고 기념품 가게로 들어간 것이다. 그런데 기념품을 사고 나오니 일행들이 사라졌다. 순간 당황하여 방향을 잃고 왔던 길로 다시 돌아간 것이다. 반대 방향으로 걷고 있던 우리 일행은 10분 정도 걷고 나서 손님 숫자를 파악하는데 한 명이 없는 것이다.

"친구 분 어디 가셨어요?"

"몰라요. 뒤에 따라 왔는데." 함께 여행을 온 친구 분에게 행방을 물어보았지만 혼자 사진 찍기를 좋아했던 친구라서 별로 신경을 쓰지 않고 다녔다고 한다.

"가이드님, 빨리 찾아봐요."

"친구 분께 전화 한번 해보세요."

전화해도 받지 않는다고 한다. 왔던 길로 다시 올라가 보았으나 보이지 않는다. 한참을 찾아다니는데 한쪽 골목길에서 나오는 것이다.

"아니, 어디 다녀오셨어요?"

길을 잃어버렸던 그 고객은 우리 일행들을 보며 안도의 한숨과 함께 혼자 두고 갔다는 원망의 눈물을 쏟아낸다.

친구들이 "야, 너 판다 곰 같아." 하니, 버스에 오르자마자 제일 먼저 화장을 고친다.

4) 독도 지킴이

버스에서 우리나라와 일본을 비교 설명을 하고 있는데, 손님 한 분이 벌떡 일어나 태극기를 들고 앞에서 뒤로 뛰어갔다 다시 앞으로 뛰어온다. 고객들이 어리둥절해 한다.

그리고 "대한민국 짝짝짝 짝짝" 하면서 손뼉을 친다. 그러면서 하시는 말씀이 "저는 대한민국 홍보단이며 독도 지킴이입니다."라고 하신다. 그때야 일행 모두가 "와" 하면서 손뼉을 친다. 내가 일본과 우리나라를 비교 설명하는데, 우리나라가 너무 자랑스러웠다고 한다.

버스가 해안가를 달리고 있는데, 버스 안에서 또다시 태극기를 들고 뛴다. 뛰다가 창밖을 보시더니 "바닷물이 이렇게 가까이 있으면 위험하지 않나?"라고 하신다. "아니요, 지금 더 위험한 것은 고객님께서 벌떡 일어나 달리는 버스에서 뛰어다니는 게 더 위험해요." 하는 내 말에, 버스는 웃음바다가 되어 버렸다. 버스가 이동 중에는 다시는 자리에서 일어나 움직이면 안 된다고 말씀드렸더니 알았다고 하신다. 그때 선물로 주신 태극기가 지금 우리 집 거실에 걸려있다. 태극기를 볼 때마다 독도 지킴이 그 분이 생각난다.

5) 소시 적에 껌 좀 씹어 본 엄마

설명하는데 껌 씹는 소리가 들린다.

신경에 거슬렸다. 그것도 앞자리에서 소리를 "딱딱" 내면서 씹는다. 죄송하다고 하면서 양해를 구했다.

"설명이 끝나고 씹으면 안 될까요?"

"나 신경 쓰지 말고 얘기하세요. 멀미를 해서요." 하며 딱 잘라 말하며, 멀미를 안 하게 해주면 껌을 씹지 않겠다고 한다.

"멀미는 눈으로 보이는 것과 몸으로 느끼는 것의 불균형에서 일어나는 현상입니다. 멀미 증상이 있을 때 눈을 감거나 잠을 자게 되면 눈으로 보지 않기 때문에 귓속의 삼반 귀관 고리가 안정을 유지하게 되어 멀미하지 않는 거예요." 하니,

"그럼 좋은 거 하나도 못 보게요." 하며 기분이 나빴는지 이제는 설

명할 때 박자까지 맞추어 씹는다. 주변에 있던 분들이 박자를 맞추어 껌 씹는 소리에 키득키득 웃는다. 손님의 말투에 겁이 나서 말도 붙이지 못했다. 가는 날까지 앞자리에서 껌을 씹고 계신다. 젊어서 껌 좀 씹어본 어머니인 것 같다.

누구나 여행을 할 때는 어느 정도 마음이 들떠 있다. 그래서 여행은 항상 웃음과 이야깃거리가 넘쳐난다.

부러우면 지는 거야

쌍 ㄱ으로 사람을 표현하는 말이 있다.

꼴(외모), 끼(열정), 끈(인맥), 깡(노력), 꾀(재능), 꿈(목표), 꾼(지식), 낌(센스), 꽃(미모), 끌(당김), 꽉(집념), 꽝(시작), 끝(마무리).

일행 중에 모델 같은 멋진 남자 손님이 있다. 빛이 난다. 지나가는 사람들도 한 번씩 쳐다본다. 인기가 참 많았다. 외모뿐만 아니라 예의 바르고 말도 잘한다. 일행들의 반응은 어떠했을까?

특히 엄마들이 난리였다. 한마디씩 한다. "딱 내 스타일이야."

처음에는 일행들과 친하게 지내니 보기가 좋았다. 하지만, 시간이 지날수록 같은 남자로서 샘이 났다. 설명할 때도 나를 바라보는 것이 아니고, 멋진 남자를 바라보고 있는 것이 아닌가. 궁금한 게 있어도 나에게 물어보는 것이 아니고, 잘생긴 남자에게 물어본다. 커피를 마실 때도 나는 안 사주고, 그 남자만 사준다. 사진을 찍어도 나랑 안 찍고, 모델 같은 그 남자와 찍으려고 줄을 선다. 솔직히 사진 찍어 주기 싫었다. 그래도 셔터는 누른다. 나는 고객의 부탁을 거역할 수 없는 가이드니까.

'저 남자가 서있는 저 자리가 내 자리였었는데.' 아쉬운 마음을 속으로 삭인다.

이런 생각을 했던 나도 참 속이 좁았다. 그런데 나만 이런 생각을 했을까? 아니었다. 나만 질투를 느낀 게 아니었다. 엄마들이 젊은 그 손님에게 잘 대해 주다 보니 옆에 있던 남편들도 마음이 불편했나 보다.

휴게소에서 커피를 마시는데 멋진 남자에게 커피를 건네주는 아내를 남편이 본 것이다.

남편의 얼굴이 빨갛게 변하더니 아내를 부른다. 휴게소 밖에서 부부가 무슨 이야기를 하는지 심각하게 보인다. 남편은 밖에 있고, 부인만 안으로 들어온다. 들어오면서 같이 온 친구들에게 그 여성 고객이 한마디 한다.

"너희가 커피 갖다 주라고 해서 나만 혼났잖아."

친구의 볼멘소리에 친구들이 키득키득 웃고 있을 때, 밖에 있던 남편이 휴게실 안으로 들어오더니 젊은 남자를 가리키며 "당신도 조심해. 나도 참고 있는 중이야." 한다. 분위기가 썰렁해졌다. 나도 옆에서 이 모습을 보고 있다 보니 웃음이 나왔다.

내가 이러면 안 되겠다 싶어서 "어머니들, 잠깐 이쪽으로 오세요." 하니 내가 부르는 것을 핑계 삼아 어머니들이 쪼르르 달려온다.

"앞으로 여행 잘 하시려면 남편 분들한테 신경 쓰세요. 여자가 한을 품으면 오뉴월에 서리가 내린다고 하지만, 남자가 한을 품으면 오뉴월에 눈보라가 쳐요." 하니 "알았어요." 하며 웃는다.

그래도 그 멋진 남자를 보며 한마디씩 한다.

한 여성 고객이 나에게 말했다. "가이드님, 그런데, 저 젊은 사람 잘 생기긴 잘 생겼죠. 나도 한 땐 저런 남자가 나의 로망이었는데…"라고 하며 남편이 있는 휴게실을 쳐다본다.

내가 그 여성고객께 말했다. "로망이 무슨 뜻인지 아세요?"

"네, 로망이 로망이지, 무슨 다른 뜻이 또 있나요?" 한다.

"로망(Roman)은 로마인에서 유래된 말이에요. 로마 시대에는 로마 시민이 되는 것이 꿈이었지요. 저 젊은 남자는 엄마의 로망이 아니고 코리안이에요." 하니, 언제 왔는지 옆에서 이야기를 듣던 남편들이 "우리도 코리안이야!"라고 큰 소리로 말했다. 모두가 서로를 쳐다보며 웃었다.

비행기 비상착륙

하루를 남겨 두고 마지막 투어 일정이 남아 있는 곳으로 비행기를 이용하여 가야 한다. 공항에 도착하여 수속을 마치고, 게이트 근처에서 대기하고 있었다. 고객 한 분이 오시더니, 비행기 이륙이 또 지연되었다고 한다. 이미 한 번 지연되었기 때문에 이제는 바로 가겠지 생각하던 중이었는데 "가이드님 또 두 시간 지연이래요. 어떡해요?"

"두 시간 후에라도 가기만 하면 다행일 것 같아요."

밤 열 시 반 비행기가 새벽 두시로 바뀐 것이다. 별수 없이 공항 안에서 기다려야 했다. 고객들이 많이 피곤해 보였다. 나의 힘으로는 어쩔 수 없는 상황이었지만 비행기가 지연되는 상황이 마치 내 탓인 것 같아 고객들께 미안했다.

"죄송합니다. 비행기가 지연되어서…."

"이게 가이드님 잘못인가요 뭐. 저랑 차나 한잔하러 가실래요?"

고객들께서 이해해 주시니 너무 고마웠다. 두 시간이라는 시간이 이렇게 길게 느껴지다니, 마음이 다급하니 시간은 거북이처럼 천천히 가는 것처럼 느껴졌다.

거우 비행기에 탑승하여 좌석에 앉으니 긴장이 풀리는지 바로 잠이 들었다.

어느 정도 시간이 흐른 것 같다. 잠결에 웅성웅성하는 소리가 들렸다. 피곤해서 그런지 깨지 않고 그대로 자고 싶었다. 그때 뒤쪽에서 일어나라며 승객들을 깨우는 소리가 들렸다.

"가이드님, 이거 연기 아니에요?"

잠결에 눈을 떠서 그런지 비행기에서 나오는 수증기 같았다.

"수증기 같은데요." 대답을 하면서도 더 자고 싶었다.

"가이드님, 이거 수증기가 아니에요. 콜록콜록" 기침을 한다. 승객들은 웅성웅성하고, 승무원들은 분주하게 왔다 갔다 하며 놀란 승객들을 진정시키고 있었다. 정신이 번쩍 들었다. 우리 고객들의 상황을 확인해 보니 우리 일행 중 한 분이 숨쉬기를 힘들어한다. 함께 여행을 온 일행이 손수건에 물을 묻혀 입과 코를 가려주고 있다. 갑자기 기내 안으로 연기가 많이 들어와 앞이 잘 보이지 않는다. 비행기는 바다 위를 날고 있었고, 멀리서 불빛이 보이기 시작했다. 기장의 안내방송 소리가 비행기 안이 너무 시끄럽기 때문에 무슨 소린지 알아들을 수가 없었다. '이러다가 모두 죽는 거 아니야하는 생각이 들었다.

연기로 인해 시야가 확보되지 않기 때문에 사람들이 잘 보이지 않았다. 승객들은 소리를 지르고, 승무원들은 더 분주하게 움직였다. 승객들은 죽음의 공포에서 어찌할 줄을 몰라 했다. 갑자기 '쿵' 소리가 났다. 비행기가 활주로에 비상착륙을 한 것이다. 방송으로 좌석에 앉아 있으라고 해도, 승무원이 진정을 시켜도 아무런 소용이 없었다. 모두들 벌떡 일어났다.

"가이드님, 이쪽으로 빨리 나오세요!"

어느 고객인가 본인도 정신이 없을 텐데, 가이드까지 챙긴다. 비상시에는 가이드도 고객의 안전이 우선인 비행기 승무원이 되어야 한다는 것을 깨달았다. 너무 고마웠다.

빨리 일어나 나가고 싶었지만, 좌석이 창가 쪽이라서 움직이기가 불편했다. 비상 슬라이딩 게이트가 펼쳐졌다. 마음이 급한지 한 명씩 뛰어내려야 하는데도 두세 명이 같이 뛰어내렸다. 그래서인지 자세가 흐트러져 무릎, 팔 등에 부상당하는 사람들이 생겼다. 나도 엉덩이를 '쿵' 찧었다. 손님들은 "말로만 듣고, 영화로만 보았지 내가 이런 경험을 할 줄이야." 하며 살아 있어서 다행이라고 한다.

비행기 앞에 대기하고 있던 버스를 타고 공항 안에 있는 건물 안으로 이동을 하였다. 경황이 없어서 비가 오는지도 몰랐고, 미끄럼틀을 내려올 때 찧었던 엉덩이가 아픈지도 몰랐다. 급하게 버스에 타고 나니 비가 오는 것을 알았고, 엉덩이 쪽이 욱신거리며 아픈 것을 느낄 수 있었다. 대기실에서 두 시간 정도 보냈다. 비행기에 탔던 사람들은 웅성거렸지만, 우리 팀은 동그랗게 모여앉아서 차분히 기다리고 있었다.

대기실에 있는 동안 '대빵 언니'라고 불렸던 분이 일행들을 잘 다독여 주셨고, 일행들은 그녀의 지시를 잘 따라 주었다. 그러나 공항 직원들의 안일한 대처와 우왕좌왕하는 일 처리에는 화가 났다. 어떻게 된 일이냐고 물어봐도 성의 없이 대답했다. 처음에는 손님의 캐리어에서 불이 났다고 하다가 또 어느 직원은 엔진에 문제가 있다고 하고, 나중에는 물어보지 말라고 한다. 결국 설명도 제대로 듣지 못했다.

회사에 이 사실을 통지하고 캐리어를 찾아 호텔로 이동했다. 오늘따라 호텔은 왜 이리 먼 곳에 있는지. 한 시간 정도 걸려 호텔에 도착하니 거의 다섯 시 반이 되었다. 밤을 꼬박 새운 것이다.

설상가상이라는 말이 있다. 오늘이 마지막 일정이라서 한 시간 반 뒤, 일곱 시에 출발해야 한다. 손님들에게 사정 말씀을 드리고 이해를 부탁했다. 하지만 아프신 분이 생겨서 몇 분이 거동하기가 힘들다고 한다. 잠시 침묵이 흘렀다.

"한 시간 반 뒤에 상황이 안정이 되면 출발을 하고, 힘들면 못 갈 것 같아." 하시면서 방으로 올라가신다.

"한 시간 정도 쉬시고, 내려오셔서 식사하세요. 일곱 시에 출발합니다."

나도 이 말이 어떻게 나왔는지 모르겠다. 말을 하면서도 머릿속에서는 하지 말아야지라는 생각은 하는데도 입으로는 나와 버렸다.

로비에서 다음 일정을 정리하고 있는데, 고객 한 분이 헐레벌떡 뛰어 내려온다.

"가이드님, 방에 도둑놈이 있어요!"

"다른 방에 들어가신 거 아니에요?"

"아니에요."

호텔 직원과 같이 뛰어 올라가니, 도둑이 계단 아래로 도망을 치고 있었다.

"잃어버린 거 있나요?"

"아니요. 잃어버린 거는 없는데, 무서워서 방에 못 들어가겠어요."

"이제는 괜찮아요. 창문 닫고, 문 잠그고 잠깐 쉬세요. 제가 로비에 있을 테니, 걱정하지 마세요."

한 시간 동안 로비에서 고객들을 기다렸다. 여기에서 시간이 멈추었으면 좋겠다는 생각을 했는데, 벌써 한 시간이 지나갔다. 거북이처럼 가던 시간이 지금은 퓨마처럼 빠르다.

한 시간 후 손님들이 캐리어를 들고 한두 명씩 식당으로 내려왔다.

"가이드, 안 쉬고, 여기서 기다린 거야? 조금 눈 좀 붙이지."

"괜찮아요. 캐리어는 여기에 두고 식사하세요."

아프다고 하신 손님도 내려오셨다.

"좀 어떠세요?"

"조금 참을 만한데, 일단 가보자고."

아침 식사는 빵과 커피로 대충 먹고, 버스를 타고 이동했다. 이동하는 동안 긴장이 풀리셨는지 모두 주무신다. 남은 일정을 진행하는데, 너무 미안하고 죄송했다. 아침 식사를 제대로 못 하신 분들이 많아 유적지 휴게실에 도착하여 빵과 음료를 주문했다.

"다들 힘든데, 우리 모두 가이드님 때문에 아무 말도 안 하는 거야. 또 도둑놈 때문에 쉬지도 못하고 로비에서 기다려 준 것도 너무 고맙고…."

"네, 감사합니다. 다음에 오시면 좋은 비행기, 좋은 호텔로 모실게요."

"아이고, 넉살은 타고 났어. 그리고 다들 죽을 고비를 넘겼으니 오래 살 거야."라고 하신다.

한 분도 짜증 내지 않고 잘 따라 주셔서 너무 고마웠다. 고객들이 정말 너무 고마워서 눈물이 났다.

집으로 돌아오는 기차에서 눈을 감았다. 하루 동안의 기억들이 꿈처럼 지나간다. 이러다가 갑자기 죽으면 어쩌지? 진짜 죽었으면 어떻게 되었을까?

나는 매년 말일에 내년의 계획을 정리한 다음, 유서를 써 놓곤 한다. 막상 그 순간이 되니 초연해졌다. 정말 죽음이 내 앞에 다가와도 이럴까?

비행기에서 비상게이트로 뛰어내리며 다친 부위를 치료를 받고 있지만 잘 낫지 않는다. 의사 선생님이 쉬어야 한다고 했지만, 신기하게도 고객들을 만나러 가면 다친 곳의 통증이 사라졌다. 이번 팀도 비행기를 탔다. 막상 비행기를 타려고 하니 겁이 났다. 그렇지만 고객들과 함께 있어 힘이 났다. 나는 가이드 일이 체질인가 보다. 그리고 비행기 좌석을 예약할 땐 무조건 복도 쪽으로 예약을 한다. 지난번 사고에서 얻은 교훈이다.

달란트(talent)라는 말이 있다. 유대인들의 화폐 단위였지만, 요즘에는 타고난 '재능, 소질, 능력'으로 해석이 된다. 달란트는 나를 위해서 사용하는 것도 있지만, 남을 위해서 사용하라고 있는 것이 아닌가 생각해 본다.

우연한 기회로 인해 가이드의 세계로 들어섰다. 열심히 준비해서 고객들을 모시고 투어를 한다하지만, 나의 말과 행동이 어떤 고객에게는 좋은 모습으로 투영되어 더 의미 있고, 더 좋은 추억을 간직할 수 있는 여행이 될 수 있었을 것이고, 또 어떤 고객에게는 좋지 않은 기억으로 남아 있을 수도 있다. 좋지 않은 기억이 있는 분들에게는 미안하고 죄송하다. 변명의 여지가 없다.

완벽함이란 채우고 채워서 더 이상 담을 수가 없는 상태가 아니라 버리고 버려서 더 이상 버릴 것이 없는 넓고 깨끗한 공간을 말하는 것은 아닐까?

여행은 채우러 가는 것이 아니라 비우러 가는 것이라고 생각한다. 비워야 또 새로운 것을 채울 수 있을 테니까. 그래서 수행자들이 비우러 떠난다고 하는가 보다. 또 다시 시작될 여행에서 아직도 내게 남아 있는 부정적인 것들을 버림으로써 더 커다란 기쁨과 의미를 가질 수 있는 긍정적인 것들로 채울 수 있으면 좋겠다. 나와 인연된 이들에게 이러한 의미를 들려주는 가이드.

이것이 나의 달란트가 아닌가 싶다.

나는 가이드 생활을 하며 정말 많은 생면부지의 사람들과 만나고 친해지고 익숙해지는 인연을 만들었다. 나와 인연이 된 분들이 여행을 통해 충만한 그 무엇인가를 느끼고, 좋은 추억을 만들었으면 하고 기도한다.

"넌 전생에서도 가이드였을 거야."라는 친구의 말이 생각난다. 그 친구의 말처럼, 나의 건강이 허락된다면 정말 아주 오랫동안 가이드를 하고 싶다. 지금 세계 모든 나라가 코로나 19라는 복병을 만나 긴장하며 조심스럽게 살고 있다. 나 또한 한국으로 복귀했다. 처음엔 나의 일상이었던 가이드 업무 중단을 원망도 했지만 어느 순간 긍정적으로 세상을 바라보니 내가 정말 하고 싶었던 일이 생각났다. "그래, 내 이름이 들어간 책을 한 번 써보자."

정말 어려운 작업이었고 힘든 일이었지만 가이드 생활을 하면서 겪었던 일들을 정리하며 보낸 시간은 나 자신의 삶을 돌아보게 하는 정말 유익하고 좋은 시간이었다. 아직 정리하지 못한 많은 여행의 이야기에서도 나를 돌아볼 수 있는 일들이 많이 있을 것이다.

많은 고객들과 함께 했던 여행을 추억하며 앞으로 만날, 또 다른 인연을 기대하며 글을 마친다.

"까르페디엠!"

사진으로 보는 , 해외여행의 추억

DEPARTED
MILANO
ITALY